U0362453

刘鑫全　周容良　著

《聊斋》短章通解

聊斋著书图

杜生言之作颜之豆揣
正架居名诗料庄感
作人闲清爱张秋顶兔
喵话 伙庄泽琪伯闲

南开大学 出版社

图书在版编目(CIP)数据

《聊斋》短章通解 / 刘鑫全，周容良著. —天津：
南开大学出版社，2021.1

ISBN 978-7-310-06040-5

Ⅰ.①聊… Ⅱ.①刘… ②周… Ⅲ.①《聊斋志异》
—研究 Ⅳ.①I207.419

中国版本图书馆 CIP 数据核字(2021)第 000180 号

《聊斋》短章通解
LIAOZHAI DUANZHANG TONGJIE

—————————————————————

南开大学出版社出版发行
出版人：陈　敬
地址：天津市南开区卫津路 94 号　　邮政编码：300071
营销部电话：(022)23508339　营销部传真：(022)23508542
http://www.nkup.com.cn

—————————————————————

北京明恒达印务有限公司印刷　全国各地新华书店经销
2021 年 1 月第 1 版　　2021 年 1 月第 1 次印刷
210×148 毫米　32 开本　10.25 印张　2 插页　320 千字
定价：58.00 元

—————————————————————

如遇图书印装质量问题，请与本社营销部联系调换，电话：(022)23508339

蒲松龄像(清朱湘麟绘)

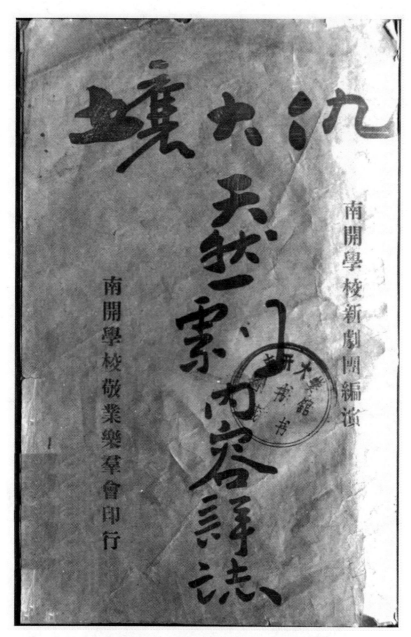

仇大娘天然劇內容詳誌

南開學校新劇團編演

南開學校敬業樂羣會印行

周恩来编纂《仇大娘天然剧内容详志》封面

写在前面

　　《聊斋志异》虽然号称我国古代"文言短篇小说集"，有人甚至还把蒲松龄与俄国短篇小说家契诃夫、法国短篇小说家莫泊桑相提并论，但是《聊斋》中却有几千字的"大篇"和几十字、几百字的"微型小说"杂然并存；这几乎是任何一位短篇小说家的创作中都没有的奇特现象。其实《聊斋志异》中"大篇"与"微型小说"更多地是从字数上来区分的，同时也是作者有意为之的一种超凡脱俗的效果，这就与我们通常所理解的"短篇小说"不是一码事。这是必须首先要说明的一点。

　　而研究《聊斋》的学术界对该书的看法可以说自其问世之日起就颇具争议——思想内容和艺术形式的多样化，犹如清初社会的全景图画，但却是珍珠鱼目参差互见，美酒酸醨相伴并存，无论怎样爬梳检索，都失之允当。然而大浪淘沙，评价《聊斋》最值得关注的渐渐只剩下了两家：纪昀和鲁迅。纪昀之非议，最切近的理由是《聊斋》一书而兼有小说和传记两种体式（"一书而兼二体"），这在有清一代可谓义正词严！而今看来则并非如此，因其体大思精，兹不赘述；同样的意思，到了鲁迅笔下，反倒成为肯定《聊斋》之由："用传奇法，而以志怪。"[①]此言一出，即被学界奉为圭臬。

　　细究鲁迅这段经典评价，正是以题材为标准对《聊斋》进行

---

① 鲁迅：《中国小说史略》，上海古籍出版社，1998，第147页。

分类的创举。

先看，"记神仙狐鬼精魅故事，然描写委曲，叙次井然，用传奇法，而以志怪，变幻之状，如在目前。"——此指结构完整，情节曲折，人物鲜活，细节感人的"大篇"。如《辛十四娘》长达六千余字，而以它为代表的"大篇"，标志着全书的最高成就，多为作者呕心沥血之作，集中体现了我国源远流长的叙事文学的诸般优长；以之改编成戏曲剧目的也不胜枚举，证明着它们虽然已经是"大篇"了，可仍然具有更大的张力，甚至扩写为中、长篇也不在话下，可知作者凝练情节的才华有多么杰出。只可惜，此类佳作为数不多，大约只有一百七八十篇，尚不及《聊斋》全书的一半。

次看，"又或易调改弦，别叙畸人异行，出于幻域，顿入人间。"（出处同上）——此指志怪小品，约有一百五六十篇。这些篇札承袭六朝干宝《搜神记》类书的传统，或以志怪为内容，撰写荒幻事体、神鬼灵迹，别无寄托；或以神道设教，宣扬善恶轮回，带有明显的宗教色彩。前者如《赤字》，只二十五字，为全书最短小者，其叙述文字似成句又不成句，可解又不可解，纯属搜奇志怪，与小说相距甚远。后者如《某甲》《某乙》等，凭借"怪力乱神"巧设疑阵，申述内心"孤愤"。这前后有别的两种志怪，虽貌似杂乱并处，或许也是作者有意掺和，意在明哲保身、巧避"文网"。

最后看，"偶述琐闻，亦多简洁，故读者耳目，为之一新。"——此指不具故事规模，也无多少相应的情节安排，只表现事件发展中的一个场面或片段，如《咬鬼》《捉狐》《野狗》《土化兔》等，内容多样，为数甚夥，约占全书篇目一半以上。其中有许多饶有兴味的篇什，即如《土化兔》，绝非单纯的"出土异物"，而是要"借物讽人"——以某处地下发掘出半截肉身、半截土身的兔子，曲笔暗刺明清鼎革之际朝三暮四的叛将张勇。

然而，清评《聊斋》最为周详恳切的要数冯镇峦了，他指出："《聊斋》之妙，同于化工赋物，人各面目，每篇各具局面，排场不一，意境翻新，令读者每至一篇，另长一番精神。"①这说明《聊斋》中的"大篇"与"微型小说"各有优长，犹如正月十五的夜空，不只明月当头，还有群星璀璨，彼此映衬，构成一幅众星捧月的星夜画面。这绝对是千古难得的仅此一家，此后很多"聊学家"也都发表了这样或那样饶有兴味的赞许，现摘录几段，以醒耳目：

第一，山东大学教授袁世硕先生在《〈聊斋志异〉时事短篇考析》中指出："《聊斋志异》里有一类记述怪异非常之事的短篇……值得重视的是，其中许多书写时事的篇什……意蕴深邃，有着相当的历史价值和文学欣赏性。"②

第二，当代学者吴世昌先生在《〈聊斋志异丛论〉序》中指出："《聊斋志异》中故事大都很短，一页半页，寥寥数行，戛然而止；但读者余味盎然，觉得它乎其所不得不止。"③

第三，华中科技大学中文系盛瑞裕教授在《别具会心的炼石精品——读〈聊斋〉短章三得》中说："从阅读与欣赏的角度看，《聊斋》短章自不如其大篇精彩，然从文化史的研究和对蒲翁内心

---

① 冯镇峦：《读〈聊斋〉杂说》，载张友鹤辑校《聊斋志异·各本序跋题辞》，上海古籍出版社，1998，第13页。
② 载于《蒲松龄研究》2015年6月。
③ 吴世昌：《罗音室学术论著》第三卷，社会科学文献出版社，1996，第45页。

的理解而言，则短章又不乏出大篇之右者。"①

　　第四，潍坊学院中文系陈炳熙教授在《论〈聊斋〉中的小文》中更形象地将之比喻为："如一位歌王，即使偶唱短曲，档次与大调无别；又如一座名窑，虽偶产盅匙，也为瓷中上品。"②

　　上述见仁见智的观感，说明在科学昌明的近当代，《聊斋》中的"小文"并没失去它的奇光异彩，这就从客观上见证了评判文艺作品与科学发明有着截然不同的标准：后者越新越值钱，前者则越老越珍贵；因为只有"老古董"才潜藏着时代的印记、暗合着古今文学艺术共同的理念与规律。

　　记得吴世昌先生还说过："就内容题材而论，《聊斋》是《太平广记》的嫡系后裔。"③一句"嫡系后裔"，形象地标明了二者的传承关系。《太平广记》的鲜明特点就是目次分明：或谈狐，或说鬼，或讲神仙，甚至专列出"女仙"，真正做到了"井水不犯河水"。既如此，何不"拿来"使《聊斋》"小文"也按内容题材加以区别一下？于是拙书尝试着挑选出具有生活情趣、寓意深广，能使人读而不倦的百余篇，分成十四类，每类有个"综述"，下列"原文"——多则十篇，少则六七篇；这样可使读者对这些"小文"有个分门别类的认知，从而免去"如入迷雾"，不知所以地盲目翻检。具体到每篇的"解读"，应是拙书的"着力点"：第一，先厘清原文的来龙去脉，但绝不是直接翻译成白话文；第二，指明故事"本事"的出处或源流，略做比勘，以参见作者的创意何在，

① 载于《蒲松龄研究》2000 年 10 期。
② 载于《文艺理论研究》2004 年 03 期。
③ 同上。

高下如何；第三，作者的创作意图，尽量让它"水落石出"，即便作者"犹抱琵琶半遮面"，甚至不露丝毫马脚（怕触"文网"），拙著也要不揣浅陋，努力拿出个"说法"；第四，总结写作技巧，有话则长，无料则短，顺其自然；第五，辨析人事，夷考风俗，撷拾众说，皆以能对读者有所帮助或启发为目的。上述诸般设想能否如愿，尚属一孔之见、一得之愚，况且这十四类百余篇，也不能涵盖《聊斋》"小文"的全部，不过是尝脔一鼎，"味道"如何，敬请方家品评，不吝赐教。

刘鑫全　周容良
2019 年初春于财大静心斋

目 录

冤魂篇

复仇篇

果报篇

梦兆篇

男狐篇

寓意篇

杂技篇

清官篇

《聊斋》固然擅长写花妖狐魅，但对清官也是钟爱有加，对于清官的高行、义举、德政，蒲公不论死去的还是活着的，多用虚实杂陈的艺术手法，予以张扬示范和热情歌颂。读者在《聊斋》中能看到：古有关羽、张飞，今有当朝于成龙、郭华野；文有刑部施愚山，武有大力将军吴六奇；上有王侯将相，下有七品僚佐。这些古往今来的清官形象，第一体现的是忠君、勤政、爱民思想。例如这里选入的《一员官》，借狐仙之口虚构了济南府只有吴同知这唯一的一位清官。第二体现的是严惩贪官污吏，代表作有《席方平》《续黄粱》《梦狼》等（本篇均未选）。故事虽属于梦寐之事、阴间之况，却是以阴示阳，以梦显实，成为《聊斋》中的"铁骑突出刀枪鸣"的"长恨歌"！第三体现的是平肃疑难冤案。例如《老龙船户》（本篇未选）中的朱巡抚（徽荫），为民侦破了积压多年的无故翻船的疑案，真正做到了"为官一任造福一方"；再如《冤狱》中的"血衣"、《胭脂》中的"鞋子"、《诗谳》中的"折扇"（均未选），虽然隐而不露，但在清官面前都被依次破解，露出真相，使元凶归案。儒家的为官信条是：清正廉洁，谨依君命，勤政爱民，忠于职守，歹徒伏法，冤屈得雪，国泰民安。这里选的六篇故事，虽不如上述大篇委曲动人，可也为明清鼎革之际的文臣武将树立了一面重彩旌旗：其中文臣有左懋第（《阎罗》）、常大忠（《梓潼令》）、孙必振（《孙必振》）以及济南府虚拟的吴公和真实的张公（《一员官》），武将有王霁宇（《王司马》）、黄靖南（《黄将军》）。欲知他们如何终生践行"文死谏武死战"，一览便知。

阎罗

沂州徐公星，自言夜作阎罗王。州有马生亦然。徐公闻之，访诸其家，问马："昨夕冥中处分何事？"马言"无他事，但送左萝石升天。天上堕莲花，朵大如屋"云。

本文极短，不过是去当阎王的马公送左萝石升天。相似的内容在王士禛《池北偶谈》笔下是见到左萝石在天帝左右，而在李澄中《艮斋笔记》卷六中，也将其"发酵"为更神奇的神话：左懋第"荣膺"阴间第五殿阎罗！

这一阴司的"委任"，透露了齐鲁人念念不忘这位乡贤的美好情怀。好人死了升天为佛，坏人死了入地做鬼，个中的道理很简单，左懋弟一生为民，遂使许多作者将其升为阎罗仙，直谓"民心不可违"。山东一带是东方蓬莱神话的发祥地，而这位成仙的左萝石为莱阳人，作者将这位人称"明末文天祥"的清官写进《聊斋》，让他成仙，令后人顶礼膜拜、永志不忘。

左懋第（1601—1645），字仲及，号萝石，山东莱阳人。明崇祯三年（1630）乡试考中亚元（第二名），翌年连捷三甲进士。曾任陕西韩城知县。韩城虽敝，名人却很多：这里是司马迁的故乡，有司马迁墓，左懋第撰写《祭司马子长文》，盛赞其丰功伟绩；这里还有苏武墓，左懋第又修缮并撰写《新汉典属国苏子卿墓垣记》，对苏武的节操给予了极高的评价——成为他壮烈殉国的伏笔。他治韩六年，政绩斐然，人们把他和司马迁、苏武、郭子仪、白居易并称为"禹门五贤"。韩城史上先后有十座名人祠，左懋第占了两座，一处为左公祠，一处为萝石祠；韩城名宦祠里供奉着十位先贤，左懋第是其中之一，可见他在韩城人心目中的地位有多么崇高。

明亡，左懋第赴南明弘光朝。清兵破李自成，左受命以兵部右侍郎兼任右佥都御史身份，与陈洪范等百余人北上与清议和。事未成，放行南归途中至沧州又被囚回京师。顺治二年（1645）严词拒降，被杀于北京菜市口。传世著作有《梅花屋诗抄》一卷、《萝石山房文抄》四卷、《左忠贞公剩稿》四卷。

路大荒说："南明使节左懋第赴清殉职。《志异》书中写《阎罗》一篇表扬之。"[①]

梓潼令

常进士大忠，太原人，候选在都。前一夜，梦文昌投刺。拔签，得梓潼令，奇之。后丁艰，服阕候补，又梦如前。默思：其复任梓潼乎？已而果然。

---

① 路大荒：《蒲松龄年谱》，齐鲁书社，1980，第 84 页。

　　梓潼令是个官职，讲的是常大忠（1620—1670）两次任梓潼令，全凭"梦文昌投刺"。若问：文昌星（文昌帝君）何以如此垂爱常大忠？很简单，因为他是个从政清廉，一心为民的好官。这就与上文"左懋第升天为佛"是一个道理：好官自有神来助。有关他的资料，光绪八年（1882）《交城县志·选举》《交城县志·人物》以及《梓潼县志》均有记载。

　　顺治十六年（1659）常大忠任潜山令，其政绩主要有如下几点。一、由于明清兵火毁了亩册，乡民有的耕无税地，有的纳无田税。常大忠秉公丈量，自带民夫，背着丈具，巡回检查，足迹遍全县。为了不扰民，他自带粮米，在寺庙借宿、做炊，办事人有所畏惧，无一敢敷衍徇情。二、为充分发挥潜水（皖河流域一条大河）益于农耕，他察看地形，酌量水势，筑新堤，起新闸，修堤堰于两河冲口。这项工程直至20世纪仍在发挥效用。三、现今潜山县有座潜岳书院，原名三立书院，那是康熙三年（1664）由知县常大忠捐俸创造的。他任期五年，百姓为之立生祠祭祀；而他于顺治十八年（1661）曾自撰楹联，写出心中为官的是与非：

　　　　赃官贪婪，将图富也，孰知子孙不贤，以一掷弃千金，枉自遗百年唾骂；

　　　　良吏清操，岂徒名哉，实痛小民疾苦，守三年如一日，难尽保万姓平康。①

---

　　① 赵伯陶注评《聊斋志异详注新评》，人民文学出版社，2016，第166页。

　　这种自道清正廉洁心志的精神，恰与其脚踏实地干出的政绩相表里，绝非矫揉造作、装腔作势的门面话。

　　康熙二年（1663）常太忠升保定府同知，政绩更加突出。其一，北地苦寒，播种不能以时，民多饥困。他赈饥民、掩枯骨、惩凶杀，颇得民心。其二，郡有杨忠愍祠，每逢朔望必拜之；他重修忠愍祠、建忠烈祠，保定这些古迹至今犹存。他最后因积劳成疾，卒于任所。身后贫至灵柩不能护送归里，全靠操办者捐赠解决。

　　潜山、保定百姓无不怀念他。其一生所著《贞胜编》《格物编》《岁寒居答问文集》等行于世。常大忠终其一生，始终践行的就是"从政清廉"四字。这与当时士子们所期待的留任京官、进翰林，然后飞黄腾达，而不愿补外任，更不想去边远地为七品官大异其趣。由此可见，他是一个"任由官位选自己"（包括文昌帝君赏识并选择他）的好官、清官。

　　做个"文昌投刺"的美梦，那可是明清士子寒窗苦读日思夜想的事。据司马迁的《史记·天宫书》记载，斗魁戴筐六星曰文昌宫，意谓北斗星的上方有六颗星组成的星座，形似筐，就叫他文昌宫。另据传说，张亚子居梓潼七曲山，仕晋而战死，后人为纪念他，称其为梓潼帝君，这就使文昌和帝君合而为一。现在文昌帝君亲自来"托梦"，向常进士"投名片"（发聘书），委任其为梓潼令，甚至不止一次，真是极荣幸的事！因此，何守奇评曰：

"文昌投刺，其令必贤，已可想见常公为人。"①

孙必振

孙必振渡江，值大风雷，舟船荡摇，同舟大恐。忽见金甲神立云中，手持金字牌，下示诸人。共仰视之，上书"孙必振"三字甚真。众谓："孙必振汝有犯天谴，请自为一舟，勿相累。"孙尚无言，众不待其肯可，视旁有小舟，共推置其上。孙既登舟，回视，则前舟覆矣。

本短章写一只渡船在风雨雷电的危境中，竟然出现九死一生的奇迹，以表达人们清除奸佞并保护少数忠良的美好愿望。作为为政清廉者自然会出现被奸佞排斥的现象。本文虚构的这一艺术情境将孙必振与群恶安排在同一条船上。故事特意设置了两个前提：一个是危难情境，赶上了风雷交加，舟船时刻有翻覆的可能；另一个是金甲神站在云中出示了"金字牌"暗示——孙必振。后面的事就颇费思量了：这指名道姓又意欲何为？含义是"叫你猜"！这就是"微型小说"包藏着无限容量的所在。怎么猜呢？全船人（孙必振除外）的想法说明了一切：必是孙惹了祸，跟我等无关，

① 韩欣主编《名家评点聊斋志异》，天津古籍出版社，2008，第657页。

赶紧让孙离开！还没等孙必振想清楚，人们就把孙推到另一只船上了。孙刚登舟，回头一望——"前舟覆矣"。多数人是神要除掉的群恶，被金字牌暗示的却绝境而生。证明神的真正旨意是要除掉群恶，保护孙必振！那么，"孙必振"究竟是何许人，值得神特意来保护他的安全？

　　康熙帝的老师、《康熙字典》总裁官陈廷敬撰写的《文林郎河南道监察御史孙君必振墓志铭》以及《修建孙公峪路碑记》和《邑琅琊孙公碑记》有如下记载。孙必振（1619—1688）字梦起，号卧云，诸城市相州镇人。康熙三年（1664）授淮庆府推官，康熙八年（1669）任山西陵川县知县，康熙十六年（1677）为河南道御史，后因病归，卒于家。其为官期间多惠政。一、严禁贿赂。任上他监兑漕粮，有官员向他行贿两千金，被斥退，并勒石永戒。所属修武县令送来一笼鲜笋，内藏黄金，被孙怒斥喝退。二、他组织济源民众开渠，引济水灌溉良田千余亩。又因陵川县位于太行山区，用水困难，他就在县衙门西边开凿出甘甜的井水供民使用。陵川道路阻塞，他又率民凿山开路以通商旅，人号"孙公峪"。当他离任之际，百姓相送数百里，并祀他于名宦祠，永久纪念。三、他打击豪强，平反冤狱，杜绝官场滥讼恶习。所辖武陟县一李姓富户，被史姓勾结张姓官吏讹诈钱财未果，李姓被冤捕冤判三年。他到任后，接讼重审，查清案情，立即释放李姓，并严惩了诬告者。四、康熙十八年（1679）河南、山东大旱，不少民船出海贸易谋生，他建议朝廷放宽海禁，允许百姓自寻出路，以解燃眉之急。

　　蒲公一向善于化平凡为神奇，在史料中寻觅创作题材。真实的孙必振未必经历过如此险恶的一幕，而艺术虚构的孙必振却犹如盛开的莲花——出淤泥而不染，真实与虚构通过这一浪漫笔触做到了无缝对接，彰显着作者爱憎分明的是非观。

王司马

新城王大司马霁宇，镇北边时，常使匠人铸一大杆刀，阔盈尺，重百钧。每按边，辄使四人扛之。卤簿所止，则置地上，故令北人捉之，力撼不可少动。司马阴以桐木依样为刀，宽狭大小无异，贴以银箔，时于马上舞动。诸部落望见，无不震悚。又于边外埋苇箔为界，横斜十余里，状若藩篱，扬言曰："此吾长城也。"北兵至，悉拔而火之。司马又置之。既而三火，乃以炮石伏机其下，北兵焚箔，药石尽发，死伤甚众。既遁去，司马设箔如前，北兵遥望皆却走，以故帖服若神。后司马既老乞骸归。塞上复警，召再起；时司马八十有三，力疾陛辞。上慰之曰："但烦卿卧治耳。"于是司马复至边。每止处，辄卧幨中。北人闻司马至，皆不信，因假议和，将验真伪。启帘，见司马坦卧，皆望榻伏拜，抺舌而退。

阮亭曰："今抚顺东北，哈达城东，插柳以界蒙古，南至朝鲜，西至山海，长亘千里，名'柳条边'，私越者置重典，著为令。"

本短章反映的是边疆发生的故事，非常有趣、容易理解，又极会使读者产生误判。故事写明朝末年大司马王霁宇，挥舞桐木银箔制作的"假大刀"，震慑北人；又写他以炮石炸药埋在以芦苇作边界的绵延十几里的地下，诱使北人上当受骗，以至杀伤甚重；最后写他病逝前二年，还被崇祯帝请到前线，特准"躺"在中军帐里指挥作战，使北兵闻风丧胆。若说故事全属虚构也不尽然，因为主人公有着确切的原型——他就是王象乾（1546—1630），字子廓，号霁宇，山东桓台新城人。明隆庆四年（1570）亚元举人，连科进士，官金都御史。后官至兵部尚书，以年老乞休。崇祯三年（1630）五月卒，享年八十五岁，赠太子太师，自择墓地埋葬于淄川王母山。至于文尾的"阮亭曰"，因为一则王阮亭是王象乾的后裔，王氏家谱有载；再则王阮亭又是当朝刑部尚书。血统与国祚这双层特殊关系，遂使王阮亭写下这段"证明"性质的评语。

此人生前最大的功绩，有矗立于新城镇"四世宫保"牌坊可作见证。该坊造型别致、独具风格、古雅秀丽，是专为表彰王象乾"总督蓟辽"，"威名著九边"，"行边视师"保卫明王朝，经万历皇帝特旨敕造的。当时王象乾已经七十一岁高龄，帝御赐追封三代，包括其曾祖父王麟、祖父王重光、父亲王之垣，皆诰封为"光禄大夫柱国太子太保兵部尚书"，因此该坊称为"四世宫保"。如今该坊已成为山东新城唯一一座保存完好，也是国内仅存的一座砖坊。该坊集建筑、雕刻、书法等艺术于一体，具有很高的历史价值。

有鉴于此，不少评论认为《王司马》体现的是王象乾的机敏、睿智和英风浩气，是一种爱国主义精神。还有的说，挥舞木制大刀、设置芦苇边界、躺着巡视前线，靠的是赫赫威名。这一切说明王象乾善于运用谋略，使其成为冷兵器时代克敌制胜的法宝。同时，也有更为冷静而现实的分析："其主要人物的行为透露了其处境的尴尬，暗示出将领的无奈来自朝廷的昏庸和法令无常，体现了蒲公对明朝灭亡的深沉思考。"①这一观点，比较靠谱，因为主人公的这些守边举措，并没给明朝带来长治久安，明朝很快就被清朝取而代之。这说明两国交界的边疆是敏感地段，作战靠的是实力，而不是虚张声势。

若换个角度考量："北人"会憨直呆傻得那么"可爱"吗？宋人洪迈在《容斋随笔》中曾指出，羌戎一些西北游牧民族，颇畏服中原汉族的老将。唐人薛胜《拔河赋》的叙述更胜一筹：唐明皇陪同域外使节观看拔河比赛，看台上匈奴使者看中原勇武之士，个个豪强，禁不住被宏大场面和气势吓得"落箸"！②匈奴会用"箸"吗？该赋为衬托盛唐气象，不惜将胡人观众描绘成"掉筷子"的呆子！这也难怪，因为作者的创作目的，就是要对外炫耀。所以开篇就明确："名拔河于内，实耀武于外。"

顺势再回味大司马三个互有关联的故事，不得不赞叹蒲公于本文所作的这些戏剧性的描写，真令人哭笑不得！其一，总体看王大司马守边，靠的不是真功，而是虚张声势（麻秆打狼——两头害怕）。其二，三个故事体现了王大司马行的是"抚"政，并非武力镇压。其三，《明史·孙承宗传》对王象乾有评曰："象乾在蓟

---

① 王立：《中国人对外邦的态度与豪侠文化——〈聊斋·王司马〉的主题学解读》，《南开学报》2010年第1期。

② 张鲁雅：《惊心动魄的"拔河赛"》，《文史知识》1993年第8期。

门久，习知西部种类情性，西部亦爱戴之，然实无他才，惟啖以财物相羁縻，冀得以老解职而已。"[①]"羁縻"引申为笼络控制，就是"哄着来"。其四，《明史·王象乾传》又载：王象乾暇经常招呼大小诸部酋长，犒以牛酒与马，并以射箭为戏，哄得诸部酋长都高兴的说："那颜爱我。""那颜"者，犹"大人"也。总之，王象乾的政治、军事策略，在当时是行之有效的，均受到朝廷倚重也是事实，这正是崇祯帝迫切起用八十三岁高龄的王象乾的原因。

一般来说，蒲公于《聊斋》中抒发民族意识时，多以曲笔表达对清朝各种政策的不满；可是《王司马》一篇却要一本正经地故意大事小说、正事戏说，无非是要透露出对于明季御边将领的讽刺，而促使产生"那颜爱我"效应的则正是皇帝老儿的无能、无助与无奈！这一点也是蒲公不得不语塞而留给读者去发挥的了。

黄将军

黄靖南得功微时，与二孝廉赴都，途遇响寇。孝廉惧，长跪献资。黄怒甚，手无寸铁，即以两手握骡足，举而投之。寇不及防，马倒人堕。黄拳之臂断，搜橐而归孝廉。孝廉服其勇，资劝从军。后屡建奇功，遂腰蟒玉。

---

① 《二十五史·明史·列传第一百三十八》，上海古籍出版社、上海书店，1986，第8472页。

晋人某有勇力，生平不屑格拒之术，而搏技家当之尽靡。过中州，有少林弟子受其辱，忿告其师。群谋设席相邀，将以困之。既至，先陈茗果，胡桃连壳，坚不可食。某取就案边，伸食指敲之，应手而碎。寺众大骇，优礼而散。

　　本文写了黄靖南和晋人某两个故事，一个能"两手握骡足，举而投之"；一个能"伸食指敲""碎"胡桃。真可谓武功了得！但作者写作并非平分秋色，从标题也可以看出：本篇的重点是描绘黄将军角力绝伦的故事；食指敲碎桃壳只是陪衬。然而，主人公仅凭护送二孝廉平安无事，就值得尊为"黄将军"吗？显然不会，结末那八个字"屡建奇功，遂腰蟒玉"概括了他的一生。

　　首先，黄得功为何具有拔山扛鼎之力？据野史记载：黄得功发迹前，在池塘里养鸭子，只见鸭子一天天减少，都快没有了。一怒之下他抽干池水，捉住一条数尺长、五寸粗的鳝鱼。他把巨鳝煮着吃了之后，体貌忽然变成一个伟丈夫！他倒也不觉得力气有多大，可是在洗澡时一拧布巾，布巾全断裂了。这具有神话色彩的传说，目的只在表明黄得功非凡人可比。

　　其二，正史记载，德功早年丧父，与母徐氏生活，少年时即有勇气谋略过人。十二岁偷喝了母亲酿的酒，遭责怪后，笑曰："赔你很容易嘛。"他拿把刀混在军中斩杀两颗人头！得五十金奖励，回献母亲曰："以此钱补偿偷喝的酒吧。"此后不断积累战功，做到了游击的官职。因其作战勇猛，号称"黄闯子"。官至太傅、左柱国，封靖国公。在对农民军战斗中迫降五营兵，擒马武，杀王兴国，破张献忠，战功赫赫。明朝灭亡后，因拥立福王朱由崧，晋为侯爵。清军南下后，弘光帝逃入芜湖黄得功营中，黄惊讶地流着泪说："陛下如果死死把守南京，我们还能尽力抵抗，何以听信奸贼的话来我这里，我怎么保护您的车驾？"朱由崧说："除了你，我是无可依靠了。"最后，黄在激战清兵时，被一箭射穿喉咙偏左处，于是抽刀自杀。[①]这就是蒲公"屡建奇功，遂腰蟒玉"的丰富内涵。

其三，写人物，按习惯应以其最高官职或最高爵位称呼。黄得功，他一生三次受封，蒲公于文中该选择哪个？若称靖南伯，于封建礼法、道统没有任何违碍，因为那时清朝还没建立。若称靖南侯，此时福临已在北京称帝，侯爵自是伪爵，这红线碰不得！若称靖国公，此为最高爵位，作为盖棺定论，深合中国人的传统观念，只是如此则把自家送上了断头台。高人自有高招，蒲公采取不涉及爵位，径直称其名："靖南得功。"而且紧跟其后的"微时"（低微下贱之时），又起到了注释作用，这样开篇，一定是深思熟虑、反复掂量的上策，值得点赞。

篇中的二孝廉，表面看是以胆小如鼠，反衬黄得功的勇猛；实际据野史记载，也确有真人实名。计六奇《明季南略》卷一《黄得功》记载：二孝廉指南明弘光朝杨文骢和周祚新。黄得功得到二孝廉兄弟般的资助和举荐，从此改变命运，逐渐成为弘光朝的主帅。

上引《明季南略》出自明末清初的历史学家计六奇（1622—？）

---

① 《二十五史·明史·列传第一百五十六》，上海古籍出版社、上海书店，1986，第8522页。

之手。据说，他不辞辛苦，来到江、浙、闽、徽等地调查，瞻仰重大事件的遗迹，深入社会下层，与重大事件目击者交流，尽力搜集第一手材料。该书共十六卷，原为手抄本，由张崟（慕骞）先生于杭州大学图书馆发现，由中华书局出版发行，隶属于《中国史学基本典籍丛刊》丛书。

小说毕竟非史书，但小说又植根于现实生活，所以野史足可参照。蒲公于本篇主干用野史，正史仅一句话，拿捏得十分合适。读者应当理解作者的匠心巧剪裁，这在文网森严的特殊时代，尤为难能可贵。

一员官

济南同知吴公，刚正不徇。时有陋规，凡贪墨者，亏空犯赃罪，上官辄庇之，以赃分摊属僚，无敢梗者。以命公，不受；强之不得，怒加叱骂，公亦恶声还报之，曰："某官虽微，亦受君命。可以参处，不可以骂詈也！要死便死，不能损朝廷之禄，代人上枉法赃耳！"上官乃改颜温慰之。人皆言斯世不可以行直道；人自无直道耳，何反咎斯世之不可行哉！会高苑有穆清怀者，狐附之，辄慷慨与人谈论，音响在座上，但不睹其人。适至郡，宾客谈次，或诘之曰："仙固无不知，请问郡中官共几员？"应声答曰："一员。"共笑之。复诘其故，曰："通郡官僚虽七十有二，其实可称为官者，吴同知一人而已。"是时泰安知州张公者，人以其木强，号之"橛子"。凡贵官大僚登岱者，夫马兜舆之类，需索烦多，州民苦于供亿，公一切罢之。或索羊豕，公曰："我即一羊也，一豕也，请杀之以犒驺从。"大僚亦无奈何。公自远宦，别妻子者十二年。初莅泰安，夫人及公子自都中来省之，相见甚欢。逾六七日，夫人从容曰："君尘甑犹昔，何老悖不念子孙耶？"公怒，大骂，呼杖，逼夫人伏受。公子覆母，自号泣，乞代。公横施挞楚，乃已。夫人即偕公子命驾，妇矢曰：'渠即死于是，吾亦不复来矣！'"逾年，公果卒。此不可谓非今之强项令也。然以久离之琴瑟，何至以一言而躁怒至此，不情矣哉！而威严能行于床笫，事更奇于鬼神矣。

　　本短章写了两个廉洁奉公的清朝官吏：一个是虚拟的吴公，另一个是真实的张公。这位济南同知吴公敢于抵制代"贪墨者"分摊赃款的"陋规"，上司骂他，他义正词严地"恶声还报之"，使得上司反倒"改颜温慰之"。还有泰安知州张迎芳敢于拒交"贵官大僚登岱"所需的"夫马兜舆之类"，"大僚亦无奈之"。小说通过这二人两件非公的琐事，写出了并不多见的为官清正、刚正不阿的封建官吏形象。然而，若仅停留于此，虽能表现人物"反潮流"的精神，但毕竟缺少了一些文学色彩。

　　接下来且看他们说的几句话，使二人耿介的个性顿时鲜活起来。吴公说："某官虽微，亦受君命。可以参处，不可以骂詈也！要死便死，不能损朝廷之禄，代人上枉法赃耳！"话语软中有硬——以身负皇朝之命来震慑对方，体现出一股"不怕死"的傲岸之气，也使对方不敢再碰"朝廷命官"。另一位张公地位只相当于知县，可是他有个"橛子"的绰号，对于上司摊派索要猪、羊，他一概"橛"了回去！他说："我即一羊也，一豕也，请杀之以犒驺从。"执拗中，表现出人物迂拙憨直的特点，又透露着一种"豁出一切"，"任你不敢奈何"的意味，不禁令人肃然起敬。对于皇帝御驾经过他所管辖的地段，他就灵机一动，换个委婉说法拒绝。据载："康熙二十八年，嘉东巡，上官虑供给未备，迎芳处以镇静，毫发不取诸民。"①就是面对皇帝，他也敢拒绝特供，还故意"捧着"说："吾闻圣旨不扰民间，清宫除道，丝毫不累民。驾过，问州牧何如，万民叩首称善，上嘉之。"②可见，上自皇帝老儿，下至"贵官大僚登岱者"，张公都能巧加斡旋，多方减轻百姓负担。

有了典型事例，蒲公还要凸显《聊斋》的怪异神奇特色，以进一步丰满人物形象。作者首先为吴公添加了一个被狐仙附体叫"穆清怀"的隐形人，此"人"在宾客问到郡中有多少官员时，答曰："一员。"隐形狐仙解释道："通郡官僚虽七十有二，其实可称为官者，吴同知一人而已。"这一辩白，说明只有吴公是济南郡中唯一合格的官员，其余七十一员全是吸食民脂民膏的蛀虫。其次，作者又为张公敷衍了一段"夫妻反目"的故事。小说写张公的妻子在丈夫"远宦""十二年"后，前来探亲，自然是"相见甚欢"，可当妻子略一提及为子孙的打算时，他立刻暴跳如雷，拿起棍棒

---

① 赵伯陶注评《聊斋志异详注新评》，人民文学出版社，2016，第3068页。
② 同上。

责罚妻儿！这一罕见的"六亲不认"，突出了其疾恶如仇的刚烈性格。由此妻子发誓："你就是死在这儿，我也不再来了！"这一戏剧性情节，并非完全杜撰，而是来自道光十五年（1835）《博平县志》卷四《宦业》的一段实录："张妻挈子之任，曰：'君独不为子孙计耶？'张大怒，立遣去。后竟卒于官。人肖其像于包孝肃祠。"①对照之余，作者觉得"立遣去"干瘪无味，面对眼前官场的黑暗腐败又深恶痛绝，遂将心中的积愤生发出如此生动感人的故事。

　　莫以为小说不会发议论，本篇就特意在叙事之后直抒己见，对吴公，作者议论："人们都说这世道不能按规矩办事，那是这些人自己首先不规矩，怎怪世道不规矩呢？"这叫"反话正说"，把那些与吴公相反、肯代人摊赃的，也都批判了，因为他们肯定不会掏自己的腰包，而是会再去搜刮百姓。对张公，作者又议论："此不可谓非今之强项令也。"所谓"强项令"，指的是刚正不阿，不为威武所屈的县令董宣。②眼下的张公不能不说就是一个活生生的"强项令"啊！一个双重否定句，对封建官场作了辛辣的讽刺！

　　作为唯一的陪衬人物张夫人，虽然她的话语不多，但也显得有声有色——宛转中暗藏私心，体贴中透着倔强。她说的话里有两个典故：一是"尘甑"，形容清贫，出自《后汉书·范冉传》。范冉，字史云，桓帝时为莱芜长，遭母忧不到官。后结草室而居，有时粮粒尽，但穷居自若，言貌不改。乡里人歌曰："釜中生尘范

---

① 赵伯陶注评《聊斋志异详注新评》，人民文学出版社，2016，第3068页。

② 见《后汉书·董宣传》。

史云，釜中生鱼范莱芜。"二是"何老悖不念子孙耶？"意谓，何以老年不通事理，以致不顾及子孙？出自《汉书·疏广传》。疏广辞官归乡里，每日设酒席请客，并不断问询还剩多少钱，意欲全用于请客。疏广子孙托一位老人劝他购置田产。疏广却不愿因增益田产使子孙怠惰，损志并招怨。这位夫人看透丈夫的心志，投其所好，借着清贫说事，又借典故劝丈夫为子孙谋利。一句话就生动展现一位善于辞令的官宦夫人的形象。

俗话说：好戏在后头。本篇作为《聊斋》殿后之作，处处能看出作者倾力之迹，思想上乘，艺术精湛。不妨将其作为当下反腐倡廉的一份"辅助资料"传阅、对照、讨论。

貳臣篇

"贰臣"这一专用名词，一点也不古老，是由清朝乾隆皇帝创造的一个政治术语，特指在明朝为官，降于清朝仍为官的人，并为这类人专门撰写了"贰臣传"，以示"另类"。其政治目的很明确：划清界限，防微杜渐，牢固树立忠于清王朝的理念，永保江山不改姓。现如今"贰臣"也泛指叛逆者，"贰"即"变节、背叛"，也是"两属"的意思。历览中国漫长的封建时代，每当改朝换代前前后后，都会"春笋"般地涌现这种人。值此明清鼎革之际，可谓天崩地坼、海移山徙，蒲松龄面对眼前诸多历史人物的一言一行，岂能忘怀？根据儒家的政治伦理观念，本应把"修、齐、治、平"奉为人生信条，但在这生死紧要关头，有的人就像没头苍蝇似的无所措了，不知到底应该忠于谁。但在蒲公看来，也许是"无官一身轻"的缘故，在其撰写的《聊斋》诸多篇目中，已经明确亮出了作为汉民族一员的鲜明立场。

这里选录了《库将军》《三朝元老》《曹操冢》《阎罗》《土化兔》《小棺》六篇故事，对"北兵"之残暴，"贰臣"之丑态，以及颇有篡逆嫌疑的曹操，皆有涉及——前两篇专写明季的文臣武将，后两篇则拿奸相曹操说事，最后两篇带有"模糊性"，实为暗指"贰臣"。由此可知，"贰臣现象"确属千秋万代绵延罔替的历史现象，更难怪乾隆帝甘冒"卸磨杀驴"的议论，也要执意给这些人戴上一顶毫不含糊的"贰臣"的帽子了。

厍将军

　　厍大有，字君实，汉中洋县人，以武举隶祖述舜麾下。祖厚遇之，屡蒙拔擢，迁伪周总戎。后觉大势既去，潜以兵乘祖。祖格拒伤手，因就缚焉。纳款于总督蔡。至都，梦至冥司，冥王怒其不义，命鬼以沸油浇其足。既醒，足痛不可忍。后肿溃，指尽落，又益之疟，辄呼曰："我诚负义！"遂死。

　　异史氏曰："事伪朝，固不足言忠。然国士庸人，因知为报，贤豪之自命宜尔也。是诚可以惕天下之人臣而怀二心者矣。"

　　这位厍大有，字君实，陕西汉中洋县人，是庚子年（1660）武举人，后官至总兵。庚子年是顺治十七年，厍大有虽然没有获得武进士、武状元，可也得到了祖述舜的"厚遇之，屡蒙拔擢，迁伪周总戎"。这"伪周"，即吴三桂割据政权（1673—1681），"总戎"则为一方军事长官。后来，厍看形势不妙，来个"急转弯"——偷袭并抓住了有恩于他的祖述舜，献给清廷云贵总督蔡毓荣，算是"见面礼"。清廷适时地召厍大有进京予以嘉奖，以图瓦解吴三桂。然而"冥王怒其不义，命鬼以沸油浇其足"，使其受尽折磨：脚溃烂、指脱落、打摆子（患疟疾）死去。这个忘恩负义、卖友求荣之徒，在冥冥之中遭到了恶报。可见，作者的写作意图很明显：对于"脚踩两只船"立场不稳的贰臣厍大有，就让他彻底从"脚"上得到惩罚！清代评家但明伦指出："沸油浇足，可以警世之立脚不稳者。"①

可是，总觉得厍大有是在"代人受过"，这个"人"，就是小说里不曾出现的吴三桂。因为作者最后提到的是"人臣而怀二心者"，而谁有资格堪配"贰臣"这样的称号呢？厍大有吗？官儿太小；祖述舜吗？也不够格。只有吴三桂，才不偏不倚正合适！因为吴先做了崇祯帝的贰臣，归顺了多尔衮，打败了李自成，成了大清帝国的藩王；这回又反转来做了康熙帝的贰臣。如果不超出小说的范围，只以厍大有为"靶子"，站在清朝立场，他应是立功起义、与叛匪决裂；若站在祖述舜立场，他也至多是"卖友求生"，无论如何都称不上是"怀二心"的人臣。所以，一篇小文，引发出甲申之变的关键人物——吴三桂，其意涵就很可能有着对清兵入关的反思。若非吴三桂借清兵，则山海关不失；此关不失则清兵不入，即使已有洪承畴的谋划，多尔衮也只能施皇太极的故伎——毁边墙、扰京畿、肆意抢掠之后，再乖乖退回老窝，岂有一举夺得天下的可能？归根结底，中国政治舞台上这一空前绝后的乱象：四朝迭现（明、清、顺、西），五帝并起（崇祯帝朱由检、弘光帝朱由崧、顺治帝爱新觉罗·福临、永昌帝李自成、大顺帝张献忠），杀伐相寻的惨状由何而生？这都不是短短的一篇《厍将军》所能担当得起的。作者写了一个小小的真实人物，却露出了一个大大的中国历史上的"人臣而怀二心者"——吴三桂。

---

① 韩欣主编《名家评点聊斋志异》，天津古籍出版社，2008，第516页。

三朝元老

　　某中堂者，故明相也。曾降流寇，士论非之。老归林下，享堂落成，数人直宿其中。天明，见堂上一扁云："三朝元老。"一联云："一二三四五六七，孝弟忠信礼义廉。"不知何时所悬。怪之，不解其义。或测之云："首句隐忘八，次句隐无耻也。"似之。

　　洪经略南征，凯旋，至金陵，醮荐阵亡将士。有旧门人谒见，拜已，即呈文艺。洪久厌文事，辞以昏眊，其人云："但烦坐听，容某诵达上闻。"遂探袖出文，抗声朗读，乃故明思宗御制祭洪辽阳死难文也。读毕，大哭而去。

　　本文故意隐去两个切合题目的人物的姓名，一位是李建泰，另一位是金之俊。据历史学家邓之诚《骨董琐记》卷六解释：

　　　《聊斋志异·三朝元老》乃李建泰事。朱书《游历记存》云："建泰为贼相，贼败再降，又为相，被赐绰楔曰'三朝元老'悬于门，始告归。'一二三四五六七，孝弟忠信礼义廉'联，乃金之俊事，见苏濂《惕斋见闻录》。"①

---

　　① 赵伯陶注评《聊斋志异详注新评》，人民文学出版社，2016，第 1869 页。

　　李建泰（？—1649），山西曲沃人。天启五年（1625）进士。崇祯末闯王占领山西、陕西，李为保命很能"远虑"：以家乡诸多资财可以募兵并剿灭李自成为由，锐意一雪前耻。崇祯帝遂赐予其兵部尚书一职及尚方剑，使其便宜行事。出行日天公不作美，大风扬沙，轿杆折裂，逃兵四散，加之惊闻老家失落，一路凄惶潦倒。待其走到广宗、保定均被拒绝入城，即便出示颁赐印信也无效。建泰以尚方剑示警，这才被放进城。此后，闯军逼近，明军败退，保定城破，李终被闯将刘芳亮捕获并归降。清兵入关后，闯王败，李建泰又被清召为内院大学士，很得宠，又因受贿罢归。顺治六年（1649），原大同总兵姜瓖起事反清，李建泰在临汾响应，却兵败而归，随后被清擒杀。

　　再看金之俊（1593—1670），江苏吴县人。万历四十七年（1619）进士。闯王入京，金被俘，降后官复原职。只两个月，吴三桂领多尔衮进京，金之俊最先降清。他为巩固清廷在中原统治，不断主动出谋划策。金之俊想在"死与降"之间找个"平衡点"，如同走钢丝的演员，手拿一根横木棍，小心翼翼，左右摇晃，以求走到终点。但事与愿违，连他的家人都对他非常厌恶。夫人与之分居，拒受朝廷诰封。一次于饭桌前，金对侄儿讲忠孝，侄儿反唇相讥曰："监斩二王（崇祯二子永王和定王）也算忠吗？"后来连官府，乃至朝廷都不待见他。乾隆帝大呼上当受骗，特意把他归入《贰臣传》。

　　甲申年（1644）在中国历史上是天崩地坼的一年，锦绣河山变成狼奔豕突的厮杀战场。当时蒲公刚五岁，社会乱象在他幼小的心灵中印象殊深。尤其南明抗清政权陆续存在十八年（1644—

1662），老百姓心中不灭的民族意识，作者更能感同身受。本文借一幅寓意"忘八""无耻"的对联，对变节的"三朝元老"极尽嬉笑怒骂之能事。另外，小说十分含蓄地通过洪经略门人"抗声朗读"明思宗御制祭文随后"大哭而去"来批判变节行为。

路大荒记载：是年洪承畴降清。《志异》书中写《三朝元老》一篇加以讽刺。[①]所有这些，无不映衬着作者对故明的留恋。

曹操冢

许城外，有河水汹涌，近崖深暗。盛夏时，有人入浴，忽然若被刀斧，尸断浮出；后一人亦如之。转相惊怪。邑宰闻之，遣多人间断上流，竭其水。见崖下有深洞，中置转轮，轮上排利刃如霜。去轮攻入，有小碑，字皆汉篆。细视之，则曹孟德墓也。破棺散骨，所殉金宝尽取之。

异史氏曰："后贤诗云：'尽掘七十二疑冢，必有一冢葬君尸。'宁知在七十二冢之外乎！奸哉瞒也！然千余年而朽骨不保，变诈亦复何益！呜呼！瞒之智正瞒之愚耳！"

本文犹如蒲公在向世人宣告：曹操的墓穴，终于在许昌城外一条汹涌的河水之下被发现了！怎见得？有汉篆小碑文刻着的姓

---

① 路大荒：《蒲松龄年谱》，齐鲁书社，1980，第84页。

名为证，似乎已经无可怀疑了。官府随之打开了棺木，取出了殉葬的金银财宝。蒲公以"异史氏曰"的口气痛斥：曹操太狡猾了！这阿瞒看着是聪明，实际很愚蠢啊！

作者如此编造曹操水下真墓的故事，只能证明清初有关曹墓的传闻，一直停留在"拥刘贬曹"的七十二疑冢阶段。这纯属"姑妄说之"。如果用史料说话，曹操从未想隐瞒自己的陵墓位置，有他自己写的《终令》和《遗令》两份遗嘱为证。先看《终令》，这是他死前二年（218 年）写的，内容是：

> 古之葬者，必居瘠薄之地。其规西门豹祠西原上为寿陵。因高为基，不封不树。周礼，冢人掌公墓之地，凡诸侯居左右以前，卿大夫居后，汉制亦谓之陪陵。其公卿大臣列将有功者，宜陪寿陵。其广为兆域，使足相容。①

建安二十五年（220）正月，曹操病死前，又颁布了《遗令》：

> 吾有头病，自先著帻，吾死之后，持大服如存时，勿遗。百官当临殿中者，十五举音，葬毕，便除服。其将兵屯戍者，皆不得离屯部。有司各率乃职。敛以时服，葬于邺之西岗上，与西门豹祠相近，无藏金玉珍宝。吾婢妾与伎人皆勤苦，使著铜雀台，善待之。于台堂上安六尺床，施繐帐，朝晡上脯糒之属，月旦十五日，自朝至午，辄向帐中作伎乐。汝等时时登铜雀台，望吾西陵墓田。②

---

① 《二十五史·三国志·魏武帝纪》，上海古籍出版社、上海书店，1986，第 1074 页。
② 王彬主编《古代教文鉴赏辞典》，农村读物出版社，1990，第 119 页。

另有值得见证的是唐太宗李世民在贞观十九年（645）二月，亲征高句丽，途经邺城曹操墓，亲自祭拜，并写下《祭魏武帝文》。甚至《元和郡县志》也明确记载曹操墓即在邺城西三十里处。

到了宋以后，专制君主政体进一步稳固，科举盛行，正统思想深入到每个"士子"之心，而曹操正是杀了皇后又盗国，一心称帝又不敢的野心家，比贰臣"更上一层楼"了！刘义庆《世说新语》"贬曹"的倾向已经显现；晚唐杜牧有《赤壁》诗；苏轼《东坡志林》"途巷小儿听说三国语"，其"拥刘贬曹"意识已深入民心："至说三国事，闻刘玄德败，颦蹙有出涕者；闻曹操败，即喜唱快。以是知君子小人之泽，百世不斩。"[①]到南宋末年，民族矛盾加剧，正朔观念又融入了"严夷夏之防"的观念。陆游诗中："邦命中兴汉，天心大讨曹。"此中"讨曹"实有讨伐金人之意。到了《三国演义》流行以后，不但舞台上把曹扮成"大白脸"，而且在人们心目中，曹也成为集贰臣与奸诈于一身的反面人物，令人切齿痛恨。

面对这样一个长时期被正统思想贬斥的人物，蒲松龄在传说的"七十二疑冢"之外，再杜撰出水下安置转轮利刃的曹操墓穴，既符合人心向背，又证明小说家有着丰富的奇思妙想。可是对当今读者来说，就不必信以为真了。

---

① 三秦出版社，2003，第 19 页。

阎罗

　　莱芜秀才李中之，性直谅不阿。每数日，辄死去，僵卧如尸，三四日始醒。或问所见，则隐秘不泄。时邑有张生者，亦数日一死，语人曰："李中之，阎罗也。余至阴司，亦其属曹。"其门殿对联，俱能述之。或问："李昨赴阴司何事？"张曰："不能具述。惟提勘曹操，笞二十。"

　　王阮亭云："中州有生人为河神者，曰黄大王。鬼神以生人为之，理不可晓。"

　　异史氏曰："阿瞒一案，想更数十阎罗矣。畜道剑山，种种具在宜得何罪，不劳挹取，乃数千年不决，何耶？岂以临刑之囚，快于速割，故使之求死不得耶？异矣！"

　　《聊斋》有两篇"同题异文"的《阎罗》，而如今在各种版本的《聊斋》中，这两篇《阎罗》所载情况又很不一样：雍正年间的《异史》本，将两篇合在一起；最早的青柯亭本，哪篇也不载；后世的二十四卷抄本，又分别载于卷五（"打曹操"）和补遗（"送左萝石升天"，本书已将此篇选入"清官篇"）。为便于区分两篇《阎罗》的不同旨意，特将此篇"打曹操"的《阎罗》与上文《曹操冢》安排在一起，以取"抱团取暖"之效。

　　本文最后由"异史氏曰"做了暗示：曹操一案，为什么数千年不决？答曰："故使之求死不得耶？异矣！"——作者所做的这一推测，说明曹操杀人如麻罪恶深重，所以，让他们每日遭受"笞二十"达千年之久。这既是罪有应得，又反映出百姓嫉恶如仇的朴素感情。至于文中王阮亭的插话与本文主旨搭不上关系，故从略不论。

具体说来，曹操所枉杀的人，据王仲荦教授《说曹操》①记载，可综合归纳成三类。其一，宫廷政变人员。曹操自从建安元年（196）迎汉献帝后，本可以一步到位登上皇帝宝座，但他却矫情作态"挟天子以令诸侯"，长达二十四年之久。汉献帝及其亲信的"明顺暗抗"自不可免。建安五年（200），车骑将军董承联结刘备谋杀曹操，结果董承失败被杀。董承之女为献帝妃，有孕在身，帝请不杀，曹操岂肯？遂杀之。伏皇后把帝之怨情，写信给父亲伏完。到建安十九年（214），伏完已死，曹操见到此信，又怒杀伏后并其二子、伏氏宗族百余人。此外还有少府耿纪、太医令吉本、魏相国西曹掾魏讽等人，都因起事反曹，被残酷地屠灭三族。这些冤魂，能饶过曹操吗？

其二，素有私怨的人。袁忠曾任沛相，是曹操故乡的地方长官。大概出于公务"打击"过曹操，当曹操得势后，袁已逃至交趾，曹派人逼交趾太守杀了袁忠全家。更有一位曹操的同乡名叫桓邵，也曾与曹有私怨，后来跪在曹操面前主动请罪，曹却对桓邵说："跪可解死耶？"结果还是把桓邵杀了。尤其广为人知的是曹操枉杀名医华佗，给中华医学造成无法弥补的损失。

其三，不称心的姬姜乐人。曹操在《遗令》里讲善待"吾婢

① 中华书局，2009，第212—221页。

妾与伎人皆勤苦",而他自己却不拿伎妾当人看。一次曹操要午睡,嘱咐身边宠妾,到时叫醒他;待到了时间,那宠妾看他睡得正香,没叫他。等他自己醒来,便把宠妾用棍棒打死了。又有一女伎,嗓子不错,唱歌挺好,可是不肯曲意奉承。曹操很不爽,想杀之,又怕再找不到如此好听的嗓音,就挑选百余人专门学声乐,不久,果然有一位嗓子和那女伎差不多的,曹就用这女伎替补那违拗女伎,而把"不顺溜"的女伎杀了。

作者借阴司审判曹操,阐扬了民间惩恶扬善的心理,以及"帝蜀寇魏"的历史观。然而,时至今日全面评价曹操已成近代史家的共识,鲁迅先生说:"曹操是一个很有本事的人,至少是一个英雄。我虽不是曹操一党,但无论如何,总是非常佩服他。"[1]山东大学教授王仲荦先生在《说曹操》一书结尾又特意强调:"纵然如此,曹操还是当时一个杰出的政治家,同时他又不愧是中国军事史上第一流的军事家和文学史上第一流的文学家。"[2]

土化兔

靖逆侯张勇,镇兰州时,出猎获兔甚多,中有半身或两股尚为土质。故一时秦中争传土能化兔。此亦物理不可解者。

---

[1] 鲁迅:《而已集·魏晋风度及文章与药及酒之关系》,人民文学出版社,1980,第501页。

[2] 王仲荦:《说曹操》,中华书局,2009,第232页。

　　原文不过五十字，中心主旨是说：靖逆侯张勇，狩猎时获得了一只半截肉身、半截土质的兔，在秦川广为流传。作者最后只说一句："此亦物理（"物理"：科学）不可解者。"——我也不知道该怎么科学地解释这件事。作者就这么把问题摆在读者面前，任读者去猜想。

　　当然能收获一个"土化兔"，就堪称"志异"了。那么蒲公是否还要借题发挥呢，这就要从靖逆侯张勇这个真实人物说起。张勇（1616—1684），字非熊，陕西咸宁（今西安）人，清初名将，乾隆帝称其为"有古名将风"，位居"河西四将"（张勇、赵良栋、王进宝、孙思克）之首。原为明朝副将，顺治二年（1645）降清，授为"游击"，隶属陕西总督孟乔芳麾下，与之转战陕、甘，擒获了甘州回民米喇印、丁国栋拥戴的明朝皇室朱识𬭩，升任甘肃总兵。后又随洪承畴经略湖、广、云、贵，并先后任云南、甘肃提督。三藩之乱时，拒绝吴三桂招降，切断甘肃叛军与吴三桂的联系，又获加封少傅兼太子太师。康熙二十三年（1684），奉命到青海防范蒙古兵，途中病逝，追赠少师，谥号襄壮。

　　张勇不单是一员战将，还是个忙里偷闲，喜欢附庸风雅的儒将。据载他很能不耻下交有名气的文人士大夫。有的成功，有的失败。比如，"先隐后出"的思想家，诗人李因笃就为他死后写了传。还有大名鼎鼎的顾炎武（1613—1682）到关中访友，张勇曾经派儿子去请，可是碰到了软钉子。可见鼎革时期，与清廷划清界限，坚不出世，已经成为社会关注的焦点，如黄宗羲、王夫之等，借总结晚明衰败教训之机，以彰显故国之思，一时间著书立说蔚成风气。这些都是涌动于知识人士（包括作者）内心的一股民族意识。

　　文学的表现手法含蓄而多样，或隐喻，或象征，目的无非是借助"土化兔"怪异传说，讥讽张勇结交的"岩穴隐者"多是走终南捷径、名实不一的人物。而古人一向对"前后行藏"不一者视为"两截人"，由此推论"土化兔"的传说，或许是当时读书人不满张勇投清而演绎出来的故事。

小棺

　　天津有舟人某，夜梦一人教之曰："明日有载竹笥赁舟者，索之千金；不然，勿渡也。"某醒，不以为信。既寐，复梦，且书"顾、靥、颥"三字于壁，嘱云："倘渠吝价，当即书此示之。"某异之。但不识其字，亦不解何意。次日，留心行旅。日向西，果有一人驱骡载笥来，问舟。某如梦索价。其人笑之。反复良久，某牵手以指书前字。其人大愕，即刻而灭。搜其装载，则小棺数万余，每具仅长尺许，各贮滴血而已。某以三字传示遐迩，并无知者。未几，吴逆叛谋既露，党羽尽诛，陈尸几如棺数焉。徐白山云。

　　这是一个具有神秘色彩的故事。"一人驱骡载""小棺数万余"要渡河，被却无人认知的三个怪字吓跑了。蒲公编织这样的故事，究竟想告诉读者什么呢？细读全文，作者在篇末交代得很清楚:"吴逆叛谋既露,党羽尽诛。"原来作者就是想告诉大家——吴三桂死了。如果平铺直叙、明明白白地叙述,那不是"志异"的风格。从托梦开始,"复梦","不识""不解"的三个字,到"即刻而灭"的"赁舟者",再到"数万余"小棺,都可以看作是作者有意的铺垫。尤其那仁怪字,《说文解字》《康熙字典》全无,纯属生造。文中写成"厂"字头,也象征着一把"砍刀",下面分别是两个"贝"、三个"贝"、四个"贝"字,如同"死人躺在棺材里",暗示着"吴三桂叛乱,死了很多人"。

蒲公的创作可能还与另一事有关:清人冯喜赓在《虞堂附记》中记载:

> 癸未冬,家君自德州移守临清,访获直隶清河县明天教匪五百余人。首逆马进忠,自称圣人。建天心顺年号。造作字体,非篆非隶,不可辨识。制黄袍,并黄白各旗帜。封有三宫六院及四大贤相、六部尚书……等职。……甲申二月二日,劫掠而北。家君侦得之,潜带心腹宵行,围其村而获之,檄报各宪。中丞廉使,先后继至。所封伪职,无一漏网。诚巨案也。先是,闻直隶有走无常者,言阴司造册甚急,恐有大劫。将毋是欤?[1]

教匪首逆马进忠,定年号、制黄袍,甚至封三宫六院、四大贤相等。这与吴三桂反清,建立大周,自封周王,并置百官

---

[1] 朱一玄编《聊斋志异资料汇编》,南开大学出版社,2012,第207页。

何其相似，而蒲公借助其中"造作字体，非篆非隶，不可辨识"从而创造了谁也不认识的那仁怪字，且贯穿全文。同时，教匪和吴三桂的结局也是一样的：教匪被全歼，无一漏网；吴三桂则是"党羽尽诛"，陈尸数万。结末，蒲公又借此创造了"仅长尺许""各贮滴血"的小棺。以平静、淡漠的语气宣告吴三桂的死讯。如此上下左右勾连起貌似无关的故事，实则暗示着康熙朝已然平复了三藩之乱。正如冯镇所说：

> 是书当以读程、朱语录之法读之。语录精当，《聊斋》情当。凡事境奇怪，实情致周匝，合乎人意中所欲出，与先正不背在情理中也。①

天津离北京很近，有关清廷处理吴三桂的信息，这里应该最先获得；天津又是南北运河与海河汇集地，尽享漕运粮盐之便，客商往来，都会有意无意地为《聊斋》提供写作素材。小说结尾交代了故事的讲说者是"徐白山"，这也许是位往来运河的商人。"徐"既是他的姓，也有慢悠悠的意思；"白"是说明、告诉、陈述；"山"是确凿的意思，暗示讲述者的神态及来头之大，并以此强化故事的真实性。

《聊斋》中有五篇（包括本文）都带有明显的津沽印迹：它们是《商妇》、《鸿》（本书已选入"寓意篇"）、《禽侠》（本书已选入"复仇篇"）、《阎罗殿》。

---

① 朱一玄编《聊斋志异资料汇编》，南开大学出版社，2012，第486页。

冤魂篇

《聊斋》写冤魂本不足为奇，这里要特别关注的是那些在鼎革期间无辜死去的汉民冤魂，这与清入关前后的洗劫、屠杀汉民以及江南义士息息相关。据史料记载，清兵对扬州、江阴等地进行过大屠杀，死人数目难以统计。这些数字与事实，又在蒲松龄来扬州做幕僚时被街谈巷议所证实，于是冤魂不断在作者的脑海中涌现，日复一日则慨然命笔，写成小说。例如：《聊斋》卷四《张诚》（本篇未选）开头就说："豫人张氏者，其先齐人，明末齐大乱，妻为北兵掠去，张常客豫，遂家焉。……""明季清兵入境，掠前母去。父遭兵燹，荡无家室。"一家人妻离子散，这都是非常直白的表述。还有卷五《李伯言》（本篇未选）中的一段描述："中途见阙头断足者数百辈，伏地哀鸣。停车研诘，则异乡之鬼，思践故土，恐关隘阻隔乞求路引。"俗话说"人死入土为安"，可是战争造成无数异乡之鬼有家难归，"乞求路引"虽合情合理，但是路在何方？最终也仍然是死无葬身之地。再看卷十一《竹青》（本篇未选），更是把战乱暴露得淋漓尽致。男主人公为了爱情，化为乌鸦与心爱的人相会，半路被一箭射中胸部，幸亏有竹青搭救，不然就成为佐酒的"小菜"了。可以说，无数相识或不相识的扬州人，借着聚会、喝茶、聊天的机会，讲述着这段历史，蒲松龄才得以创作出这些冤魂故事。毛主席曾在多种场合，向萧三、何其芳等评价过《聊斋》。1939 年 5 月 5 日毛主席到鲁艺看望萧三时曾说:《聊斋》是一部社会小说。[1]作为汉族儿女的蒲松龄,有着鲜明的民族意识,尽管文字狱极其恐怖,但是作者凭借谈狐说鬼巧周旋,仍可以让读者看清这段历史的真实面貌。

---

[1] 陈思:《毛主席与聊斋》,《学习时报》2019 年 4 月 17 日。

喷水鬼

　　莱阳宋玉叔先生为部曹时，所僦第甚荒落。一夜，二婢奉太夫人宿厅上，闻院内哮哮有声，如缝工之喷水者。太夫人促婢起，穴窗窥视，见一老妪，短身驼背，白发如帚，冠一髻，长二尺许。周院环走，悚急作鹤步行，且行且喷，水出不穷。婢愕返白，太夫人亦惊。两婢扶窗下聚观之。妪忽逼窗直喷棂内，窗纸破裂，三人尽仆，而家人不之知也。东曦既上，家人毕集，叩门不应，方骇。撬扉入，见一主二婢并死一室。一婢膈下犹温，扶灌之，移时而醒，乃述所见。先生至，哀愤欲死。细穷没处，掘深三尺余，渐露白发，又掘之，得一尸，如所见状，面肥肿如生。令击之，骨肉皆烂，皮内尽清水。

　　王阮亭云："玉叔褴褛失怙，此事恐属传闻之讹。"

　　这篇小说，颇引争议。有人认为这只是个恶鬼伤人，主旨不明的民间鬼故事。有人则认为该篇完全是宣扬迷信思想，别无其他含义。再如，故事结尾王阮亭也辟谣："玉叔褴褛失怙，此事恐属传闻之讹。"还有的评家指认：这样的故事是"无稽""妄说"，与"抒孤愤的主体意识"格格不入。

　　愚以为，这样的评价远离了《聊斋》的创作初衷，低估了一篇曲笔深致惊悚故事的的丰富内涵。何以见得？

一、鼎革之际，宋琬（宋玉叔）不得已出仕了清廷，谁知二十几年接连三次惹上官司，两次被捕入狱，受尽牢狱之苦。其身世之冤屈为同侪所罕见。翻阅年谱，可知宋琬生于1614年，蒲公生于1640年，彼此相差二十六岁，确实没有任何交往。但蒲公对宋琬的学识与人品心向往之，应是不争的事实。蒲公十九岁参加童子试，幸运地受知于山东学道施闰章；而"南施北宋"之说早已享誉诗坛。这"宋"，指的就是宋琬，加之小说中明确出现宋琬母子租赁居住，可知宋琬一家遭坏人构陷两次入狱这些事，多为世人知晓。故此，作者精心撰写了这个"尸水喷人致死"的小说，借以影射朝中小人的鬼蜮伎俩，特为冤死者伸张正义，助声呐喊。

二、宋琬的不幸，纯属小人们刻意构陷。宋琬一生廉正为官，为百姓做了很多好事。顺治十一年（1654）出任陇西右道金事，不久秦州地震，宋琬派人回莱阳老家变卖了资产，以赈济灾民，由此得到朝廷嘉奖："钦赐蟒服加一级，优升永平副使，管军饷。"此举遂遭朝中小人忌恨：唆使宋的手下人（逆仆）或是亲属（族侄）举告宋，然后再上下其手，将之定罪。这一手段，翻翻历史，看看当下，无处不在。所以宋琬的不幸，实属被朝臣排挤、暗算的结果。

三、《聊斋》一向秉承"孤愤""寄托"的创作宗旨。一般来讲，故事情节中有人物形象等基本要素，多为"假鬼神以设教"的匡世救时之作。细读本篇，就有堪称曲笔深致之处。先看鬼狐出没处——"所僦第，甚荒落"。确实，宋琬在顺治十八年（1661）第二次入狱后，于康熙二年（1663）十一月免罪放归，此后长达近十年都无以为家，流离江浙一带。小说写宋琬租赁荒宅居住，透露的正是这一段历史信息。荒宅无原主，意含全靠朋友接济而寄人篱下。再看，地下冒出的"一老妪，短身驼背，白发如帚，冠一髻，长二尺许。周院环走，悚急作鹤步行，且行且喷，水出不穷"。此中的"鹤步行"，是比喻百官上朝时行走的步态，暗指其为朝中命官。其中难以理解的是她为什么是个"女性"，若是男性，岂不就显山露水了？还有"喷水"，则恰是对他人攻击和诽谤的变相措辞，若换成"血口喷人"，读者是明白了，却不隐晦了。总之，不能道破。此中留给读者的想象空间就是："驼背""白发"（朝臣老谋深算）、"掘深三尺余"（深藏不露）、"直喷椟内"（构陷异己），"三人俱仆"（必欲致之死地而后快）。这或许就如同阮籍（210—263）只以青白眼表爱憎而不名一言，含蓄至极。

对宋琬遭诬陷入狱，学界有两种看法：一种认为与其父抗清和他本人同情"于七起义"有关。但其父抗清距此时已有七八年，如果朝廷还追究此事，当初就不会将其录用为官。再者，首次入狱不到一年就出狱，并继续在吏部任职，也足证他与"于七"并无干系。另一种说法是宋琬的"文字余孽"和清初的"告密成风"酿成了这场风波。持此种观点的人认为：宋琬的仆人，从宋琬写给友人的信中断章取义，达到诬陷目的；而宋琬在诗中也确实对混俸禄者表示过鄙夷。另外，宋琬在狱中写的几首诗，如《庚寅狱中感怀》《庚寅初夕》等，也能使我们看到宋琬对"告密风"的有所彻悟。

宋琬从1660年到1672年被平反复官，再到1673年进京述职，适逢吴三桂兵变，史书说他"忧愤成疾"，纯属无稽之谈。宋1674年病逝于京都，时年五十九岁。总之，蒲公借宋琬之母被鬼"喷水"而死，影射宋琬遭朝野构陷之冤，曲笔表达了对其英年早逝的惋惜。

尸变

阳信某翁者，邑之蔡店人。村去城五六里，父子设临路店，宿行商。有车夫数人，往来负贩，辄寓其家。一日昏暮，四人偕来，望门投止。则翁家客宿邸满。四人计无复之，坚请容纳。翁沉吟思得一所，似恐不当客意。客言："但求一席厦宇，更不敢有所择。"时翁有子妇新死，停尸室中，子出购材木未归。翁以灵所室寂，遂穿衢导客往。入其庐，灯昏案上，案后有搭帐，衣纸衾覆逝者。又观寝所，则复室中有连榻。四客奔波颇困，甫就枕，鼻息渐粗。惟一客尚朦胧。忽闻床上察察有声，急开目，则灵前灯火照视甚了：女尸已揭衾起。俄而下，渐入卧室。面淡金色，生绢抹额。俯近榻前，遍吹卧客者三。客大惧，恐将及己，潜引被覆首，闭息忍咽以听之。未几，女果来吹之如诸客。觉出房去，即闻纸衾声。出首微窥，见僵卧犹初矣。客惧甚，不敢作声，阴以足踏诸客，而诸客绝无少动。顾念无计，不如着衣以窜。才起振衣，而察察之声又作。客惧，复伏，缩首衾中。觉女复来，连续吹数数始去。少间，闻灵床作响，知其复卧。乃从被底渐渐出手，得袴遽就着之，白足奔出。尸亦起，似将逐客。比其离帏，而客已拔关出矣。尸驰从之。客且奔且号，村中人无有警者。欲叩主人之门，又恐迟为所及，遂望邑城路极力窜去。至东郊，瞥见兰若，闻木鱼声，乃急挝山门。道人讶其非常，又不即纳。旋踵尸已至，去身盈尺。客窘益甚。门外有白杨，围四五尺许，因以树自障，彼右则左之，彼左则右之。尸益怒。然各寝倦矣。尸顿立。客汗促气逆，庇树间。尸暴起，伸两臂隔树探扑之，客惊仆。尸捉之不得，抱树而僵。道人窃听良久，无声，始渐出，见客卧地上。烛之，死，然心下丝丝有动气。负入，终夜始苏。饮以汤水而问之，客具以状对。时晨钟已尽，晓色迷濛，道人觇树上，果见僵女。大骇，报邑宰。宰亲诣质验。使人拔女手，牢不可开。审谛之，则左右四指并卷如钩，入木没甲。又数人力拔乃得下。视指穴如凿孔然。遣役探翁家，则以尸亡客毙，纷纷正哗。役告之故。翁乃从往，舁尸归。客泣告宰曰："身四人出，今一人归，此情何以信乡里？"宰与之牒，赍送以归。

　　这篇小说为何命名为《尸变》？因为是"冤鬼找替身"，很想"复活"。从故事情节看，也确实是女尸复活，要"吹死"四位住在自己房中的旅客。尽管女尸"吹"了一遍又一遍，结果只死了仨，有一个竟然没死。当女尸发现他要跑，就穷追不舍。逃客边跑边呼救，毫无效果。跑至庙前敲门，也无反应。恰好庙前有棵四五围粗的树，逃客以树挡住了女尸。双方围着树干一左一右地不断"拉锯"，直至都很疲惫。忽然女尸发力伸出两臂，想合围抓住逃客，逃客立马惊吓倒地，而女尸的指甲也深入树干，真成"僵尸"了。后来道士走出庙门，救了逃客；再看女僵尸，数人用力才拔出僵尸双手，树上竟留下八个指甲坑！

　　掩卷思之，都会确认这是一篇恐怖故事。但是，女尸何以非要杀死这四客呢？普遍认为该短章是以清朝东轩主人的《述异记·僵尸鬼》①为蓝本，但蒲翁做了一些改动。一、故事发生地点由"山东某县"变成"阳信"。而阳信最知名的人物是汉将韩信，这是否是作者有意为之？二、与投宿相类，荒冢改成旅店。三、过客由二解差一男犯改为四个贩夫。四、僵尸由男犯变女主妇。五、酣睡处由男尸旁变为私密的夫妻居室。六、破庙改为完整的兰若，增一道士闭门念经，并代替行人搭救了逃客。对照之余，不难发现，蒲翁深藏而滴水不露地寄寓了力抗清兵入侵中原的写作主旨。何以见得？一、夫妻居室岂容他人酣睡？这是亡妇最不能容忍，亦即汉族百姓最不堪忍受异族入侵的隐衷。二、荒冢改为旅店，来了"四位客人"，且已客满，只得暂住女尸旁。为什么非要"四位"？大概因为蒲公生于明崇祯十三年（1640），一生经历了清四代主子：努尔哈赤、皇太极、顺治和康熙。三、更有意思的是，亡妇并不对居室外的诸客人有丝毫加害，而是目标明确地朝四个贩夫一遍又一遍地往死里"吹"。意谓：与其它客人无关，因其并没侵入女尸住房。四、另一层"背面敷粉"笔法也饶有兴味：原故事说逃犯很容易就越过破庙坍塌的围墙，似乎可以任意进出；而本篇中的逃客，却任你怎么用力敲门，道士在里面念经，就是不开门。这意味着，庙主有严格的防范意识，绝不借宿；而亡妇的公爹认钱不认人，却招四客住停尸房，是引狼入室。于是

---

　　①朱一玄编《聊斋志异资料汇编》，南开大学出版社，2012，第6页。

亡妇只能自己动手，必欲吹死四个入侵者。

总之，故事情节没有对话，如同前后衔接的两场哑剧，特点是先文斗，后武斗，而且文斗时活人处处主动，女尸被动，武斗时女尸主动，活人被动。借以暗示中原大地此起彼伏的反抗风暴。

负尸

有樵人赴市，荷杖而归。忽觉杖头如有重负。回顾，见一无头人悬系其上，大惊；脱杖乱击之，即不复见。骇奔。至一村，时已昏暮，有数人爇火照地，似有所寻。近讯之，盖众适聚坐，忽空中堕一人头，须发蓬然，倏忽已杳。樵人亦言所见。合之，适成一人，而究不解其何故。后有人荷篮而行，或见其中有人头焉。讶而诘之。反顾始惊。倾诸地上，宛转而没。

本文以荒诞离奇的志怪故事，影射清初对百姓残酷镇压形成的人人自危的氛围。清初，上至官绅，下至百姓，对自身生命安全都有一种无由的惊恐。如文中所写：打柴的归来，觉得杖头发沉，回头一望，则挑着一个无头尸身。又如，打柴人至某村外，当与众聚坐时，忽然从空中落下一颗人头。经察看，此人头恰与先前所见尸身，可合为一完整的死人。再如，某提篮行人，忽见篮中有人头。赶紧倒在地上，人头骨碌碌又不见了。如此说有就有，说无就无的怪现象，不正是随时都可能发生命案的意涵吗？

这一切的历史背景，可在清初统治者制造的通海案、哭庙案和奏销案中得到相应的解答。

通海案。顺治十六年（1659），郑成功率军北伐，最后兵败，远去台湾。清廷追查投降郑成功的人，涉案者近千名，有魏耕、祁班孙等人被捕，或处死，或流放，被冤者也不在少数。

哭庙案。顺治帝薨，各地府衙设灵堂哀悼。文学评点家金圣叹写《哭庙文》，带领百余人前往苏州灵堂，向巡抚朱国治告状。朱国治以"惊扰灵堂，意图谋反"为由，逮捕了倪用宾等五人，后又将金圣叹等十八人判处死刑。

奏销案。此案一是清廷财政入不敷出，需要整顿；另外士绅也故意拖欠。康熙即位，把办理欠税与官员任免挂钩。江苏巡抚朱国治借题发挥，把抗欠赋税的士绅登记造册，多达一万三千余人。涉案士绅被逼交清赋税，还被免去了功名，甚至投入监狱。

除了三大案，还有无时不在的文字狱。仅以康熙初年庄廷鑨《明史》案为例，便可略见一斑。庄廷鑨是个盲人，对"左丘失明，厥有《国语》"深以为意，决心效法，想修《明史》以传世。他的同乡朱国桢，曾著有《札史》《列朝诸臣传》等手稿没刻印。朱死后，家道中落，听说庄廷鑨想写《明史》，就以千两银子卖给了庄廷鑨。之后，庄廷鑨招揽高才名士，在原手稿内又补写了崇祯朝的事迹，添加上自己的名字，还把不少浙江文人列为编者，改称《明史》刻板印行。

前明的归安县令吴之荣，是个曾因贪赃入狱，削职为民的文伥。他认为有了当官发财的敲门砖，于是他到庄家敲诈，结果分文未得。他又向官府告发，由于庄氏行贿，也就不了了之。吴之荣贼心不死，拿"初版"告到鳌拜门下，鳌拜立案追究，掀起大狱。清廷下令："将已死之庄廷鑨从坟墓里挖出碎尸万断；庄氏家族、作序的、参校的、买卖书的、刻印者以及地方官，连同家属，凡半成丁一律处死。妻小徙边远为奴。"[1]案发那年正值蒲松龄二十五岁，确如路大荒所言："此案件对先生颇有影响，故先生著述含蓄，多运用隐晦曲折的笔墨，表达出他的民族思想。"[2]

文中负尸者不过是个樵夫，所负之尸也不过只是尸身。却折射出一幅人人自危的画面，这可能是作者意在言外的苦衷。

野狗

于七之乱，杀人如麻。乡民李化龙，自山中窜归；值大兵宵进，恐罹炎昆之祸，急无所匿，僵卧于死人之丛，诈作尸。兵过既尽，未敢遽出。忽见阙头断臂之尸，起立如林。内一尸，断首犹连肩上，口中作语曰："野狗子来奈何！"群尸参差而言曰："奈何！"俄顷，蹶然尽倒，遂寂无声。李方惊颤欲起，有一物来，兽首人身，伏啮人首，遍吸其脑。李惧，匿首尸下。物来，拨李肩，欲得李首。李力伏，俾不可得。物乃推覆尸而移之。首见，李大

① 路大荒：《蒲松龄龄年谱》，齐鲁书社，1980，8月第84页。
② 同上。

惧，手索腰下，得巨石如碗，握之。物俯身欲龁。李骤起，大呼，击其首，中嘴。物嗥如鸱，掩口负痛而奔，吐血道上。就视之，于血中得二齿，中曲而端锐，长四寸余。怀归以示人，皆不知其何物也。

　　本文为"避祸"，首句就说："于七之乱，杀人如麻。乡民李化龙，自山中窜归。"用贬义的"乱"和"窜"，以呵斥"于七"，也给作者罩上"安全帽"。死尸堆中，藏着义兵李化龙——他是于七的兄弟中的幸存者。他不但躲过了"炎昆之祸"，还摸出了身下的石块，猛击野狗两颗獠牙，再次死里逃生。更可怕的是"阙头断臂之尸，起立如林"，尤其那位头颅还连着肩，口中还能说话的义军战士，竟然深怕再被"野狗"吃掉！问了句："野狗子来奈何！"——《聊斋》的幻笔特色呈现了："众尸参差而言曰：'奈何！'"——这问答中透露的不单是求生信息，还有一语双关的"野狗子"。但是，作者马上补写了一笔："俄顷，蹶然尽倒，遂寂无声。"——暗示又从幻笔回到了现实。这些描写，都是朦胧迷离状态下义军战士们的心理活动。那两颗被特意带回的"獠牙"，也意涵丰富：一、说明是名副其实的"野狗子"，有"獠牙"为证。二、说明"兽首人身"，非人非鬼，很像神话中的某个图腾崇拜。三、此"物"专吃人脑，叫声如猫头鹰，不伦不类，"皆不知其何物"。所有这一切，无非是"出于幻域，顿入人间"（鲁迅语）的《聊斋》笔法，或称障眼法。

　　于七（1609—1702），本命小喜，家世殷实，家中为邑中大户，祖父经商，父当过明末防抚辅兵。顺治五年（1648），他以栖霞县东七十里的锯齿山（一作锯牙山）为根据地，聚众抗清。顺治七年（1650）进攻宁海（今山东烟台牟平区），杀知州刘文淇。他骚扰清军，劫富济贫，除暴安良，得到农民群众的广泛支持，被清廷称为"诸寇冠"。登州知府自知无力剿灭，采取笼络招抚策略，授予于七栖霞县把总头衔。于七则利用这一"合法身份"，广交社会各阶层人士，积极组织力量以图大举。经过十余年的努力，于七在宁海州、墨县和海阳县建立了三个据点，实力大增。顺治十八年（1661）十月，于七再度起事，仍以锯齿山为根据地，攻克福山等县。清军分三路围攻锯齿山，激战至次年五月，于七失利突围而出，不知所终。

小说标题为《野狗》，初读会以为是战场、坟场或屠场上的野狗吃尸景象，可是越读越觉不对劲儿，尤其此"野狗"专吸死尸脑髓，被砸之牙又犹如匕首般弯曲而尖锐。所有这些令人毛骨悚然的惨状，以虚拟人物亲历的方式呈现，仿佛带着读者身临其境。加之文中多用反语，这种先使读者生疑，再思考，终至领会真情的笔法，更加耐人寻味。该文不啻为一篇悼念于七及广大起义英雄的祭文。

鬼哭

谢迁之变，官第皆为贼窟。王学使七襄之宅，盗聚尤众。城破兵入，扫荡群丑，尸填阶墀，血至盈门而流。公入城，扛尸涤血而居。往往白昼见鬼；夜则床下磷飞，墙角鬼哭。一日，王生皞迪寄宿公家，闻床底小声连呼："皞迪！皞迪！"已而声渐大，曰："我死得苦！"因哭，满庭皆哭。公闻，仗而入，大言曰："汝不识我王学院耶？"但闻百声嗤嗤，笑之以鼻。公于是设水陆道场，命释道忏度之。夜抛鬼饭，则见磷火荧荧，随地皆出。先是，阍人王姓者疾笃，昏不知人者数日矣。是日，忽欠伸若醒。妇以食进。王曰："适主人不知何事施饭于庭，我亦随众啖啖。食已方归，故不饥耳。"由此鬼怪遂绝。岂铙钹钟鼓，焰口瑜珈，果有益耶？

异史氏曰："邪怪之物，惟德可以已之。当陷城之时，王公势正烜赫，闻声者皆股栗；而鬼且揶揄之，想鬼物逆知其不令终耶？普告天下大人先生：出人面犹不可以吓鬼，愿勿出鬼面以吓人也。

《鬼哭》直接涉及的真实人物有三个：谢迁（1598—1649）、宅院主人王七襄（1617—1657）、寄宿者王生皞迪（1615—1693）。谢迁于文中不过是个引子，透露出故事的写作背景。顺治三年（1646）十一月，谢迁发动反清起义，先占了高青的刘家庄；十二月攻陷了高苑县城，杀知县武振华；后又沿孝妇河南下攻克新城。由于这一带不宜防守，才南下进入淄川东部山区，啸聚桃花山。顺治四年（1647）六月十四日，谢迁靠着里应外合，占领了淄川县城。入城后爱憎分明，对名儒高珩（1612—1697）等秋毫无犯，对大汉奸孙之獬（1591—1647）则毫不留情，表现了崇高的民族气节。著名反清义士顾炎武（1613—1682），闻讯奋笔写下《淄川行》，予以祝贺。可惜的是，谢迁站脚未稳，只到七月十一日，淄川城就又被清兵从地道引火攻破。最终起义失败，谢迁被俘。多尔衮曾亲自劝降，谢迁誓死不从，壮烈就义。出于惺惺相惜，顾炎武化名蒋山佣（蒋山即紫金山，明太祖朱元璋墓所在地）把谢迁忠骨收葬于淄川五松山嬷嬷崃，并为之撰写了墓志铭。

　　上述史实，完全是发生在作者七八岁时的事情，而小说里的谢迁，作者既没有让他说一句话，也没有对他加以任何褒贬，只在开头说了一句："谢迁之变，宦第皆为贼窟。"其实，醉翁之意不在酒，这正是作者民族意识的隐曲透露。文中的"城破兵入，扫荡群丑，尸填阶墀，血至盈门而流……"这不堪入目的画面，被作者一句"扫荡群丑"就转移了锋芒。这也是故意含糊其辞、模棱两可，是在有意"误导"读者产生错觉，试听"我死得苦""连呼'皞迪！皞迪！'"，等等，显然不像"群丑"的语言，实际都是城内被杀的平民百姓在喊冤叫屈！据说，若不是高珩等名士出来劝阻清兵，可能淄川又会变为一座空城。

　　王七襄算是本文的主人公，崇祯九年（1636）他十九岁，中举人，崇祯十年（1637）中进士。降清后，官至顺天府学政。谢迁攻占淄川时，他正为母丁忧。义军败后，他返回城里，不得不"扛尸涤血而居"。面对自家"白昼见鬼；夜则床下磷飞，墙角鬼哭"，他满以为仗剑吓鬼可以奏效，哪知反被群鬼揶揄嗤笑。作者借此正告普天下大人先生们：装作人模狗样尚且不能吓跑鬼怪，就更不要装出邪蛊鬼祟去吓唬人了。再说，作者已经言明"其不令终"了。这个铺垫很重要，据载：王七襄最终因诸多不法事被杀、弃市这也是罪有应得。

再看王晫迪是何许人。王晫迪生于明万历四十三年（1615），其母为毕际有的大姐，她已在明天启三年（1623）之前去世。此后，晫迪就被接到姥爷家，和舅舅等人朝夕相处，一起生活了四十余年，虽为甥舅关系，却情同父子。

这篇小说除了两个"哑巴"（谢迁、王晫迪）之外，只有"不令终"的宅主和"疾笃阍人"（病重的看门人）说了几句自欺欺人的颟憨话。但是，"不便说出"的"画外音"，却十分丰富。今天的读者，不会有作者彼时彼地的顾虑，所以，要是撇清了说，小说重在表达的是：淄川城破之后，作者借着冤鬼控诉屠城罪行，同时也揭露了王昌荫这些汉奸的丑恶嘴脸。

鬼隶

历城二隶，奉邑宰韩承宣命，营干他郡，岁暮方归。途中遇二人，服装亦类公役，同行半日，近与话言。二人自称郡役，隶曰："济城快皂，相识者十有八九，二君殊昧生平。"其人云："实相告，我乃城隍之鬼隶也。今将以公文投东岳。"隶问："函中何事？"答云："济南大劫，所报者杀人之名数也。"惊问其数，曰："亦不甚悉，恐近百万。"隶益骇，因问其期，答以"正朔"。二隶相顾，计到郡则岁已除，恐罹于难；迟之惧贻谴责。鬼曰："违误期限罪小，入逢劫数祸大。宜他避，姑无往。"隶从之，各趋歧路遁归。无何，北兵大至，屠济南，扛尸百万。二人亡匿免得。

借鬼隶讲真话——曲笔暴露清兵南下济南城的故事，也算别开生面。历城（今山东济南）的两个公差，奉邑宰韩承宣之命，从外地办公归来。进城前路遇二人，看那打扮也像差役。出于同行的缘故聊了起来。那二人谎称在府里当差，经过不断追问，才自认是鬼差。别看是活见鬼，二人却得知了一件特大军事机密——北兵要南下，据说杀人"恐近百万"。鬼差好心劝他们躲一躲。二人竟怕遭责，还是鬼差知轻重，指出，遭责事小，丢命事大！可见，平时人们常讲什么鬼话连篇，意思是不可靠；可是本文的鬼差，讲的句句是真。这就使二人躲过了一劫，也成为历城浩劫的两个幸存者。

当明、清（后金）处于辽西战场相持不下之时，清（后金）改由关以西、长城各关隘入侵内地，以期消耗明军的有生力量。至于清（后金）兵南略的次数，沈一民认为南略共六次。[1]现仅以第五次为例。

第五次南略，从 1638 年的八月，清兵入内地后，先在通州会师，然后又绕过北京到涿州，接着再分兵八路进发：一路顺着太行山，另一路沿着运河，中间六路于山河之间，由北向南，齐头并进。此次南略历时半年，沈一民先生说："如此辉煌战果，是以往所未有，攻占州县包括济南府，……共计：一府、三州、五

---

[1] 沈一民：《入关前清（后金）南略次数考——兼论〈清实录〉之失载》，《满汉研究》2007 年第 1 期，第 67-68 页。

十五县、二关。"本篇所载"扛尸百万",即指此次济南事件。

　　每次南略,都是一场饱掠豪夺,清兵尝到了"甜头",从而一发而不可收。蒲公但他巧妙地抓住"近百万"这个数字,记录了这一事件。而每个数字的背后都有无数的故事。当今济南尚有见证这场血案的遗存:"双忠泉"和"双忠祠"。这是专为纪念抗击北兵壮烈死难的山东巡抚宋学朱和历城知县韩承宣所建。

　　一个民族的光荣事、耻辱事都不应该忘记,尤其要明白落后、无能、腐败会怎样挨打!这应该是我们读罢《鬼隶》这篇文章后产生的荣辱观与敬畏感。

韩方

　　明季,济郡以北数州县,邪疫大作,比户皆然。齐东有农民韩方,性至孝。其父母皆病,因具楮帛,哭祷于孤石大夫之庙。归途零涕。遇一人衣冠清洁,问:"何悲也?"韩具以告。其人曰:"孤石之神,即亦不在于此,祷之何益?仆有小术,可以一试。"韩喜,便诘姓字。其人曰:"我不求报,何必通乡贯乎?"韩殷殷请临其家。其人又言:"无须。但归,以黄纸置床上,厉声言:'我明日赴都,告诸岳帝!'病当已。"韩恐不验,坚求移趾。其人曰:"实告子:我非人也。巡环使者以我诚笃,俾为南县土地。感君孝,指授此术。目前岳帝举枉死之鬼,其有功人民,或正直不作邪祟者,以城隍、土地用。今日殃人者,皆郡城中北兵所杀之鬼,急欲赴都自投，故沿途索赂，以谋口食耳。言告岳帝，则彼必惧，故当已。"韩悚然起敬，伏叩道侧。既起，则人已渺。惊叹而归。遵其教，父母皆愈。以传邻村，无不验者。

异史氏曰："沿途祟人而往，以求不作邪祟之用，此与策马应'不求闻达之科'者何殊哉！天下事大率类此。犹忆甲戌、乙亥之间，当事者使民捐谷，疏告九重，谓民乐输。于是各州县如数取盈，甚费敲扑。是时，郡北七邑皆被水，岁大祲，催办尤难。吾乡唐太史偶至利津，见系逮十余人，即道中问其何事，答云：'官捉吾等赴城，比追乐输耳。'农民亦不知'乐输'二字作何解，遂以为徭役敲比之名，亦可叹而亦可笑也！"

　　《韩方》这篇小说，是由貌似违拗的正文和"异史氏曰"两部分组成。正文又有明线、暗线交叉推进。明着写阳间人物韩方，为使父母的瘟疫病尽快痊愈去孤石大夫庙祈祷，回家途中遇到隐秘身份的"南乡土地神"，此"神"发现韩如此孝顺，好心告诉韩一个特效秘方。韩到家后遵嘱，果然吓跑了疫鬼，父母立刻康健如初。韩方再把秘方向邻村传扬，屡试不爽，从此瘟疫彻底解除了。接下来的暗线，作者一语道破："殃人者，皆郡城中北兵所杀之鬼。"原来是畿内及山东一带死了太多汉人，清理尸体不及时，导致"邪疫大作，比户皆然"。作者如此荒唐处理，是想寓庄于谐，但更重要的是借以"淡化"其政治意味。

　　接着再来看"异史氏曰"，作者马上又把矛头指向了那些跑官要官者。这里表面看是个类比写法，以枉死之鬼一路害民、扰民，却又冒充"有功人民""不作邪祟者"类比策马应试者，暗示冥府与人间一样——跑官要官的都是一些言行不一的两面派！但实质上仍未脱离上文主线，不过是岔开个话题，免得过于明显暴露出真实意图。

另一个史实是，康熙三十三至三十四年（1694—1695）济南一带遭水灾，官员为保官位，讨好朝廷，大灾之年租税照收，还巧立名目为"民乐输"。百姓并不懂"乐输"的意思，傻乎乎只以为是个租税的"名称"；可是皇帝听了该多高兴，百姓本来就遭了水灾，还要"乐输"，真是"爱朕甚于爱己"！于是各州县"如数取盈，甚费敲扑"。正好唐太史〔唐济武，最早肯定《聊斋志异》的同乡先辈，并于康熙二十一年（1682）秋为之作序〕偶至利津（今山东东营），见衙门里"系逮者十余人"，经盘问，对方答："官捉吾等赴城，比追乐输耳！"原来老百姓"很不乐输"！所以作者感叹："亦可叹亦可笑也！"

清朝《聊斋志异》点评家但明伦评曰："何不慭之径告岳帝，使数州倒之邪疫皆祛，且免沿途索赂者之幸进而为城隍、土地乎？"[①]这不失为高见，可惜蒲公不会采纳，因为那就毫无新意了。再说，"南县土地神"只不过是个最基层的小官，他敢出这主意吗？其实，把瘟疫流行归之于"枉死之鬼"，恰是避开"文网"的良策。作者一定是三思而后行的。

开篇谈过，正文与"异史氏曰"好像有些违拗。行文至此，方显作者本意全不在怎么治病，更不是非要揭露地方官的贪腐嘴

---

① 韩欣主编《名家评点聊斋志异》，天津古籍出版社，2008，第1161页。

脸，作者始终不忘的，是造成瘟疫流行的罪魁祸首——战乱。战后又不及时掩埋尸体，导致尸体腐烂，更使疫病大作！至于史实明载的水旱灾害，也不过是个"陪衬"，如此真假虚实都搅在一起，故意让读者摸不着头脑，这才能起到"明修栈道，暗度陈仓"的目的，明乎此，也许就算有所得了。

乱离二则

　　学师刘芳辉，京都人。有妹许聘戴生，出阁有日矣。值北兵入境，父子恐细弱为累，谋妆送戴家。修饰未竟，乱兵纷入，父子分窜。女为牛录俘去。从之数日，殊不少狎。夜则卧之别榻，饮食供奉甚殷。又掠一少年来，年与女相上下，仪采都雅。牛录谓之曰："我无子，将以汝继统绪，肯否？"少年唯唯。又指女谓曰："如肯，即以此女为汝妇。"少年喜，愿从所命。牛录乃使同榻，浃洽甚乐。既而枕上各道姓氏，则少年即戴生也。

　　陕西某公，任盐秩，家累不从。值姜瓖之变，故里陷为盗薮，音信断绝。后乱平，遣人探问，则百里绝烟，无处可寻消息。会以复命入都，有老班役丧偶，贫不能娶，公赍数金使买妇。时大兵凯旋，俘获妇口无算，插标市上，如卖牛马。遂携金就择之。自分金少，不敢问少艾。一媪甚整洁，遂赎以归。媪坐床上细认曰："汝非某班役耶？"问所自知。曰："汝从我儿服役，胡不识！"班役大骇，急告公。公视之，果母也。因而痛哭，倍偿之。

班役以金多，不屑谋媪。见一妇年三十余，风范超脱，因赎之。既行，妇且走且顾，曰："汝非某班役耶？"又惊问之，曰："汝从我夫服役，如何不识！"班役益骇，导见公。公视之，真其夫人。又悲失声。一日而母妻重聚，喜不可已。乃以百金为班役娶美妇焉。意必公有大德，所以鬼神为之感应。惜言者忘其姓字，秦中或有能道之者。

异史氏曰："炎昆之祸，玉石不分，诚然哉！若公一门，是以聚而传者也。董思白之后，仅有一孙，今亦不得奉其祭祀，亦朝士之责也。悲夫！"

蒲松龄在《磨难曲》中曾愤怒地指出："官兵和贼无两样，抢劫奸淫乱如麻。"这与俗语"匪来如梳、兵来如篦、官来如洗"如出一辙。本文就是揭露北兵"俘获"妇女之后，或拉郎配，或"插标市上，如卖牛马"的卑鄙行径。

前则故事中，作者开门见山：我的老师刘芳辉是教育部门的官员——学师，昌平人。这有着两重含义：既体现了真实性，又说明即便官宦家眷（学师之妹）也不免遭害。更可怜的是，这位"牛录"（清军下级军官），自知坏事做绝会断子绝孙，让抢来的少年与老师的妹妹为之"继统绪"（生养后代），此类荒唐事，虽然也征求了少年的意见，但在那生死难料之时，少年只能认可。结局颇具讽刺效果："既而枕上各道姓氏，则少年即戴生也。"——这显然是作者信手拈来的噱头，让人哭笑不得。

后一则故事放在"姜瓖之变"的背景下（顺治五年，即 1648

年）展开，说明清朝政府已经统一了天下，可是在战时随便掳掠妇女、倒卖得利的野蛮行为，仍然十分猖獗。主人公是个陕西专管盐务的官员，因为姜瓖先后投降闯王、清军的明朝大同守将，又叛清，"故里陷为盗薮"，进剿的清兵使得"百里绝烟"——说明战乱使得百姓（包括盐官家眷）也跟着倾家荡产、生死未卜。此时，盐官身边的老勤务兵"丧偶，贫不能娶"。官人赏给"数金"（钱不多），让他到市上买个老婆。来到德胜门外的"人市"，赎回了个年老的。到家后，老婆婆坐在床头，认出了在儿子手下当差勤务兵。老兵急忙去告诉盐官，母子相认，惊喜痛哭！于是老兵得到了加倍赏赐，再去"人市"选妻，挑上一个"风范超脱"中年妇女，归途"妇且走且顾"，又认出了勤务兵，兵又将此妇送见盐官。盐官见到夫人，"又悲失声"。一天之中与母、妻重聚，盐官高兴地赏出百金，让勤务兵再去"娶美妇"。结尾作者不从"人市"何以有如此众多妇女下笔，却轻松地归结为："此必公有大德，所以鬼神为之感应。"其规避"文网"的用心，全在不言中。

　　早在宋辽对峙时期，尤其是金兀术统治时期，像这样的掠卖妇女现象，在大同一带就十分普遍。先于蒲松龄的李渔（1610—1680），在其短篇小说《生我楼》第三回"为购红颜来白发，因留慈母得娇妻"中都有明清时期掳掠妇女出售的描述。对照本文"大兵凯旋，俘获妇口无算，插标第上，如卖牛马"，两者极为相似。表面看蒲公写了两则悲欢离合的故事，可这团聚的背后，反映的是血淋淋的劫妇贩卖行为，只不过在结尾按上一个掩人耳目的大团圆尾巴，否则作者也不会命题为"乱离"。退一步讲，世乱之际，即便有这般巧合，那微乎其微的概率，也掩盖不住千百万妻离子散的悲怆！

　　纵观《聊斋》中带有"离乱巧相认"情节的故事，有近二十篇。其中，父子离合达九例，夫妻离合六例，情侣离合二例，余者如主仆、母子、兄弟各占一例。可见作者对此有着特殊的关注，至于所要传递的意蕴，却又多半是醉翁之意不在酒：表面都是拥立"善恶因果"说，潜意识里则涌动着的鲜明的民族意识。

复仇篇

《聊斋》诚然是一部抒发孤愤的小说，但在某些故事里却又非常直白地"化孤愤为复仇"，这是因为抒愤还不足以浇胸中块垒。蒲公或以"快刀斩乱麻"的方式，将孤愤付诸武力消解，或"恨不令暂作虎"（《向杲》异史氏语），以幻术了结心头之恨。这两种极其爽快的解恨方式既富于浪漫情调，又具有异曲同工之妙：先立足于现实，不行再"借力发力"，反正不杀仇家不罢休。

俗话说："冤有头，债有主。"在封建独裁的社会中，寻仇报怨的事经常会发生。尤其在上古社会，特讲究势不两立：父母之仇不与同生，兄弟之仇不与聚国，朋友之仇不与聚乡，族人之仇不与聚邻。甚至复仇时间也与无限延伸，直谓君子报仇十年不晚。这就为复仇者提供了极其情绪化的理论支撑。尤其值得一提的是，在公元 98 年，中国历史上发生了一件很不起眼的小事：一名小小的太史令，因为某种原因被捕并受了宫刑，岂料这一小小的事件，却促成了中国历史上一个伟大的复仇者和一部伟大的史学著作，这复仇者就是司马迁，这部史学著作就是《史记》。新时期以来，很多学者都提出了司马迁借《史记》实现"文化复仇"的观点，即以抒愤之书来洗清耻辱。确实如此，司马迁终其一生，用饱蘸深情的笔墨，讴歌了中国古代历史上一个个艰辛卓绝的复仇故事，把极大的同情与崇高的礼赞，都给予了复仇者，这也正是司马迁复仇心理的隐曲投射。据统计，全书有二十几则复仇故事，研究者将其分为宗法复仇、个人复仇、家国复仇和士林复仇四个类型，这一创举对我国后世复仇文学产生了重大而深远的影响。

　　《聊斋》继承了我国古代史传文学的复仇传统，创造性地把复仇行为延伸至大千世界的各个角落：这里选了天上飞的《禽侠》，地上跑的《象》，阴暗处的爬虫《蝎客》；还有鬼复仇选了《博兴女》；命运复仇选了《拆楼人》；至于人复仇则有《狐入瓶》《张老相公》《张氏妇》等。

禽侠

天津寺，鹳鸟巢于鸱尾。殿承尘上，藏大蛇如盆，每至鹳雏团翼时，辄出吞食净尽。鹳悲鸣数日乃去。如是三年，群料其必不复至，而次岁巢如故。约雏长成，即竟去，三日始还，入巢哑哑，哺子如初。蛇又蜿蜒而上。甫近巢，两鹳惊，飞鸣哀急，直上青冥。俄闻风声蓬蓬，一瞬间，天地似晦。众骇异共视，乃一大鸟，翼蔽天日，从空疾下，骤如风雨；以爪击蛇，蛇首立堕；连催殿角数尺许，振翼而去。鹳从其后，若将送之。巢既倾，两雏俱堕，一生一死。僧取生者置钟楼上。少顷，鹳返，仍就哺之，翼成而去。

异史氏曰："次年复至，盖不料其祸之复也。三年而巢不移，则复仇之意已决。三日不返，其去作秦庭之哭可知矣。大鸟必羽族之剑仙也。飚然而来，一击而去，妙手空空儿何以加此！"

济南有营卒，见鹳鸟过，射之，应弦而落。喙中衔鱼，将哺子也。或劝拔矢放之，卒不听。少顷，带矢飞去。后往来近郭间，两年余贯矢如故。一日，卒坐辕门下，鹳过，矢坠地。卒拾视曰："此矢固无恙哉？"耳适痒，因以矢代搔。忽大风催门，门骤阖，触矢贯脑，卒寻毙。

这是一篇写鹳鸟夫妇请求不知名的大鸟斩蛇复仇的惊险故

事。清朝《聊斋》评家但明伦说："禽鸟中有志士，有侠仙，人有自愧不如者矣。"[①]诚然，大鸟所表现出的侠义之举，正是作者崇拜侠义精神的真实写照，其在回忆自己少年读书情况时说过："余少时最爱《游侠传》，午夜挑灯，恒以斗酒佐读。"[②]由此可知作者即便写作如此短篇，也要倾注满腔热情。

故事写天津某寺庙屋脊之上，有一对鹳鸟筑巢，孵化雏鹳。当雏鸟刚长出羽毛时，就被大蛇吞噬，鹳见状悲鸣几天也就飞走了。转年二鹳仍在此筑巢、产卵、孵化，蛇也仍旧准时来吞噬。三年之中，就这样不断重复着这悲惨的一幕。第四年某日，正当蛇来吞噬幼雏时，二鹳引来一只大鸟，"翼蔽天日"，"以爪击蛇，蛇首立堕"，其用力之猛，连大殿的屋角也被撞垮几尺宽。然后大鸟则毅然飞去。二鹳尾随其后，如同相送一般。再看掉在地上的两只雏鹳，一死一活，和尚把活着的安放在钟楼上，大鹳飞回继续哺育，待到幼雏羽毛丰满后也飞走了。

这时正文插入的"异史氏"说："次年复至。"而正文却是："如是三年，群料其必不复至。"到底谁对？显然应把"异史氏曰"的第三句与首句互换即可。"三年而巢不移，盖不料其祸之复也。次年复至，则复仇之志已决。"[③]

那么，这三年只有巢，不孵幼鹳，目的一是看蛇是否还在，二是四处寻求救兵。结果证明蛇还盯着吃幼鹳，于是鹳第四年又来孵雏，而救兵也已然请好。接下来"异史氏曰"："三日不返"，

① 韩欣主编《名家评点聊斋志异》，天津古籍出版社，2008，第 742 页。
② 彭海燕《从〈聊斋志异〉看蒲松龄的知己梦》，《蒲松龄研究》2015 年 4 期。
③ 马振才：《〈聊斋志异〉原文的一处误置》，《蒲松龄研究》1992 年 4 期。

干什么去了？作秦庭之苦（搬救兵）去了。

只见那大鸟"飚然而来，一击而去"，真是禽鸟中精于剑术的仙人，即便是传奇故事的侠客，也不过如此吧。很显然，这些话是作者以"异史氏"的口气在赞叹大鸟除暴安良、扶危济困的义举。

为了证明弱禽请来强禽报仇之可信，作者又讲了一个弱禽自己报仇的故事。济南某营卒射落一只鹳鸟，鸟嘴还叼着小鱼准备喂雏鸟。有人劝营卒拔箭放生，营卒不听。不一会儿鹳鸟带箭飞逃了。后来这只伤口带着箭的鹳鸟，有两年多总在附近飞来飞去。某一天，营卒正坐在辕门旁，鹳鸟飞过并丢下了箭；营卒拾起箭，看了看说："箭完好如初！"此时，营卒耳朵突然发痒，顺手用箭掏耳朵，恰巧一阵大风吹来，门猛然一关——正好撞击箭头刺穿了脑壳，营卒立刻就死了。

据考此类禽鸟复仇故事可谓源远流长。较早的有南朝宋刘敬叔《异苑》卷三记载的"群鸟为同类仇杀猎犬"的故事；延及唐代诗圣杜甫笔下，又撰写了脍炙人口的《义鹘行》，把复仇目标又集中到了蛇；然而《聊斋·禽侠》的故事情节，更接近宋代洪迈《夷坚志》甲志卷五的《义鹘》。

这种凭借现实生活中的真人"眼见为实"的写法，无疑会增添故事的可信度，肯定了禽鸟为同类复仇的正义性。聂石樵教授认为："蒲松龄的描写与《可如之》中的记载更相近，写大鸟飙然而来，一击而去，来去神速，赞扬了它为被压迫者报仇的精神。"①可见哀子之死，仁也；报子之仇，义也。谁说禽鸟无仁义之心？

象

广中有猎兽者，挟矢入山。偶卧憩息，不觉沉眠，被象鼻摄而去。自分必遭残害。未几，释置大树下，顿首一鸣，群象纷至，四面旋绕，若有所求。前象伏树下，仰视树而俯视人，似欲其登。猎者会意，即以足踏象背，攀援而升。虽至树巅，亦不知其意向所存。少间，有狻猊来，众象皆伏。狻猊择一肥者，意将抟噬。象战栗，无敢逃者，惟共仰树上，似求怜拯。猎者因望狻猊发一弩，狻猊立殪。诸象瞻空，意若拜舞。猎者乃下。象复伏，以鼻牵衣，似欲其乘。猎者遂跨身其上。象乃行。至一处，以蹄穴地，得脱牙无算。猎人下，束置已，象乃负送出山始返。

本篇叙述象群苦于被狮子吞噬，求救于猎人；猎人以毒箭射杀了狮子，象群解除了生存威胁，复仇目的达到了。为酬谢猎人，象把积攒多年的"脱牙无算"，悉数赠给了猎人。故事中的"广中"即今广东省，"狻猊"即狮子。

———

① 聂石樵：《聂石樵自选集》，山东文艺出版社，2007，第389页。

清人章有谟《景船斋杂记》卷上，有类似记载：

> 宣德间……松江道士徐宗盛随往，既归，云："往某国，山上多兽。舟中有善猎者，持毒矢往。遇一兽甚巨，逐群象来。其人惧，急缘大树避之。兽攫一象食饱卧，群象亦莫敢去。其人视之熟，试发一矢，惊哮，知其可毒，更速发三矢，……须臾死。群象悲哀，指示若欲驮之。其人熟解象意，下，驮往一坑谷，盖象所解牙处也。群象各卷牙，复驮送出，又拜伏去。……"①

更早的《太平广记》卷四百四十一，有唐戴孚《广异记·安南猎者》和唐牛肃《纪闻·淮南猎者》两篇更为冗长的记载。这说明蒲公的《象》，不过是"照葫芦画瓢"，但更为精简、清晰。可是把象群深以为惧的"巨兽"，改成"猰㺔"，这似乎有点匪夷所思。

不过，此篇最大的看点是从猎人的角度来"揣摩"出象的用意，如"似欲其登""猎者会意""似求怜拯""意若拜舞""似欲其乘"等句，全靠动作——犹如利用手势达到人与动物内心想法的沟通，这既体现了人与动物语言不通的现实，又艺术地再现了心有灵犀一点通的奥秘，这应该是蒲公《象》这篇故事"青出于蓝而胜于蓝"的超越前人之处。

---

① 朱一玄编《聊斋志异资料汇编》，南开大学出版社，2012，第205页。

蝎客

南商贩蝎者，岁至临朐，收买甚多。土人持木钳入山，探穴发石搜捉之。一岁复至，寓于客肆，忽觉心动，毛发森悚，急告主人曰："伤生既多，今见怒于虿鬼，将杀我矣！急垂援救！"主人顾室中有巨瓮，乃使蹲伏，而以瓮覆之。无何，一人奔入，黄发狞丑，便问主人："南客何在？"答以："他出。"其人入室四顾，鼻作嗅声者三，遂出门去。主人曰："幸可无恙矣。"往启瓮，则客已化血水。

这是一篇典型的宣扬佛教戒杀生的小说。标题"蝎客"一语道破其中玄机——蝎精向贩蝎客复仇索命，二者构成一对矛盾。

一层至"土人入山，探穴发石搜捉之"，交代蝎精杀客商因由。客商每年必到山东临朐大量收购蝎子，致使蝎子惨死无度！

二层至"以瓮覆之"，写蝎客自危，求救店主。其中"忽觉心动"——写心理感应；"毛发森悚"——写身体反应。这一由内而外的反常表现，说明客商已悟到杀生之过，而且是在神不知鬼不觉的冥冥之中展示的。这就说明，虿鬼复仇非同一般，具有一种祸从天降的摄神夺魄的逼人气势。

三层至"遂出门去"，写蝎精快意复仇。先写虿鬼与店主的对话，带出虿鬼"黄发狞丑"的状貌，其绝妙之处在于，暗合蝎子遍体黄褐色，举二螯以行，背部凹凸不平等形态。次以虿鬼无言，制造层层"平安"假象，显得虽惊而无险。又"入内室"，以"鼻嗅"无声动作再造"莫名"假象，然后扬长而去。如此假象交替迭现，为后续结果攒足态势，最富《聊斋》特色。

四层至结末，写客死瓮中。好像就在一切全都平安无事之后，可以启瓮救出客商了，可此时情节陡转——"客已化为血水"！竟然落个"死无葬身之地"的下场，杀生的危害不言而喻。

全文虽只有短短百余字，却是时而紧张，时而舒缓。结果究竟如何，全在不言不语中包藏得严严实实，这就使得最后的结果既出人意料，又给人以无比惊诧震撼之感，读来真是耐得咀嚼、余味无穷。

博兴女

博兴民王某，有女及笄。势豪某窥其姿，伺女出，掠去，无知者。至家，逼与淫，女号嘶撑拒，某缢杀之。门外故有深渊，遂以石系尸，沉诸其中。王觅女不得，计无所施。天忽雨，雷电绕其家，霹雳大作，龙下攫其首而去。未几，天晴，渊中女尸浮出，一手捉人头，审视，则豪某也。官知，鞫其家人，始得其情。龙其女之所化与？何以能然也？奇哉！

这篇小说写山东博兴一位弱女子，被土豪伺机掠去，逼奸未遂而被害。土豪为消除罪证，沉尸于户外深渊，使得死者家长"计无所施"。土豪自以为得计，其实"人在做，天在看"，岂有安然无恙之理。

在封建社会，每当草民遇到不合理、不公平，又无能为力的事情，心中经常会默念的一句话就是：老天总有"开眼"的时候。这"天开眼"是何情景？据清袁枚《子不语》卷二四有一段"天开眼"的记载：

> 平湖张敦坡，一日偶在庭中，天无片云，忽闻訇然有声，天开一缝，中阔两头小，其状若舟，睛光闪铄，圆若车轴，照耀满庭，良久方闭。识者以为此即"天开眼"云。[①]

作者就利用这一民俗心理，使博兴女死而化龙，揪走了土豪脑袋。这虽属超现实的浪漫笔法，但也说明当法律形同虚设，不能伸张正义时，无能为力的草民呼吁苍天开眼就成为活下去的唯一希望。作者顺着这条思路，特意状写了《聊斋》版的"天开眼"的情景：风云突变、雷雨交加，闪电绕着土豪宅院炸响，随后才是"龙下攫其首去"。这一细节描写，成为全文最大亮点："天忽雨"犹如全景呈现；"雷电绕其家"是近景；"攫其首"是特写。如此层次分明，有声有色，酣畅淋漓地了结了这一快意复仇的心愿。

---

① 赵伯陶注评《聊斋志异详注新评》，人民文学出版社，2016，第3063页。

拆楼人

何冏卿，平阴人。初令秦中，一卖油者有薄罪，其言憨，何怒，杖毙之。后仕至铨司，家赀富饶。建一楼，上梁日，亲宾称觞为贺。忽见卖油者入，阴自骇疑。俄报妾生子。愀然曰："楼工未成，拆楼人已至矣！"人谓其戏，而不知其实有所见也。后子既长，最顽，荡其家。佣为人役，每得钱数文，辄买香油食之。

异史氏曰："常见富贵家楼第连亘，死后，再过已墟。此必有拆楼人降生其家也。身居人上，乌可不早自惕哉！"

故事的主体由两出悲剧组成：一出是何县令罚不当罪地杖杀了卖油人；二出是死者（卖油人）为复仇投胎为何子（拆楼人），并日复一日、年复一年地使何县长家败楼毁。

何县长即何冏卿（1525—？），又名何海晏，康熙十三年（1674）《平阴县志》卷七《人物志》有传。这说明历史上实有其人，但不一定真有其事，因为蒲公一向在人物塑造上使用"真人假事"，为的是既学《史记》笔法，又给读者以真实感。尽管如此，但故事情节完全符合旧时官场霸凌作风，以及家庭盛衰的生活逻辑。试想，一个卖油的，敢于顶撞县太爷，岂不是找死。但从父母官方面说，对一个"薄罪"之人也不至发怒"杖毙"。虽然何县长事后也并非没有悔意，但草菅人命这笔账，老天是记下了。"上梁日，亲朋称觞为贺。忽见卖油者入，阴自骇异。"紧接着又是"妾生子"。按说这是"双喜临门"，可是做了亏心事的何县长却高兴不起来，而是自觉地"愀然曰：'楼工未成，拆楼人已至矣！'"很显然，后续的何子顽劣、败家、爱吃香油等报复行为，便都是蒲公暗示的关合之笔。

然而，家与国，在华夏大地自古即为一体。文尾"异史氏曰"已经点明："拆楼人"并非只出自何县长一家，而是富贵之家常有的现象。因此故事进一步给人以启示，即继业者能否守业并兴业，是一个家国盛衰的关键。清孔尚任的《桃花扇》结尾《余韵》昆曲版中最后有一段套曲《离亭宴带歇指煞》，描写教曲师傅苏昆生，在南明灭亡后重游南京时，唱出了国破家亡的凄凉景象："俺曾见金陵玉殿莺啼晓，秦淮水榭花开早，谁知道容易冰消。眼看他起朱楼，眼看他宴宾客，眼看他楼塌了。"[1]这里将家国兴亡之思与富贵人家起楼、塌楼的盛衰过程联系在一起，更见其悲凉而深沉。如此推想，蒲公提醒"乌可不早自惕哉"！即有"一言兴邦"之效。

狐入瓶

万村石氏之妇崇于狐，患之，而不能遣。扉后有瓶，每闻妇

---

① 王季思：《中国十大古典悲剧集》，上海文艺出版社，1982，第935页。

翁来，狐辄遁匿其中。妇窥之熟，暗计而不言。一日，窜入，妇急以絮塞其口，置釜中，燀汤而沸之。瓶热，狐呼曰："热甚！勿恶作剧！"妇不语，号益急；久之，无声。拔塞而验之，毛一堆，血数点而已。

这故事取材于明朝万历年间昆山人周玄𬀩写的《泾林续记》，原文如下：

> 予邻季升夫妇方夜膳毕，妇向厨房洗涤，忽见一怪物，大若猫，黑色，两目眈眈，从梁而下。妇大惊呼，季持棍求索，隐于床边。时比邻俱未寝，闻有警，竞来援。举火细觅，怪渐缩而小如鼠，绕屋奔走，无隙得出，值灶塘中有醋瓶未盖，怪遂窜入其中。众取盖掩之，置汤中煮之，数沸启视，仅得故纸一团，铁线一根而已。[①]

经对比分析，故事篇幅，本文比原作精简了很多。故事主体，蒲松龄以"石氏之妇"替换了"季升"与"众"作为灭狐主力，而且"石氏之妇"更为沉着冷静、勇敢果决，不再是"妇大惊呼"，而是"窥之熟，暗计而不言"。前三字，写妇人眼观，后五字写妇人心理活动。全句只用八个字，就恰如其分地描写出了妇人的智慧和稳重。因此，蒲松龄写的《狐入瓶》，已不再是原书中的"狐

---

① 朱一玄编《聊斋志异资料汇编》，南开大学出版社，2012，第27页。

故事"，"狐"只是作为反面因素来彰显女性自我意识的觉醒。石氏之妇"塞其口，置釜中，燀汤而沸之"。粗线条地塑造了一位敢于灭狐，而不是束手任狐作践的新女性。这是具有颠覆性的大翻转，而且，"狐"再怎么告饶，她也不理，直到"久之，无声。拔塞而验之"，证明确死无疑，才算心安。这就有力地揭示了其对恶势力决不心慈手软的坚定性。实际上"妇"的行为正体现着女性的"觉醒意识"。这里的女性无论在伦理、审美诸方面都不再苟同于传统的认知。因此，蒲松龄在故事中隐去了作为封建社会核心的"男性"与作为家庭支柱的"丈夫"；即便故事中还有个"妇翁"，可也真如"摆设"一样，没有任何言语和行动。蒲松龄特意构思出这样一个似乎是孤立无援的困境，衬托出弱势群体的单枪匹马，但即便如此，"妇"也还是干净利索地达到了灭狐复仇的心愿。《狐入瓶》虽短，却寄寓着作者对女性有着异乎寻常的同情与赞美。

张老相公

　　张老相公，晋人。适将嫁女，携眷至江南，躬市奁妆。舟抵金山，张先渡江，嘱家人在舟，勿爆膻腥。盖江中有鼋怪，闻香辄出，坏舟吞行人，为害已久。张去，家人忘之，炙肉舟中。忽巨浪覆舟，妻女皆没。张回棹，悼恨欲死。因登金山，谒寺僧，询鼋之异，将以仇鼋。僧闻之骇，言："吾侪日与习近，惧为祸殃，惟神明奉之，祈勿怒；时斩牲牢，投以半体，则跃吞而去。谁复能相仇哉!"张闻,顿思得计。便招铁工,起炉山半,冶赤铁重百余斤。审知所常伏处,使二三健男子,以大箝举投之。鼋跃出,疾吞而下。少时,波涌如山。顷之浪息,则鼋死已浮水上矣。行旅寺僧并快之,建张老相公祠,肖像其中,以为水神,祷之辄应。

　　故事发生地金山,即今之镇江。这里可是"梁夫人擂鼓战金山""白娘娘水漫金山寺"等的古老的复仇故事的发生地。本篇故事情节单线独进,写张某携妻女乘船去为女儿办嫁妆,下船前叮嘱"勿爆腥膻",以防鼋怪嗜香翻船。岂料母女健忘,葬身水中。张"悼恨欲死",在走访寺僧时得知:"时斩牲牢,投以半体,则跃吞而去。"于是心生奇计,"冶赤铁重百余斤",找准鼋怪藏身处,"以大箝举投之",鼋怪吞后五内如焚而死!

　　张某这一果断复仇行为,表现了大智大勇和敢于反抗世俗的优秀品质。首先,这智勇体现在除害手段之妙:他把百姓奉祀鼋怪的"牲牢"不声不响地改为"赤铁",不但化冷炙为红烧,而且变悲痛为行动,既报家仇又除公害,一举两得。其次,寺僧那句"谁复能相仇哉!"太耐人寻味了,体现了懦夫与勇士的不同心理。张某听在耳,恨在心,绝不随俗,相反却决意除害报仇,这是一种难能可贵的"反潮流,反世俗"的精神。最后,关于百姓为张某建祠,"以为水神",可看出古老的传统崇拜具有两极分化又回合的特点:大善与大恶,是为两极崇拜;而二者都基于对人自身之力的不自信,是为回合。比如太阳神为大善的化身,雷公神为大恶的化身。大善固然值得崇拜,那是因为它太强大了,遂由敬佩而失去自信；大恶同样难以战胜，从而崇拜之，奉祀之，这也是对自身毫无信心的表现。故事的这一结尾，迷信自不必说，也算得颊上三毫，备见《聊斋》特色。

至于张老相公的人物原型，据《萧山县志》记载，是宋代景佑（1034—1038）年间，以工部郎中任两浙转运使的张夏。由于他加固江溏堤岸有功，死后被追封为守江侯、显应侯、护堤侯、静安公。百姓敬称他"张老相公"（传说中的"水神"）。可知这"相公"一词，既是旧时妻子对丈夫的敬称，又用作称年轻的读书人（多见于旧戏曲、小说），但在本文既用作篇名，就成了"水神"的别称，抑或专指张夏。

为彰显为民除害这一优良传统，有学者甚至建议："可把这一智勇双全的张老相公为民除害的故事，作为讲授《李寄斩蛇》等中学课文时的补充教材；也可把它和梁夫人、白娘娘等有关金山故事同样看待，重新整理、敷陈、予以推广。"[①]

张氏妇

凡大兵所至，其害甚于盗贼：盗贼人犹得而仇之，兵则人所不敢仇也。其少异于盗者，惟不甚敢轻于杀人耳。甲寅岁，三逆作乱，南征之士，养马兖郡，鸡犬庐舍一空，妇女皆被淫污。时

---

① 江慰庐：《关于"张老相公"金山除害的故事》，《教学与进修》1981年第3期。

遭淫雨，田中潴水为湖，民无所匿，遂乘桴入高粱丛中。兵知之，裸体乘马，入水冥搜，榜掠奸淫，鲜有遗脱。惟张氏妇独不伏，公然在家中，有厨舍一间，夜与夫掘坎深数尺，积茅焉；覆以薄，加席其上，若可寝处。自炊灶下。有兵至，则出门应之。二蒙古兵强与淫。妇曰："此等事岂对人可行者！"其一微笑啁嘬而出。妇与入室，指席使先登。薄折，兵陷。妇又另取席及薄覆其上，故立坎边以诱来者。少间，其一复入，闻坎中号，不知何处。妇以手笑招之曰："在此矣。"兵踏席又陷。妇乃益投以薪，掷火其中。火大炽，屋焚。妇乃呼救。火既熄，燔尸焦臭。或问之，妇曰："两豕恐害于兵，故纳坎中耳。"由此离村数里，相大道旁并无树木处，携女红往坐烈日中。村去郡远，兵来率乘马，顷刻数至。笑语啁啾，虽多不解，大约调弄之语。而去道不远，无一物可以蔽身，辄去，数日无恙。一日，一兵至，殊无少耻，欲就妇烈日中。妇含笑不甚拒，而隐以针刺其马，马辄喷嘶，兵遂系马股际，然后拥妇。妇出巨锥猛刺马项，马负痛骇奔。缰系股不得脱，曳驰数十里，同伍始代捉之。首躯不知何处，缰上一股，俨然在焉。

异史氏曰："巧计六出，不失身于悍兵。贤哉妇乎，慧而能贞！"

　　这是《聊斋》中一篇非常具有地域特色的小说，在不足五百字的篇幅内，以寓险于夷的轻快笔调，塑造出了一位巾帼英雄——张氏妇。她面对蒙古骑兵的侵辱，毫不惊慌，巧于周旋，最终又不留痕迹地消灭三名禽兽般的蒙古骑兵，读后真是大快人心！

　　故事的大背景是吴三桂反清复明，康熙帝派军南征。这群恶行甚于强盗的蒙古骑兵，沿途抢劫，宰杀牲畜，奸污妇女。面对这些禽兽，作者高度称赞张氏妇："巧计六出，不失身于悍兵。贤哉妇乎，慧而能贞！"

　　前三计，妇与夫先在厨房挖陷坑，其上伪装成炕席，以诱兵掉入坑中。当二蒙古骑兵前来调戏时，佯称："此等事岂对人可行者？""请君入瓮"，此为一计。待形成"关门打狗"之势，再引火烧掉房屋，活活烧死二兵，此为二计。当烧焦的尸体冒出臭味时，却谎称："两豕恐害于兵，故纳坎中耳。"此为"掩耳盗铃"之三计。二蒙古骑兵以害人始，以被火葬终。作者这近乎夸张的轻松笔调，突出了女子胸有成竹的意态，戏剧般地刻画了张氏妇与二人巧妙斡旋的情境，给人以"谈笑间，樯橹灰飞烟灭"之概。

　　后三计，张氏妇意识到消极避匿，反易受辱；挺身而斗，庶几可免。所以，当房子烧毁之后，她非但不逃不藏，却"相于大道旁并无树木处"做针线活。果然，数骑兵至，"无一物可以蔽身，辄去"，此为一计。可是，禽兽何论有无遮蔽，果有"一兵至，殊无少耻，欲就妇烈日中"。妇却"含笑不甚拒，而隐以针刺马"，致使"兵系马股际"，此为二计。待骑兵上前动手脚时，"妇出巨椎猛刺马项"，三计落幕，惊马狂奔数十里，缰上最后只剩那条捆着的腿，头与身不知散落何方，酷类"五马分尸"。所谓"缰上一股，俨然在焉"，应是惨不忍睹之状，但也正是无耻之人应得的下场。

　　该篇故事极具戏剧性，既暴露了蒙古骑兵的横暴骄纵、胡作非为，表现了军队与百姓的尖锐矛盾，也歌颂了山东妇女敢于反抗强盗欺凌、反抗悍兵侮辱的优秀传统，验证了一条颠扑不破的真理：在野兽面前，怯懦必死，智斗则生。作品描摹的这位巾帼英雄——张氏妇，极其勇敢、机智、沉稳、果断，真正为广大妇女伸张了正义之气!

果报篇

《聊斋》中体现果报思想的故事可不少，似乎蒲公只要得到合适的素材，触动了灵感，无不挥笔成篇。于是，一颗佛家劝善惩恶的执着心，一颗认定世间一切现象都存在因果规律的坚定心，驱使面壁人以裁云缝月之妙思、敲金戛玉之奇声，精心撰写故事，并将其化为一篇篇熔铸着果报思想的小说。

佛家看待世间一切物象都是可生可灭的，唯独因果报应是永不消亡的。这说明佛教之义，不仅肯定"三世因果"，即便"当世因果"也会不招自来。有一句民谚说得好："欲知前世因，今生受者是；欲知来世果，今生做者是。"真是言简意赅。

值得强调的一点是，《聊斋》描写各色因果报应，如同信手拈写花妖狐魅一样，只把它作为一种艺术手法使用，借此体现教诫世人、匡扶民俗、劝善惩恶的主观命意。每当作者进入忘我的创作状态，俨然名儒讲学、老僧谈禅、乡曲长者诵读劝世经文，无不期待并切盼以此敦促人心归正，世风复淳。这些果报篇章，不知不觉就具有了浓厚的道德教化倾向：故事于严正、严肃、严明的氛围中，假神道以设教，设刑庭判曲直，带给读者恐惧、禁忌、勇气、信心，弥补并替代着现实社会中昏官执法之庸碌无能。如此说来，读者就应以"二分法"看待果报观念：它虽有迷信的一面，但也有劝人向善的正能量在。同时，三百多年前的蒲公，如今若要求他不迷信，哪怕少些迷信，也不现实；更何况他为躲避文网，借果报讲故事，反倒顺应了民心所向，也达到了振聋发聩的效果。

头滚

　　苏孝廉贞下封公昼卧，见一人头从地中出，其大如斛，在床下旋转不已。惊而中疾，遂以不起。后其次公就荡妇宿，罹杀身之祸，其兆于此耶？

　　本文的苏孝廉，字贞下，是蒲松龄的朋友。故事说苏的父亲午睡时，看见一个大如斗的人头从地下冒出，并在床下旋转。苏父惊吓而死。不久苏的弟弟淫乱嫖宿，也遭杀身之祸。作者结尾点明："其兆于此耶？"意谓：天下之事，其祸福休咎之兆，无不表现于外。

　　这一判断源自《中庸》：

　　　　至诚之道，可以前知。国家将兴，必有祯祥；国家将亡，必有妖孽。见乎蓍龟，动乎四体。祸福将至，善，必先知之；不善，必先知之。故至诚如神。

　　但是，征兆的特点都是无声的，日常生活中的人们怎样才能感知呢？为此，何守奇道出了其中秘密："先兆当知所戒，则庶或免乎此矣；然非战兢惕厉者不能。"①也就是说，时时处处小心谨慎的人，才会悟出是非祸福，而如苏之第等淫乱嫖娼者，既不能知也不能免祸。

反观本文，是个倒因果关系：先出现灾祸，后暗示原因。由此可知，每一个人来到这个世界，都可以掌握自己的命运；命运，就像一条已经铺设好的无形轨道，牵引着人们一步步走下去。苏孝廉与其弟的命运，有生死之别，这其中有没有规律，有没有真理存在呢？中国古人讲，命运的真理，是"命由心造，福自我求"。也就是说，命运是由人们的心念造就的，这个心念，通俗地说，就是人们的想法、看法、价值观。一个人思想观念正确了，命运自然就吉祥、平安；思想观念错了，命运也就充满凶灾、祸患。苏家的不幸完全是因其弟"嫖宿"这一不端的行为决定的。回顾《头滚》中所讲的诡异现象，有何"前知"之兆？即为非作歹者，不止祸及自身，还会殃及亲属。所以，作者借一颗人头，写了苏父与弟弟的不幸。其中作者借机警示人们改邪归正的良苦用心，倒是不容小觑，不必纯以志怪一笔抹杀。

辽阳军

沂水某，明季充辽阳军。会辽城陷，为乱兵所杀，头虽断，

---

① 韩欣主编《名家评点聊斋志异》，天津古籍出版社，2008，第390页。

犹不甚死。至夜，一人执簿来，按点诸鬼。至某，谓其不宜死，使左右续其头而送之。遂共取头安项上，群扶之，风声簌簌，行移时，置之而去。视其地，则故里也。沂令闻之，疑其窃逃。拘讯而得其情，颇不信；又审其颈无少断痕，将刑之。某曰："言之无可凭信，但请寄狱中，头断可假，陷城不可假。设辽阳无恙，然后即刑未晚也。"令然之。数日，辽信至，时日一如所言，遂释之。

　　本文虽然是个鬼故事，却传达出一段历史真情。从 1616 年后金建立，特别是 1636 年改国号为大清之后，明清之间的大战、小战就接连不断。初战于东北，后渐南移，1629 年清军曾攻到北京城下，1639 年曾攻克山东济南，1644 年入关进京，推翻了明朝。

　　首战双方交手于抚顺，时间是明万历四十八年（1618）四月十三日，努尔哈赤誓师"七大恨"，率军两万攻打抚顺，明军守将李永芳投降。七月努尔哈赤又从鸦鹘关攻破清河城，明朝副总兵邹储贤被歼。历史上合称这两战为"抚清之战"。

　　万历四十七年，又有"萨尔浒之战"。明朝由于号令不一、兵力分散、军无斗志而失败。六月，后金万余骑兵乘开原疏于防守，一举将其攻占，七月努尔哈赤又攻占铁岭，史称"开铁之战"。天启元年（1621）三月十日，清军攻沈阳，明朝总兵贺世贤迎击，十三日城破。沈阳是辽阳的屏障，沈阳一失，这就是小说开头所写"沂水某，明季充辽阳军。会辽城陷，为乱兵所杀……"的背景。但是，小说里不过一句话，战场上却是尸横遍野，血流成河！

遥想作者对于生前二十年的这些战役，一定全是来自听闻，说明辽阳城被攻陷对山东百姓刺激太大了。明军被杀无数，其中有这么个山东沂水的老乡，脑袋都掉了，却被拿着生死簿籍、清点人数的鬼差发现"其不宜死"。于是又让鬼差把头按在老乡脖子上，并且搀扶着他试走了一程路，然后被风簌簌吹着，安然回到了沂水。由于县令怀疑他是逃回的，审讯中又听了他如此这般的解释，尤其看那安上脑袋的脖颈——了无伤痕。山东老乡真是自古耿介，硬是豪气十足地打赌："设辽阳无恙，然后即刑未晚也。"事实永远胜于雄辩——几日后，消息传来，"时日一如所言，遂释之"。

思前想后，这不过是作者用离奇的故事，提醒人们莫忘前事：辽阳失陷，明军不堪一击，遂使清兵杀人无算。今天可以广义地归结为：前事不忘，后事之师。至于这"断首再植术"，只有《聊斋》里鬼使神差才能做到。其实，这都是蒲松龄拿来"说事儿"的"介质"，醉翁之意不在酒，在于果报不爽。

邑人

邑有乡人，素行无赖。一日晨起，有二人摄之去。至市头，见屠人以半猪悬架上，二人便极力推挤之，遂觉身与肉合，二人亦径去。少间，屠人卖肉，操刀断割，遂觉一刀一痛，彻于骨髓。后有邻公来市肉，苦争低昂，添脂搭肉，片片碎割，其苦更惨。

肉尽乃寻途归，归时日已向辰。家人谓其晏起，乃细述所遭。呼邻问之，则市肉方归。言其片数、斤数，毫发不爽。崇朝之间，已受凌迟一度，不亦奇哉！

　　这是《聊斋》中构思奇特又新颖的一篇杰作。一个无赖，坏事做绝，万人痛恨，但又无人敢过问，无赖更加横行乡里，遂成一大祸害。可是就在官民束手无策之际，却出现了"天罚"现象：凌晨，无赖的"魂"被两个人摄到集市卖猪肉的摊上，朝挂在肉架上的半扇猪用力推挤，使无赖之身与半扇猪肉合在了一起。然后不断有人来买肉，老板就将猪肉人肉一刀一刀一起切，无赖疼得"彻于骨髓"。恰好邻翁也来买肉，而且挑肥拣瘦，分斤掰两，十分计较，于是无赖只觉得"片片碎割，其苦更惨"。直至肉全卖完（犹言：无赖也被一块一块分剐净尽），无赖的"魂"才得以回家。家人还以为其睡懒觉起晚了，无赖如实讲述了被"断割"的经过，再问邻翁证实买了多少肉，"片数、斤数，毫发不爽"。作者说：一个早晨，被"凌迟一度，不亦奇哉"！

　　所谓"天罚"，这是个值得研究的问题。本文中的无赖，能听任"二人"（代表民意）左右驱遣，被千刀万剐，说明此即天意——体现的即是自然规律对无赖的惩罚。像这样的法律意义，西方法学理论称之为"自然法"，指的是与"人定法"相对的"天罚"法则。蒲松龄生活的时代，西方自然法学理论尚未传入中国。本文中的"天罚"现象，隐含着自然法学的理念，这是作者独特构思"歪打正着"，也算是很了不起的创举。无赖之罪，难以进入

"人定法"的处罚范畴，于是就非常及时地受到"自然法"的"凌迟"，这就叫人心所向，罪有应得。"天罚"这一奇诡现象的法学要义即在于此。

常言道：人在做，天在看，举头三尺有神明。这里的"天"，有三重含义。第一重是道德之天。这是讲人的主观行为与客观评价问题。一方面是在警告坏人，你不要横行无忌，作恶多端，因为多行不义必自毙；另一方面是在鼓励好人，你做的好事，人们都看在眼里，总会得到大家的认可。这说明每个人做事，客观上都有道德标准在暗中衡量，"道德"两只眼在看着你，对与错，公理自在。这是软办法，内心有的，会自动遵从；内心没有的，或者全然不顾的，一时也无人过问，全靠自觉。

第二重是法律之天。除了日月能经天，法律也能经天。法律又被喻为天平，能平天下，使天下太平。它至高无上，没有法外之天。人类社会走向法治，不是某个人或一群人的施恩，是社会进步的结果。道德是软的，法律是硬的。一软一硬，治国之道，缺一不可。道德之天在头上，法律之天在眼前；依法而行康庄路，逆法而动寸步难。

第三重是百姓之天。百姓既是天，也是地，百姓和天地早就连在一起，为全社会提供运转的动力。他们犹如满天星斗，即便长夜，也时刻在关注万物的运行。如今讲"把权力置于笼子里"，也就是置于法律和百姓的监督之下。心中有天，即心中有法律，有百姓，有监督。得道德之天，心可以润；得法律之天，心可以安；得百姓之天，心可以乐。这一套对无赖是讲不通的，所以他必遭天罚。正如但明伦所评："碎割之惨，令于生前受之，自口述之，鬼神或予以自新之路耶？抑借其言以警世耶？"[1]

《邑人》这篇小说意味着，因果报应并非立竿见影，但也迟早回来，还是小心为是。作者可能也知道无赖再怎么坏，也够不上遭此极刑，所以结尾解疑曰："崇（通"终"）朝之间，已受凌迟一度，不亦奇哉！"语近调侃：不好好做人，时刻都有遭报应的可能啊！

戏缢

邑人某，佻达无赖。偶游村外，见少妇乘马来，谓同游者："我能令其一笑。"众未深信，约赌作筵。某遽奔去，出马前，连声哗曰："我要死！"因于墙头抽梁秸一本，横尺许，解带挂其上，引颈作缢状。妇果过而哂之，众亦粲然。妇去既远，某犹不动，众益笑之。近视，则舌出目瞑，而气真绝矣。梁本自经，岂不亦奇哉？是可以为儇薄之戒。

人与人之间打赌逞能，是生活中常见的小玩笑，多不足为奇；而男人若特别喜欢在女人面前献媚，甚至打情骂俏，就是一种性心理学上所说的——轻狂挑逗异性的下作行为，这往往要归结为

---

[1] 韩欣主编《名家评点聊斋志异》，天津古籍出版社，2008，第839页。

"佻达无赖"的惯用伎俩。邑人某，即属此类。试看蒲公怎样凭借"先乐后悲"的奇思妙想，戏谑、鞭挞这位市井俗人，也可窥见清初社会百态民俗之一斑。

首先，作者开篇即为之定性为"佻达无赖"。表现之一：他看见素不相识的少妇便不怀好意，与同游者打赌，想博得少妇一笑。表现之二：他立刻快步跑到少妇马前，高呼"我要死"！以引得少妇关注。表现之三：他顺手从墙头撅一尺把长的高粱秆，挂带引颈，做出上吊寻死的样子，以赢得少妇的怜惜。这三步连贯的动作，构成一幅完整的邑人某挑逗妇女的画面。

其次，作者着意铺叙笑料，构筑故事情节"乐"的高峰。表现之一：众人不信（不排除故意使坏），他则与众人打赌请客吃饭。表现之二："妇果过而哂之"，证明邑人某的现挂表演达到了预期目的。但是少妇虽笑，却带有轻蔑和鄙视的意味，并非由衷欣赏。表现之三："众亦粲然"。"粲然"，是笑得很开心，其中既有因少妇之笑而笑，也有本想看他露馅，岂料又很滑稽，故而不得不笑。表现之四："妇去既远，某犹不动，众益笑之。"这"益笑"，是众人欣赏过后，发现某仍久久静止于上吊状态，越发的笑某何以不知"见好就收"！

最后，在喜剧气氛达到顶点之时，顿时又跌入悲剧深谷——发现某"舌出目瞑，而气真绝矣"。这一突如其来的大翻转，遂使众人在长长的、尚未走出的"喜"的回味中，不得不接受这一悲剧现实。那种出人预料、不可想象，甚至令人难以置信的艺术效果，油然而生。邑人某起初的"鲜活"与目前的"僵死"，两种反差形象，也在读者脑海里久久挥之不去。小说结尾："梁本自经，岂不亦奇哉？"换成今语：见过房梁上吊的，没见过"高粱秆"也能上吊的！那么，作者写作目的何在？最后一句话就是答案："是可以为儇薄之戒。"蒲公对无赖的厌恶与鞭挞，堪称《聊斋》园里的独树一帜。

某甲

某甲私其仆妇，因杀仆纳妇，生二子一女。阅十九年，巨寇破城，劫掠一空。一少年贼，持刀入甲家。甲视之，酷类死仆。自叹曰："吾合休矣！"倾囊赎命，迄不顾，亦不一言，但搜人而杀，共杀一家男女二十七口而去。甲头未断，寇去少苏，犹能言之，三日寻毙。呜呼！果报之不爽，可畏也哉！

有研究者称，《聊斋》写果报故事，多涉及法律案件，而在叙事特点方面又多属于连锁案，即命案中有命案，彼此呈现出一定的因果报偿关系。本文不足百字，却套着三桩凶杀案。

第一桩命案，某甲先与仆妇有奸情，遂生杀仆纳妇之歹念，占有仆妇后，生二子一女，此为某甲犯下通奸、杀人、霸占三大罪。然而某甲却能逍遥法外，无人过问长达十九年。这数字足以反映出社会之黑暗，法律形同虚设。从故事情节发展的角度看，也成为引发下述两个案件的根由。

第二桩命案，"巨寇破城，劫掠一空"。其中"巨寇"二字意涵颇丰，倒不是指领头人物有多么高大威猛，而是形容暴动人数众多，势不可挡，犹如洪水冲决堤坝般攻入了县城。所谓"劫掠一空"，自然是暴动矛头指向地主富豪如某甲者流。如此规模的底层民众振臂一呼，暴动闹事，又岂是官家法律所能扑灭？

第三桩命案包括很多细节描写，也是全文的亮点，笔笔有所暗示："持刀入甲家"——目标明确；"酷类死仆"——子报父仇；"吾今休矣"——罪有应得；"倾囊赎命"——悔之已晚；"迄不顾，亦不一言"——仇深似海；"共杀一家男女二十七口而去"——血债要用血来还。句句扣紧主旨"果报不爽"。

读至此，可知"少年贼"是专程来报杀父之仇的。作者至此特加一笔："甲头未断，寇去少苏，犹能言之，三日寻毙。"这意味着几种可能：一是动作过快，难免有失；二是故意让某甲体会"长痛甚过短痛"；三是让某甲"眼见为实"，哪怕时隔十九年。

王芑孙评曰："纳妇杀夫，此其人之所为，是宜有此惨报矣。"[1]但是，某甲对仆人有无儿子，全然不知吗？关键在于"少年贼"是"巨寇"中的一员，他是随着"巨寇破城"借机替父报仇的。可以这样说：没有"巨寇破城"，某甲一家二十七口人中，总有身强力壮的汉子予以抵抗，如此一来，"少年贼"是否还能不闻不顾，见人就杀，扬长而去呢？所以，"少年贼"是在"贫民暴动"这一轰轰烈烈的行动中，才得以令某甲那样惊恐万状，才可以那样理直气壮地手刃仇家。"巨寇破城"则为理解本文的关锁，

---

① 韩欣主编《名家评点聊斋志异》，天津古籍出版社，2008，第37页。

也算暗示出野火烧不尽的燎原气势。

某乙

　　邑西某乙，故梁上君子也。其妻深以为惧，屡劝止之，乙遂翻然自改。居二三年，贫屡不能自堪，思欲一作冯妇而后已之。乃托贸易，就善卜者以决趋向。术者曰："东南吉。利小人，不利君子。"兆隐与心合，窃喜。遂南行抵苏、松间，日游村郭。几数月，偶入一寺，见墙隅堆石子二三枚，心知其异，亦一石投之。径趋龛后卧。日既暮，寺中聚语，似有十余人。忽一人数石，讶其多，因共搜之，龛后得乙。问："投石者汝耶？"乙诺。诘里居姓名，乙诡对之。乃授以兵，率与俱去，至一巨第，出夹梯，争逾垣入。以乙远至，径不熟，俾伏墙外，司传递、守囊橐焉。少顷，掷一裹下；又少顷，缒一箧下。乙举箧，知有物，乃破箧以手揣取，凡沉重物悉纳一囊，负之疾走，竟取道归。由此建楼阁、买良田，为子纳粟。邑匾其门曰"善士"。后大案发，群寇悉获，惟乙无名籍，莫可查诘，得免。事寝既久，乙醉后时自述之。

　　曹有大寇某，得重资归，肆然安寝。有二三小盗，逾垣入，捉之，索金，某不与；灼棰并施，罄所有，乃去。某向人曰："吾不知炮烙之苦如此！"遂深恨盗，投充马捕，捕邑寇殆尽。获曩寇，亦以所施者施之。

　　脑筋好，用于正道叫聪明，用于歪门邪道叫奸诈。奸诈可能得益于一时，岂可受用一世。本文描述了一个奸诈的盗贼某乙，不但躲过了官府的缉拿，而且还靠贼赃发家致富，赢得当地官府题赠的"善士"匾额。故事的意涵显而易见：都说善恶有报终有时，可是某乙却是个例外。作者想用这"例外"一在讽刺、鞭挞官府无能——居然看不出惯偷一夜暴富的可疑。二是说明盗之所以为盗，社会也有责任，是贫穷逼良为盗。这两点是作者以敏锐的眼光透视社会得出的精辟结论。

　　盗贼某乙是怎样得逞的呢？一、某乙重操旧业不在当地，请算卦先生指明去向。二、到苏、松后，某乙也不马上行窃，先搞点"调研"，发现小石子，试探性地投入一粒，使得群盗找到了某乙，某乙又假造名籍，为日后案发留下退路。三、《庄子·胠箧》曾指出："盗亦有道乎？……夫妄意室中之藏，圣也；入先，勇也；出后，义也；知可否，知也；分均，仁也。五者不备而能成大盗者，天下未之有也。"此言暗合某乙与群盗的关系，为展开下文张本。

　　为印证庄子的分析言之有理，在首次行窃中，某乙被关照只在墙外收存赃物，说明群盗讲"义气"。但是却给某乙"黑吃黑"提供了方便：发现"沉重物"竟是金银，便装入口袋，溜之大吉，潜回家乡。此后某乙买田、盖楼，还为儿子捐钱做官，遂获"善士"美称。后来，苏、松盗贼被官府捕获，只因某乙的"假名籍"，使官府无从追查而逍遥法外。

　　作者把故事情节娓娓道来，十分完整，没有议论，描绘惯偷如何靠狡猾取胜，堪称精彩绝伦：一写"投石"问路的心理活动；二写"破箧""揣取"时贼头贼脑的动作表情；最后"凡沉重物，悉纳一囊"。——其等不及挑拣的贪婪心性暴露无遗，惯偷的形象跃然纸上。

难道某乙真是"善恶有报"的"例外"吗？作者从结构布局上给了答案——舍去"异史氏曰"，代之以"大寇与小盗"的故事：大盗"得重资"，被小盗"灼楎""乃去"；后来大盗"充马捕"，"获曩寇"，仍以"灼楎"对付"二三小盗"。表面看都在"黑吃黑"，实则暗示：某乙虽被官府"善士"匾额"罩"住了，可也不等于就此相安无事，总有一天也会落入"黑吃黑"的怪圈，被饿疯了的邻里盯上，趁着月黑杀人夜，风高放火天，最终吞下被绑票"灼楎"的恶果。

骂鸭

邑西白家庄居民某，盗邻鸭烹之。至夜，觉肤痒；天明视之，鸭毛茸生，触之则痛。大惧，无术可医。夜梦一人告之曰："汝病乃天罚，须得失者骂，毛乃可落。"而邻翁素雅量，生平失物，未尝征于声色。某诡告翁曰："鸭乃某甲所盗，彼甚畏骂焉。骂之亦可儆将来。"翁笑曰："谁有闲气骂恶人！"卒不骂。某益窘，因实告邻翁。翁乃骂，其病良已。

异史氏曰："甚矣，攘者之可惧也：一攘而鸭毛生！甚矣，骂者之宜戒也：一骂而盗罪减！然为善有术，彼邻翁者，是以骂行其术者也。"

　　短短的一篇《骂鸭》，在学界引起了较多热议，其中有的论者认为：中国有个坏民俗，东西被偷走，失主就习惯于骂人，《骂鸭》反映的就是这个民俗。这种观点其实是值得商榷的。

　　故事虽简单，但也一波三折：盗鸭与偷鸡摸狗一样，纯属小事一桩，谁人理会？然而老天有眼，让此贼当夜浑身发痒，次晨遍体鸭毛，而且"触之则疼"，还"无术可医"，这就真够吓人的，接下来"天罚"开出了药方：必须遭丢鸭者骂一通，才能痊愈。而丢鸭者又是个高风亮节的邻翁，丢了什么都不动声色，更不会做骂人解恨的事。这就使故事立刻陷入了僵局。至此，偷鸭贼只得去"登门求骂"，他开始还顾及面子，谎称偷鸭贼是某甲，此人特怕骂，而且骂了还能"儆将来"。而邻翁却豁达地说："谁有闲气骂恶人！"此时，偷鸭贼只得实话实说："您不骂我，我病好不了！您还是骂吧，求您了！"——邻翁面对此情此景，该怎么办？为了"治病救人"，这才张口开骂。结果那贼的病果然痊愈。这样独特的构思，可谓举世无双，令人忍俊不禁。

　　偷盗在任何时代都是违法的，清代也不例外。而且惩罚力度还不小，比如：盗窃，虽没得逞，也要笞五十。如果是初犯，要在右臂上刺"盗窃"二字，再犯刺左臂，多次就要绞杀。可是，此贼当晚吃了偷来的鸭，没等法律惩处落实，就出现了"食物中毒"般的症状。这一罪有应得的下场，体现了"天网恢恢，疏而不漏"的巨大震慑力，也是小说着力表现的主旨：贼腥味的鸭子，吃了就生病。依此类推，凡是偷来的东西，都不是得便宜而是灾害。贼啊，当三思！

再说邻翁不骂，原来《大清刑律》明载关于"骂詈"的法律条文，共有八条之多。可见，邻翁不骂不但有修养，更是知法守法的表现。至此，出现了两难局面：不骂虽然守了法，可是治不了贼的病；骂了贼，治了病却又犯了法，怎么办？这是作者的精心安排，也是作者要表达的又一项要义：为了治病救人而犯法是值得的，因为"是以骂行其术者也"。

这篇小说，或许得之于《孟子·什一去关市之征章》里的一段话：

> 戴盈之曰："什一，去关市之征，今兹未能；请轻之，以待来年，然后已；何如？"孟子曰："今有人日攘其邻之鸡者，或告之曰："是非君子之道。"曰："请损之，月攘一鸡，以待来年然后已。"如知其非义，斯速已矣，何待来年！"①

"戴盈之"是宋国大夫。"什一，去关市之征"是恢复古代"十分取一"的税法，废去当时对关市的征税。戴盈之主张别一下子恢复"十分之一"税法，慢慢来。孟子则主张马上减去关市税，于是打了上述比方。

蒲公当然不想谈"税改"，但是其中的"日攘其邻之鸡者"与

---

① 李炳英：《孟子文选》，人民文学出版社，1957，第97页。

"是非君子之道"二句，却是蒲公想拿来参考、借用的素材，而且这"偷鸡"换成"偷鸭"，贼身长鸭毛总比鸡毛更具新意。然而看点远不止于此，邻翁劝人为善不为恶，甚至不惜触碰骂人违法的红线，也要践行"救死扶伤"的义举，这一喜剧效果，才更值得点赞。

金永年

利津金永年，八十二岁无子，媪亦七十八岁，自分绝望。忽梦神告曰："本应绝嗣，念汝贸贩平准，赐予一子。"醒以告媪。媪曰："此真妄想。两人皆将就木，何由生子？"无何，媪腹震动；十月，竟举一男。

土偶

沂水马姓者，娶妻王氏，琴瑟甚笃。马早逝，王父母欲夺其志，王矢节不他。姑怜其少，亦劝之，王不听。母曰："汝志良佳，然齿太幼，儿又无出。每见有勉强于初，而贻羞于后者，固不如早嫁，犹恒情也。"王正容，以死自誓，母乃任之。女命塑工肖夫像，每食酬献如生时。一夕，将寝，忽见土偶人欠伸而下。骇心愕顾，即已暴长如人，真其夫也。女惧，呼母。鬼止之曰："勿尔。感卿情好，幽壤酸心。一门有忠贞，数世祖宗皆有光荣。吾父生有损德，应无嗣，遂至促我茂龄。冥司念尔苦节，故令我归，与汝生一子，以承祧绪。"女亦沾襟。遂燕好如平生。鸡鸣即下榻去。如此月余，觉腹微动。鬼乃泣曰："限期已满，从此永诀矣！"遂绝。女初不言；既而腹渐大，不能隐，阴以告母。母疑涉妄；然窥女无他，大惑不解。十月，果举一男。向人言之，闻者罔不匿笑，女亦无以自伸。有里正故与马有郤，告诸县令。令拘讯邻人，并无异言。令曰："闻鬼子无影，有影者伪也。"抱儿日中，影淡淡如轻烟然。又刺儿指血付土偶上，立入无痕；取他偶涂之，一拭便去。以此信之。及长，口鼻言动，无一不肖马者。群疑始解。

　　这两篇短章可放在一起参照阅读，因为总的意趣都在印证做好事必得好报。前者写老两口做买卖从不缺斤少两，老天爷知道了，赏了二老一个大儿子！后者写一年轻寡妇，因为守住了贞洁，老天爷，遂令夫魂还阳，与妻生子"承祧绪"。前者老年得子是说一切不可能的事，只要躬行的哪怕是小善，即可缺什么补什么；后者是说丈夫的前辈"损德"，"应无嗣"，但是只要后辈"一门有忠贞，数世祖宗皆有光荣"。这都是作者借用两个极端素材，延用唐人传奇故事余韵所做的善恶宣传。

　　两篇故事所传达的思想内涵，远不止"绝嗣恐惧"。比如，蒲氏义利观，已在《刘夫人》中有过全面展现，《金永年》"贸贩平准"不过是小试牛刀。再如，《土偶》中还涉及了"滴血认亲"法，据谢承所撰《会稽先贤传》中说：陈业的哥哥渡海殒命，同船五六十人，尸身不可辨。于是采自己滴血，涂于兄长尸骨上，血立即沁入。《土偶》中用的却是滴血涂土偶，显然更为荒诞。最后还是等孩子长大，很像马家人，才算解除了舆论的怀疑。依照如今科学的解释，则又只能从王氏在夫死之前已然受孕，以遗腹子论之，聊可还王氏一个"清白"。

盗户

顺治间，滕、峄之区，十人而七盗，官不敢捕。后受抚，邑宰别之为"盗户"。凡值与良民争，则曲意左袒之，盖恐其复叛也。后讼者辄冒称盗户，而怨家则力攻其伪。每两造具陈，曲直且置不辨，而先以盗之真伪，反覆相苦，烦有司稽籍焉。适官署多狐，宰有女为所惑，聘术士来，符捉入瓶，将炽以火。狐在瓶内大呼曰："我盗户也！"闻者无不匿笑。

异史氏曰："今有明火劫人者，官不以为盗而以为奸；逾墙行淫者，每不自认奸而自认盗：世局又一变矣。设今日官署有狐，亦必大呼曰'吾盗'无疑也！"

章丘漕粮徭役，以及征收火耗，小民尝数倍于绅衿，故有田者争求托焉。虽于国无伤，而实于官橐有损。邑令钟，牒请厘弊，得可。初使自首。既而奸民以此要上，数十年鬻去之产，皆诬托诡挂，以讼售主。令悉左袒之。故良懦者多丧其产。有李生亦为某甲所讼，同赴质审。甲呼之"秀才"，李厉声争辩，不居秀才之名。喧不已。令诘左右，共指为真秀才。令问："何故不承？"李曰："秀才且置高阁，待争地后再作之不晚也。"噫！以盗之名则争冒之，以秀才之名则争辞之，变异矣哉！有人投匿名状云："告状人原壤，为抗法吞产事：身以年老不能当差。有负郭田五十亩，于隐公元年，暂挂恶衿颜渊名下。今功令森严，理合自首。讵恶久假不归，霸为己有。身往理说，被伊师率恶党七十二人，毒杖交加，伤残胫股；又将身锁置陋巷，日给箪食瓢饮，囚饿几死。互乡约地证，叩乞革顶严究，俾血产归主，上告。"此可以继柳跖之告夷、齐矣。

全文除了正文和"异史氏曰"，还有个附录，共由三部分组成。有的版本不包括附录，比如"铸雪斋抄本"。

正文开篇即交代山东滕、峄一带盗匪猖獗，这应该是"聚众起义"的变相叙述，那如火如荼之势，已然达到"十人而七盗"的地步。此后便是朝廷招安，当地官府为区别于普通百姓，特称这些已成"良民"之家为"盗户"。假若仅此一点倒无大碍，问题是官府因惧怕"盗户"再造反，以致在处理案件时，总是多方袒护"盗户"，用法律术语说，"盗户"享有司法豁免与优先救济的特权。我们不妨将这种"盗户"多占便宜而良民吃亏的利益分配格局称为"盗户秩序"。此概念还有另一层含义，即任何强势者在利益分配上的不公正占夺，都无异于强盗行为。这就在人们心目中产生了不平衡——为什么"盗户"比良民还要吃香，他们怎么倒成了官府的宠儿？由此便出现了"官府昏庸腐败无能"的舆论。所以如果有了纠纷，无论原告被告、真盗户假盗户，都争着充当"盗户"。这成了当地独具"特色"的一道风景线。一直到细查户籍簿，拿出文字根据，才算真相大白。若要粗略归结为百姓刁钻奸猾，那会只见树木不看见森林；若要了解背后真相，又会使人苦笑难忍！而日久天长，则民心叵测的恶习必然如瘟疫般流行。这便是蒲公所做出的一种推论，也是着意要暴露的一段社会怪象。

接下来具有《聊斋》特色的故事情节出现了。县衙门里闹狐狸，县长的女儿被狐狸精蛊惑了。县长请来法师设坛、画符、念咒，捉住了狐狸精，放在瓷瓶里准备用火烧死。此时就听瓷瓶里放出一句话："我盗户也！"听到的人无不偷着笑。别看官府对"盗户"百般讨好，对百姓可毫不手软。这又可归结出第二个舆论一律的结论：面对官狼吏虎，还是"好汉不吃眼前亏"吧。

文末所附"章丘漕粮徭役"事，其作用是在映衬正文，使读者进一步看清社会怪象的本质。第一则故事中的钟运泰实有其人，他和康熙二十五年（1686）就任淄川县令的张嵋，既是同乡又是前后任，所以张嵋上任前曾亲自去拜望这位先辈，写有七律八首。蒲松龄作为当地的名人，则碍于父母官的情面，于这一年写有《和张邑侯过明水之作》一文，曾对钟运泰也大加赞扬。这与《盗户》正文的语气可谓冰火两重天，因为此时钟、张都已离任，情面大可不必顾及。但更为重要的是，其证明了《盗户》所反映的怪象，确实有迹可循，蒲公惯以小说评判人物，有关情节并非向壁虚构。

第二则故事"李生为某甲所讼"，属于章丘怪象的持续发酵。

既然一些奸猾之民出来告官，要讨回几十年前"诡寄"在某士绅名下的田产；而县令则对这些奸民曲意左袒，因此，"良懦者多丧其产"。那么，当李生为某甲所讼，某甲呼李生为"秀才"，李生当然不承认自己是秀才；因为秀才的功名虽然在当时也享有司法、经济上的种种特权，但在章丘这一特殊地带，与"盗户"享有的特权相比，则是小巫见大巫，完全不可同日而语了。这种"以盗之名则争冒之，以秀才之名则争辞之"的"向前（钱）看"趋势，不仅判案的县令有些不明白，连蒲公也不明白。所以蒲公惊呼："变异矣哉！"其实呢，这就叫"盗户秩序"，当官府的权力不足以与盗户的隐权力相抗衡，而盗户这种尾大不掉的情况又必须面对时，官府只能这样做。

最后一则故事出自《论语》，从年份上看，纯属插科打诨。孔子生年在公元前 551 年 9 月 28 日，卒年在公元前 479 年 4 月 11 日。至于原壤，且不论他有无五十亩地，那挂名颜回的时间竟是鲁隐公元年，须知那是公元前 722 年，前后二百多年的距离，原壤怎么可能与颜回打官司？又一出"关公战秦琼"在《聊斋·盗户》里上演了。当然，醉翁之意不在酒，在乎演绎孔子及其门徒是如何以强权（"盗户秩序"）损害弱小（"原壤"）的田产，也算蒲公的"临场发挥"，写下了一篇嬉笑怒骂的文章。

梦兆篇

《聊斋》向以"多梦"著称，据统计全书写梦境的故事多达五十六篇①。别说古人，就是当今人们也多相信"梦"的先兆性，这是传统接受心理对梦境的普遍认同。追根溯源，最早是殷商甲骨文记录着先人对梦的占筮崇拜；继而《诗经·小雅》中的《斯干》和《无羊》进一步使"梦"成为文学意象产生的温床。中国古典戏曲也保留了许多有关梦境的母题：著名的"黄粱一梦"使卢生竟然在梦中度过了荣辱的一生；任"南柯太守"的淳于梦，荣幸地被招为驸马，与金枝公主连生五男二女，从政二十年并荣耀一时。

　　文人们何以如此爱写"梦"？因为梦可以任意驰骋，可以超时空、逾生死地寄托现实无法做到的一切。蒲松龄接过这一表现手法，使《聊斋》中的梦境描写达到了出神入化的地步：时而让人物上天入地，可以任意表演发挥；时而移花接木、布局谋篇，生发出意想不到的矛盾冲突；时而于文尾缀上个"异史氏曰"，以史家之笔深化主题。总之，"梦境"已成为蒲公手中的一面"魔镜"——可以含蓄又犀利、变幻又统一地把体验到的"孤愤"反照给世人鉴赏。诸如久已脍炙人口的《梦狼》（本篇未选），能把"官贪吏暴"的虎狼世界乔装入梦，既真实可信又远离文网；还有《续黄粱》（本篇未选），把仕子一生追逐科举的辛酸汇聚于梦之一瞬，促使落魄的灵魂静下心来，深刻反思人生之

---

　　① 于世海：《浅析〈聊斋志异〉中的梦境描写》，《艺术教育》2007 年 8 期。

路该怎么走。

　　这里选择了对人物命运具有预示性的梦境故事共六篇,即《牛飞》《梦别》《四十千》《于江》《五羖大夫》《孝子》,聊可领略《聊斋》的梦境风格,以及意识、无意识和潜意识之间,怎样做到"无缝衔接",兼收"窥一斑而知全豹"的艺术享受。

牛飞

　　邑人某，购一牛，颇健。夜梦牛生两翼飞去，以为不祥，疑有丧失。牵市中，损价售之。以巾裹金，缠臂上。归至半途，见一鹰食残兔，近之，甚驯。遂以巾头縶鹰股，臂之。鹰屡摆扑，把捉稍疏，带巾腾去。某每谓定数不可逃，而不知不疑梦，不拾遗，走者何遽能飞哉！

　　这是一个因做梦而引发的故事。本文主人公——邑人某买了一头牛，种地耕田大概很给力，心里一满意，就总担心牛会丢失。于是"日有所思夜有所梦"，夜里果然梦见"牛生两翼飞去"！醒来越想越可怕，认定此梦是个不祥的征兆。怎么才能避免"牛飞"而不受损失呢？自以为不如趁早把牛卖掉，总比坐等"牛飞"合适。邑人某把卖牛钱包在布巾内，背在肩上，途中见一只鹰在啄死兔，低头摸它也不飞，于是就用布巾的另一头捆住鹰腿，仍背在肩上，鹰就不停地扑棱翅膀，某稍一疏忽，鹰就带着布巾包着的钱飞走了！

　　事出反常必有妖，蹊跷之处必有因。这里边暗藏着虚幻成分：吃死兔的鹰，大概饥饿难耐，精神过于专注，竟然感觉不到被人抚摸，这就给邑人某造成"甚驯"的一种假象；待到鹰吃饱了，来精神了，发现自己被捆住了双脚，就不断挣扎，于是有了"飞走"的那一幕。至此，一个庸人自扰、笃信梦兆、贪小便宜以致鸡飞蛋打的愚人形象，便呆站在那里徒唤奈何！

这构思表面是说"一切皆命中注定"，但作者却另有深意：邑人某相信定数（走背运）不可逃，而不肯把不足信的梦丢开，于是卖了牛，却又贪心想捡便宜白得一只鹰，结果等于"间接"把牛真的给丢了。尤其末句"走者何遽能飞哉！"亦即四条腿的牛怎么能飞呢？其实作者是在讽刺患得患失贪小便宜的人，如果整天疑神疑鬼，日子肯定令人生畏，总会发生"赔了夫人又折兵"的事。此文犹如一篇寓言，告诫人们：不要在乎梦的含义，不要讲什么风水，不要相信"左眼跳灾、右眼跳财"等不靠谱的事。与其说邑人某相信梦会成真，不如说作者以奇特的构思，为读者讲述了一个"拒贪"的故事。

梦别

王春李先生之祖，与先叔祖玉田公交最善。一夜，梦公至其家，黯然相语。问："何来？"曰："仆将长往，故与君别耳。"问："何之？"曰："远矣。"遂出。送至谷中，见石壁有裂罅，便拱手作别。以背向罅，逡巡倒行而入。呼之，不应，因而惊悟。及明，以告太公敬一，且使备吊具，曰："玉田公捐舍矣。"太公请先探之，信而后吊之。不听，竟以素服往。至门，则提幡挂矣。呜呼！古人于友，其死生相信如此；丧舆待巨卿而行，岂妄哉！

　　梦中出现的人和事，正常人一般都知道是虚幻的，可是有时却又让我们信以为真，因为梦中的人和事，为梦者最挂念的亲朋好友。这篇《梦别》，写的是李宪之祖，梦见作者叔祖玉田公，来到李家神色黯然地向老友托梦，说："我要远行了，特向你来告别！"李宪之祖问："你去哪儿？"玉田公说："很远啦！"天明后，李宪之祖告诉太公，叫准备吊丧用品，说："玉田公去世了。"太公怕有误，让先打听准了再办，李宪之祖觉得没错；待到玉田公门口一看，果然都挂上招魂的纸幡了！

　　作者讲述的故事，有一定的来路，因为作者十九岁初应童子试，以县、府、道三个第一名补博士弟子员之后，就与同乡学友张笃庆、李希梅等人结成"郢中诗社"，常以"风雅道义相劘切"，张元《柳泉蒲先生墓云表》："少年与同邑李希梅及余从伯父历友旋视诸先生结为郢中社，以风雅道义相劘切，始终一节无少间。"[1]作者二十五岁时，又在淄川李希梅家寄居共读，互为挚友。那么，李希梅的曾祖和蒲松龄的叔祖这段友情，则是老一辈友好相处的一段佳话。

　　李希梅之父李宪，据《淄川县志》卷六《人物志·续文学》记载，为明崇祯九年（1636）举人，清顺治四年（1647）三甲第五十二名进士，曾任孝丰知县。李宪的父亲李思豫，在《淄川县志》里也有传，"太公"是个对自己父辈或他人父辈的尊称。

　　作者的叔祖，即蒲松龄父亲的叔父蒲生汶，字澄甫，明万历二十年（1592）三甲第一百七十六名进士，任河北省玉田知县。

---

　　① 路大荒：《蒲松龄年谱》，齐鲁书社，1980，第11页。

查阅《蒲氏世谱》，原来蒲生汶是家族中唯一进士出身的官员，代表着蒲氏历代族人所取得的最高政治荣誉，因此，将叔祖玉田公写进《聊斋》，自是顺理成章之事。

亲朋之间，相交至深，达到心有灵犀一点通的程度，并不稀奇。演绎得最活灵活现的，有唐代诗人李商隐的《无题》诗，以及《红楼梦》第十三回秦可卿死后托梦给王熙凤：建议未雨绸缪，趁早经营好坟地附近的田庄、房舍、地亩，以备"三春去后诸芳尽，各自须寻各自门"。还有《水浒传》第一百二十回，写宋江被朝廷御赐毒酒害死后，其阴魂给军师吴用托梦，告诉自己已埋葬于楚州南门外蓼儿洼，希望前来探视。

然而，最为动人的当属作者在文尾写下的"丧舆待巨卿而行"的典故。据《后汉书》卷八一《范式传》载：范式字巨卿，东汉山阳郡金乡人，一名氾，曾任山阳郡功曹等职。他为官清廉，重友情，讲信义，是古代讲诚信的典范。史书载有他与汝南张劭诚信相交、杀鸡煮黍的史实。范式少游太学为诸生，与汝南张劭为友。毕业前，范式对张劭说："两年后我去拜望你及家人。"张劭将此事告诉了母亲，母亲觉得这是随便一说。两年后范式果然如期来践约。见面后两人开怀畅饮，尽欢而别。又过了几年，张劭病重，临终前以未看到范式深感遗憾。当晚范式就在睡梦中见到了张劭，张劭说自己死了，某日下葬。范式惊醒后，快马加鞭赶往汝南。这边，张劭家人在下葬时，棺木却怎么也放不进墓穴。张母说："你还有何心事未了吗？"这时，只见远处范式素车白马，一路号哭而来。范式在张劭棺前叩拜行丧礼，随后，范式拉着棺木上的绳子，缓缓地将棺木放进了墓穴。范式诚信赴约、奔波千里为友下葬的故事广为流传。随后在范式家乡修建了"二贤祠"，又叫"信义祠""信义庙"。该庙建筑风格独特：不用脊椽，庙顶有两只平行的木椽支撑，象征着兄弟平等；墙体空心，里外行砖，象征心心相印。范式家乡人民也把山阳庄改名为"鸡黍镇"，此名一直沿用至今。而在张劭家乡河南汝南张庄，也建起"鸡黍台"供人凭吊，同时改张庄为金乡铺，立"二贤祠"供奉范式、张劭，以示纪念。据统计，除了《古今小说》《喻世明言》《请平山堂话本》等载有此事，佛家经典《金刚经》，以及郦道元的《水经注》，也都详细介绍了"鸡黍之约"的故事。

此文写好友之间生命信息相通，一个是梦中来作死别，黯然相语；一个是坚信梦中事真，前往吊唁。见证了朋友虽多，知己难得，借以赞扬朋友相交以信、相知以诚，惺惺相惜，才能感天动地。客观地说，也在批判人心叵测的炎凉世态。于今于古，不无教育意义。

四十千

新城王大司马有主计仆，家称素封。忽梦一人奔入曰："汝欠四十千，今宜还矣。"问之，不答，径入内去。既醒，妻产男。知为凤孽，遂以四十千捆置一室，凡儿衣食病药，皆取给焉。过三四岁，视室中钱，仅存七百。适乳姥抱儿至，调笑于侧，呼之曰："四十千将尽，汝宜行矣。"言已，儿忽颜色蹙变，项折目张。再抚之，气已绝矣。乃以余资置葬具而瘗之。此可为负欠者戒也。昔有老而无子者，问诸高僧。僧云："汝不欠人者，人又不欠汝者，乌得子？"盖生佳儿，所以报我之缘；生顽儿，所以取我之债。生者勿喜，死者勿悲也。

人们常说"做个好梦"，但是前提先要积德行善，心情舒畅，才能睡个好觉，做个好梦；否则，心眼儿不好，私心太重，贪图名利，做了坏事，就会内心忐忑不安，就会做恶梦。这样认识"梦"，就能引导人们走正道、做好事，从而做好梦。

本文王大官人家里主管财务的仆人（"主计仆"），梦见一个人向他讨要"四十千"的债钱。"主计仆"醒后，妻就生了个儿子！这时夫妻有所领悟地认为：这孩子就是梦中那个讨债人投胎。这恰好说明做他们过亏心事，得过四十千昧心钱，所以很认命地预备出这些钱，以便专门用于这孩子所有的开支，以示"如数偿债"。三四年后，这钱只剩下七百文。这时，保姆奶奶一边逗着孩子玩，一边说笑："这钱也快花完了，你也该走了吧？"谁知这孩子听后，脸色马上变得很难看，脖子一歪、眼睛鼓起来，气绝而死！"主计仆"知趣地把剩下的七百钱，用于安葬孩子的花费，前后总数"四十千"，等于还清了前世的债务。

"四十千"，这在当时是一笔不小的数字。古代钱币以"贯"为单位，一贯等于一千个铜子，即一千文；四十个一千，等于四十贯。为便于理解，打个比方：昆曲《十五贯》也是清代的戏曲故事，那"十五贯钱"是肉铺老板——尤葫芦借来做生意的本金，他对女儿说这是卖女儿的身价。由此可知,"十五贯"就可以买个年轻姑娘,那么四十贯可以买两个年轻姑娘还有富余,真是一笔不小的债务。

小说为了增强真实性,做了多方面的铺垫:一、在开篇就交待了史上实有其人的王大司马,即王象乾(1546—1630),意谓:只有王象乾这样的大官宦人家,才雇得起专门管账的"主计仆"。二、小说以主计仆"忽梦"点明这场债务是件奇闻,而其"四十千""七百钱"这些准确的数字,更使故事奇上加奇。清代钱咏《履园丛话》卷十五《鬼神·讨债鬼》即有类似内容。某大病垂死的儿子,叫来老父当面算账,讨要前生孽债:"你前生与我合伙,欠我二百余金。某事除若干,某事除若干,今尚应找五千三百文。急急还我,我即去矣!"三、别小看"主计仆"这职务,可不是一般人所能胜任的差事,它要有灵活的头脑、精明的算计。

小说结尾高僧的那段话意味深长:人生有无儿子,以及儿子的好坏,都是前生注定的。对于这种佛家教义,不能单纯以迷信看待,其中的意蕴,自有加强个人道德修养的积极意义在。

于江

乡民于江,父宿田间,为狼所食。江时年十六,得父遗履,悲恨欲绝。夜俟母寝,潜持铁椎去,眠父所,冀报父仇。少间,一狼来,逡巡嗅之,江不动。无何,摇尾扫其额,又渐俯首舐其

股，江迄不动。既而欢跃直前，将龁其领。江急以椎击狼脑，立
毙。起置草中。少间，又一狼来如前状，又毙之。卧至中夜，杳
无至者。忽小睡，梦父曰："杀二狼足泄我恨。然首杀我者，其鼻
白。此都非是。"江醒，坚卧以伺之。既明，无所复得。欲曳狼归，
恐惊母，遂投诸眢井而归。至夜复往，亦无至者。如此三四夜，
忽一狼来，啮其足，曳之以行。行数步，棘刺肉，石伤肤，江若
死者。狼乃置之地上，意将龁腹。江骤起捶之，仆；又连捶之，
毙。细视之，真白鼻也。大喜，负之以归，始告母。母泣从去，
探眢井，得二狼焉。

异史氏曰："农家者流，乃有此英物耶！义烈发于血诚，非直
勇也，智亦异焉。"

本篇核心内容比较简单，是写死于狼口的于江之父，在儿子
杀狼间隙小睡之际，托梦指明："你杀了两只狼足泄我恨，但是害
我的狼是白鼻子，不是那两只。"此后于江就目标明确地寻找白鼻
狼，最后按照父梦指点完成了报仇任务。

故事虽然不复杂，作者写来却惊心动魄，因为于江还只是个
十六岁的孩子，武器也只有一根铁椎，又只身一人，要去与狼搏
斗，那不是白白送死吗？然而，于江为父报仇绝不是贸然冲动，
而是要"智取"：首先他要"躺"在狼经常出没之地"装死"，以
麻痹狼，使之无由发威逞凶；然后再相机行事，瞅准狼的要害（脑
门儿）狠命击之。但是，狼毕竟生性多疑，作者于是分三步写狼
面对"死人"的种种特异表现：一、狼"逡巡嗅之，江不动"。二、

狼"摇尾扫其额，又渐俯首舐其股，江迄不动"。三、狼"欢跃直前，将龁其领"。此时，也就是在两个"不动"之后，——"江急以椎击狼脑，立毙"。此时不由得使人想起《孙子·九地》结尾中的一段话："是故始如处女，敌人开户；后如脱兔，敌不及拒。"①两相对照，于江正是在这千钧一发之际，骤起"如脱兔"，并以迅雷不及掩耳之势——朝着恶狼脑门一击，顿收"立毙"之效。这种等待时机到来的沉稳心态，真是"泰山崩于前而色不变，麋鹿兴于左而不瞬，然后可以制利害，可以待敌"②的绝妙再现。行文至此，一个胆大心细的少年英雄形象跃然纸上。

　　于江置死狼于草中之后，又照样干掉另一只狼；然后继续这样一直"躺"到深夜，就再也不见狼的踪影。故事至此，好像山穷水尽了，那么这两只死狼，究竟是不是杀父的真凶？此时，梦境出现了——于江小睡，进入梦乡，父亲的冤魂特来托梦：白鼻狼才是真凶，你杀的都不是真凶。这个"白鼻子"的标志性特征，宛如戏剧舞台上的小丑，鼻梁之间那块白色扑粉，显得十分醒目。作者为于江捶杀这只白鼻狼，又做了足够的铺垫：一、立刻原地等待一夜，不见真凶；二、转日再等，又不见；三、连续三四夜，终于等来了真凶；四、白鼻狼一见"死人"，咬住脚就拽拉；五、拖行中又碰到荆棘、乱石刺破划伤，其痛可知；六、再疼痛也要强忍，一如死者。这一连串炼狱般的折磨之后，白鼻狼终于要"大快朵颐"了。此时只见于江"骤起捶之……又连捶之"——真如同"仇人见面分外眼红"一般！继而作者只以"仆""毙"二字，

---

① 《二十二子》，上海古籍出版社，1986，第472页。
② 《唐宋八大家诗文集·苏洵集》，天津古籍出版社，1999，第1765页。

见证死狼鼻尖色白，等于"验明正身"，于江从而大喜过望，归告高堂。

俗话有"再狡猾的狐狸也斗不过好猎手"，本文则是"再狡猾的白鼻狼也斗不过于江"。全文着重写两次捶杀恶狼，一次比一次紧张，但是全用"反衬"笔法——用狼的狡猾和凶狠，衬托少年英雄的机智和勇敢；写狼时泼墨如水，写小英雄则惜墨如金。故事不长，却险象环生，使读者时刻为躺在地上的于江"捏一把汗"，真是一篇不可多得的以梦境为转折的精品短章。但明伦评曰："诱敌而不为敌所动，老成持重，是谓将才。"何守奇评曰："连毙三狼，父仇卒报，孰得年少轻之？"①

五羖大夫

河津畅体元，字汝玉。为诸生时，梦人呼为"五羖大夫"，喜为佳兆。及遇流寇之乱，尽剥其衣，闭置空室。时冬月，寒甚暗中摸索，得数皮护体，仅不至死。质明视之，恰符五数，哑然自笑神之戏己也。后以明经授雒南知县。

文中说：畅体元还在当秀才时，曾经在梦中被人称为"五羖

---

① 韩欣主编《名家评点聊斋志异》，天津古籍出版社，2008，第261页。

大夫"，觉得是个好兆头。所谓"羖"，是黑色的公羊。五羖，即五张公羊的皮。五羖大夫，原指春秋时期秦穆公用五张羊皮从楚国换回当奴隶的百里奚。《史记》卷五《秦本纪》载："穆公闻百里奚贤，欲重赎之，恐楚人不与，乃使人谓楚曰：'吾媵臣百里奚在焉，请以五羖羊皮赎之。'楚人遂许与之。"[①]此后，秦穆公在百里奚的辅佐下，进行了一系列的改革，使秦国成为春秋五霸之一。"五羖大夫"就成为百里奚的雅号；畅体元联系自身，当然高兴。

畅体元，曾任山西河津知县，与毕先生任山西稷山知县时，为相邻县份的地方官，加之又是老乡，多有交往。"五羖大夫"之梦，有可能是畅亲口对毕所讲。毕载积写下这段经历，既能证明畅体元也是个有才华、有政绩、出身平凡的人士，当然也在肯定畅体元的梦兆十分灵验。

古往今来，有很多著名的"梦"，因为无比灵验而被载入史册，比如《左传·成公十年》，这里讲了晋景公接连两天做了两个连续的梦。头天景公梦见大鬼披头散发拖地，毁宫门、寝门追赶而被吓醒；景公召来桑田巫人解梦，巫人回答说："您吃不到新麦了。"景公从秦国去请名医，名医还没到，景公连夜又做一梦，这便是成语"病入膏肓"的出处。梦中，有两个"小子"（比喻景公的病），嘀咕着秦国名医要来，怎么躲避医药的进攻呢？一个"小子"说："咱藏到景公肓之上、膏之下，医药就奈何不得咱了。"秦医到来诊后也说："您的病，在肓之上、膏之下，没治了。"景公厚礼送

---

① 司马迁：《史记》，中华书局，1959，第 186 页。

走秦医，感觉没事，正要吃新收上的麦子，并准备杀死胡说吃不上新麦的桑田巫，突然肚子疼，马上如厕，掉粪坑淹死了！与此同时，景公的小臣早晨梦见自己背负着景公升天，到中午果然背负着景公尸身从厕所出来，而且要为景公殉葬。

孝子

青州东香山之前，有周顺亭者，事母至孝。母股生巨疽，痛不可忍，昼夜顿呻。周抚肌进药，至忘寝食。数月不痊，周忧煎无以为计。梦父告曰："母疾赖汝孝。然此疮非人膏涂之不能愈，徒劳焦恻也。"醒而异之。乃起，以利刃割胁肉，肉脱落，觉不甚苦。急以布缠腰际，血亦不注。于是烹肉持膏，敷母患处，痛截然顿止。母喜，问："何药而灵效如此？"周跪对之。母疮寻愈。周每掩护割处，即妻子亦不知也。既痊，有巨痕如掌。妻诘之，始得其情。

异史氏曰："刲股内伤生之事，君子不贵。然愚夫妇何知伤生之为不孝哉？亦行其心之所不自己者而已。有斯人而知孝子之真，犹在天壤。司风教者，重务良多，无暇彰表，则阐幽明微，赖兹刍荛。"

这篇小说的核心内容是彰显儿子周顺亭对病中母亲的"孝心"，所以标题为《孝子》；又由于这"孝心"是在亡父"托梦"

指点下完成的，所以这一切又与"梦"有关。此前，也不是说儿子尽孝不周，而是万万想不到"特效药"竟然会是用自己身上的肉熬成膏才能治母亲身上的大疮，因而亡父的"托梦"就显得至关重要。更奇特之处还有两点：一是儿子尽管自己用刀子割下身上一块肉，可是自己却不觉得疼，也不怎么流血，二是被疗救的母亲，更是"痛截然顿止"，可谓药到病除。不过连老娘自己都很奇怪"何药而灵效如此"？其实答案就是在梦"的指点：只要子女们把孝敬父母的行为做到极致，一切奇迹皆会出现，一切过错皆可原谅。这就是小说所要传递的主旨。

可是作者好像对此举也不完全认可，证据是儒家伦理也强调"刲股为伤生之事，君子不贵"（异史氏语）。但是作者又认为周顺亭夫妇一心为孝，没有想到"身体发肤受之父母"的问题，所以是"可理解"的。然而，不管怎么说，终究当事的这母子二人，都为此而饱受伤害。这番"异史氏曰"，充分表达了蒲松龄的难言之隐，也折射出了那个时代的悲哀。

但是，中唐两位文学大师韩愈和柳宗元，对刲股疗亲行为发表了不同的看法：韩愈文集中有早期写的《鄠人对》[①]——论割股疗亲之非；柳宗元文集则有《寿州安丰县孝门铭并序》[②]——述割股疗亲之诚。岂止这二人持论相左，连《新唐书》的撰写者欧阳修也对此首鼠两端。他先赞同韩愈之见，但笔锋一转又写道：能忘身以及其亲，出于诚心，也是和值得称道的。可见众多古代知名人士对于"刲股疗亲"的矛盾态度，当然其中也包括蒲松龄。

① 《中国古代名家诗文集·韩愈集》，黑龙江人民出版社，2005，第448页。
② 《中国古典文学基本丛书·柳宗元集》，中华书局，1979，第548页。

　　有专家分析，这与中医本草体系中的"以人为药"传统有关，即将人体某一部分或分泌物，用作药引：头发、乳汁、头脂、女子月事布、童子尿等。但是能成为一种社会风俗，必然是多种原因综合作用的结果。这样看来，割股疗亲主要的源头来自佛教寓言，其他的来源则涉及当时的医学思想、儒家思想的演变，政府对于孝道的鼓励，人民赋役的沉重，等等。可以说，唐朝开放多元的时代特征，使得这个"怪胎"逐渐成长起来。

男狐篇

所有读过《聊斋》的人，都对善解人意的女狐印象殊深，甚至脑海里会不时涌现出一系列的女狐形象，诸如婴宁、小翠、红玉、青凤、阿绣等，她们美丽、善良、温柔、多情、妩媚、智勇双全。犹如读过《红楼梦》，谁也忘不掉金陵十二钗一样。那么，若问对《聊斋》中的男狐印象又怎样，可能难说其详。其实，蒲松龄从没忘记拿男狐说事，一般而论，《聊斋》中的女狐与男狐，具有明显的"对称性"：女狐聪惠、男狐蠢笨；不过年长的"狐翁""狐叟"，却总是多多少少带着蒲松龄的身影，总是扮演着谦恭达理、主持公道、善解人意的正面形象，读后不禁令人肃然起敬。

　　纵看《聊斋》专写男狐的小说约有三十篇，绝大多数亦人亦狐，亦狐亦仙，少了妖性，多了人性，例如《小髻》与《杨疤眼》中的"小人"：论个头，前者"尺许"，后者"二尺已来"；论素质，前者专做坏事，后者躬行善举；论结局，前者理所当然地被居民打跑，后者却不幸被猎人捕杀。而《聊斋》中更多的是借男狐为非作歹的崇人勾当，去影射并批判现实生活中种种不合礼法的粗暴行为，从而创造性地改变了六朝文学（《洛阳伽蓝记》《搜神记》等）中对男狐的魅惑性、妖兽性的单一渲染，使男狐形象也披上了浓墨重彩，这就不但具有了近现代小说的鲜活情趣，而且张扬了民俗中丰富多彩的狐文化因素。由此可见，蒲松龄抨击清初黑暗的政治、讽刺低俗的社会伦理，从来都不拘一格，有力地体现了作者写作的生动鲜活，以及刺贪刺虐的良苦用心。

小髻

　　长山居民某，暇居，辄有短客来，久与扳谈。素不识其生平，颇注疑念。客曰："三数日，即便徙居，与君比邻矣。"过四五日，又曰："今已同里，旦晚可以承教。"问："乔居何所？"亦不详告，但以手北指。自是，日辄一来，时向人假器具；或吝不与，则自失之。群疑其狐。村北有古冢，陷不可测，意必居此。共操兵杖往。伏听之，久无少异。一更向尽，闻穴中戢戢然，似数十百人作耳语。众寂不动。俄而，尺许小人连缕而出，至不可数。众起大噪，并击之。杖杖皆火，瞬息四散。惟遗一小髻，如胡桃壳然，纱饰而金线。嗅之，骚臭不可言。

　　这是一篇言之凿凿却又遮遮掩掩的故事。一个小矮人到济南府某地民居，人们问他姓名，只说：过几天我们就是邻居了。四五天后，他果真住下了，再问原居哪里，只用手指着北方。此后，每天都来，借了东西不还，即便还了，又都不翼而飞！于是人们怀疑他准是狐狸精。经过一番调查，人们发现村北有座古墓，这位外来人会不会就藏在这狐狸窝里？大家拿着棍棒，来到古墓悄悄听，没动静。夜深之后，才听到叽叽喳喳的低语，像数十百人在小声议论。不一会儿，尺把高的小人一个接一个地出来了（如蚁出窝），竟多得数不过来！大家一拥而上，以棍棒拍打，只见金星四射，眨眼间东逃西散，只丢下一个"小髻"，拿起一闻——又骚又臭。

这篇短文说来说去不过是个"志异"的段子。结尾的"骚臭小髻"，算是"篇末点题"，暗示这是个狐狸精。《聊斋》"志异"的手法多样，故意不说清楚，倒是"此时无声胜有声"，只留给读者去思考。这对我们有何启示呢？从狐精这方面说，应该懂得"入乡随俗"，说清来路，借物归还；打马虎眼，蒙混过关岂能融入？从原住户方面说，要多包容，搞五湖四海，不搞只此一家。主与客如能做到互相善待对方，不管个高个矮、坦荡羞涩，也许就能和谐相处了。

可是，换个角度说，人与狐又会有何来往？故而我们又可将其解读为：人与人之间最好是"邻邦相望，鸡犬之声相闻，老死，不相往来"。因为人与人之间的关系，本质上就是"敌对"的。由此令人想起了法国作家萨特在《禁闭》里那句名言："他人即地狱。"此言在思辨层面揭示的含义是有前提的：当你和周围的人相处不愉快时，他人对你而言就只能是地狱了。这个问题怎么解决呢？萨特认为：不要总是把"他人"看成一个客体，不要总想粗暴地剥夺他人的主观性、主体性，把活生生的人看成了死踏踏的"物"。只有"看人"的观念改变了，人与人之间的关系才能改变。他说：《禁闭》中的人物都是死人，而我们所面对的却是活人。不管我们处于何种地狱般的环境之中，我们都有权利去改变它。如果我们放弃了自我选择，过于在乎别人的目光，把它作为评判、认识自我的唯一标准，那么我们就会陷入剧中人的困境，成为一个"活死人"。因而，萨特以他存在主义的理论为我们指出了自由之路，那就是人要善于自我选择。反映在社会人际关系中，就是管好自己，走自己的路，不要眼睛老是盯着别人。

杨疤眼

一猎人夜伏山中，见有小人长二尺已来，踽踽行涧底。少间，又一人来，高亦如之。适相值，交问何之。前者曰："我将往望杨疤眼。前见其气色晦暗，多罹不吉。"后人曰："我亦为此，汝言不谬。"猎者知其非人，厉声大叱，二人并无有矣。夜获一狐，左目上有疤痕，大如钱。

狐狸幻化为人，在《聊斋》里早已不足为奇。本文的两个"小人"，怎见得是狐狸变的？一、"长二尺已来"（"已来"表示约数，即二尺多高）二、"踽踽行涧底"。最重要的是，两个小人都会"相面"，他们发现一个名叫"杨疤眼"的同类"气色晦暗"——气色不好，预示着不祥。很显然，为帮助并挽救"杨疤眼"躲过一劫，心存善良的"小人"不约而同地想到了应该提前对其警告一声，使之免遭不测。这番描写，采用拟人化写法，透露的完全是日常社会中人类如何行善的情景。岂料两个"小人"这些坦诚的对话，被一个夜伏狩猎人听到了，猎人觉得他们坏了自己的好事，习惯性地"厉声大叱"，于是吓跑了敏感又胆小的"小人"。此时，作者篇末点题：猎人"夜获一狐，左目上有疤痕，大如钱"。——本可避祸的"杨疤眼"，不幸成了猎人的囊中物。

这则童话般的短故事有何引人注目之处？首先，作者用"杨疤眼"当作文题，乍一听一定会想到这是个人，而不会是狐狸。因为长"疤眼"的狐狸，绝对是难得一见。可见蒲公多么会命名，而这绰号的低劣，又预示了主人公定然是命运多舛，因为"杨疤眼"于文中并未出场，作者对其更没有任何正面的描写，可是当他出场之时，又恰是他毙命之日！一种出乎预料的惋惜之情，充斥在字里行间。其次，故事也暗示着狐狸之间确有一个如同人类社会一样的群居组织：有会相面的（看面色、测未来、知吉凶）、有根据身体五官特征起绰号的（疤眼）、有心地善良的、有胆小怕事的，等等。毋庸说，这既是写狐群，也是写人群，不可单向理解。然而，作者最想告诉读者的应该是：假如猎人不那么自私、只顾自己，而是如同下文《陵县狐》中的李太史那样——"念其通灵，不忍杀……乃数其罪而放之"，那么"杨疤眼"就能听到同伴的善意提示，从而隐身不出，躲过一劫，继续与同伴友好相携。由此不难料想：大千世界的生存之道多种多样，绝非你死我活般的势不两立；相较而言，多一些友善，和谐相处总比暗藏杀机好得多——这或许就是作者的良苦用心。

陵县狐

　　陵县李太史家，每见瓶鼎古玩之物，移列案边，势危将坠。疑厮仆所为，辄怒谴之。仆辈称冤，而亦不知其由。乃严扃斋扉，天明复然。心知其异，暗觇之。一夜，光明满室，讶为盗。两仆近窥，则一狐卧楝上，光自两眸出，晶莹四射。恐其遁，急入捉之。狐啮腕肉欲脱，仆持益坚，因共缚之。举视，则四足皆无骨，随手摇摇，若带垂焉。太史念其通灵，不忍杀；覆以柳器，狐不能出，戴器而走。乃数其罪而放之，怪遂绝。

　　这是一篇专写顽皮的小狐狸（发育尚不完全）喜欢古玩、随意摆弄古玩，又屡屡险象环生，进而被捉、遭到训斥，终被放逐的故事。至于作者的用意，读者尽可以见仁见智。

　　生活中人们喜欢古董，原来动物也可以喜欢古董。譬如今人喜欢古董要有大把的钱支撑，而且能探寻个中的古文化遗存，进而认知社会发展的印记、人类进化的历程，总之要玩出文化内涵。动物喜欢古董既没有钱的问题，也谈不上什么文化，所以只有方式是否稳当。本文李太史家的古董总是被挪移错位，而且"势危将坠"，这就很让李太史既不安心又十分疑惑。他自然会联想到是仆人所为，仆人为洗清嫌疑就试探着蹲守，看看到底是谁干的坏事。神奇的事情出现了：某夜满室通明，仆人以为强盗来了，凑近一看，原来是一只小狐狸卧在几案上，亮光来自小狐狸的双眼，四处张望则"晶莹四射"！两仆看准真凶，冲进屋捉住了。狐狸咬住仆人手腕想逃，仆人忍痛紧紧抓住不放。相持间仆人举起一看：四条腿没骨头，"随手摇摇，若带垂焉"，便拿给主人看，李太史善心大作，看在狐狸幼小又灵透的份上，不忍杀生，就用柳条筐扣上，小狐狸顶着筐四处游走。最后，李太史列数了小狐狸的过错，放了它，此后它也就不再来了。

　　这故事奇特在小狐狸是光明大方地来太史家与古董为伴，并非偷偷摸摸地趁黑夜盗窃或毁坏古董，所以可想见小狐狸天真烂漫的特征，也可以理解为狐狸幼小而修炼不深，既不会隐形又不知防范，只会"移列案边"玩儿悬。这当然不可能坐实了理解，而是其中包含了作者的某种寓意：喜欢古董的人很多，但不一定都那么在行、懂规矩怎么办？像李太史那样，善意地指出哪里不对，果如是，则对方自会理解，改邪归正。故事中另一处耐人寻味的是："（狐狸）四足皆无骨"，可是，无骨怎么走路？真的无骨是不可能，一定是因为小狐狸还处在年幼阶段。正因为如此，小狐狸带有顽皮且具灵性的一面，这也是李太史宽恕并放走它的原因，所谓"不知不懂不为过"。

农人驱狐

　　有农人耕于山下，妇以陶器为饷。食已，置器垄畔。向暮视之，器中余粥尽空。如是者屡。心疑之，因睇注以觇之。有狐来，探首器中。农人荷锄潜往，力击之。狐惊窜走。器囊头，苦不得脱；狐颠蹶，触器碎落，出首，见农人，窜益急，越山而去。后数年，山南有贵家女，苦狐缠祟，敕勒无灵。狐谓女曰："纸上符咒，能奈我何？"女绐之曰："汝道术良深，可幸永好。顾不知生平亦有所畏者否？"狐曰："我罔所怖。但十年前在北山时，尝窃食田畔，被一人戴阔笠，持曲项兵，几为所戮，至今犹悸。"女告父。父思投其所畏，但不知姓名、居里，无从问讯。会仆以故至山村，向人偶道。旁一人惊曰："此与囊年事适相符，将无向所逐狐，今能为怪耶？"仆异之，归告主人。主人喜，即命仆马招农人来，敬白所求。农人笑曰："囊所遇诚有之，顾未必即为此物。且既能怪变，岂复畏一农人？"贵家固强之，使披戴如尔日状，入室，以锄卓地，咤曰："我日觅汝不可得，汝乃逃匿在此耶！今相值，决杀不宥！"言已，即闻狐鸣于室。农人益作威怒。狐即哀言乞命。农人叱曰："速去，释汝。"女见狐捧头鼠窜而去。自是遂安。

　　此篇的主角男狐最大特点是欺软怕硬：面对勇武的农人，它抱头鼠窜；面对柔弱的女子，它耀武扬威。可是，这位贵家女不甘心被纠缠，她略施小计，夸男狐几句，就套出了男狐的不光彩的往事。这泄露的"天机"，遂为故事逆转的关键，为男狐落荒而逃埋下了伏笔。

　　下一步仆人传递的信息也不容小觑，更是紧扣前一个环节推进故事。此时"贵家"父在女儿的催促下，就辗转找到了农人，并且"敬白所求";农人却推让再三,欲擒故纵。可是,"贵家"父执意请农人按照原来的穿戴打扮再重复一遍,农人像演小品一样穿戴整齐,且又临场发挥,连呵斥带动作,"言已,即闻狐鸣于室"。实践证明果然很灵,农人乘胜发威,男狐竟连连求饶,农人见状就赶紧顺势放走了男狐。

　　没想到,请有法术的驱邪无效,一个普通农夫一句话,就把作祟的男狐镇住了。这就应了那句老话:"卤水点豆腐,一物降一物。"整体来看,作者并没从"异史氏"的角度特意强调此情此景有何深意,而是单纯以客观事实告诉人们:世间难事,其实各有解决的妙招,其中"对症下药""知己知彼"是屡试不爽的。如此则小说的意义也就超出了故事本身。值得一提的是围绕男狐周围的这些人物,一个都不能少,即如最微不足道的仆人,没有他偶然外出遇见十年前的农人,小说情节也无法展开。并且,这男狐心地若不那么傻得可爱,不说那件不光彩的往事,更不行。可见,作者对人物的一言一行是做了周密的安排。这里体现的是作者非常注重故事情节的逻辑性、可信性,这在单纯志怪的《搜神记》里是绝对看不到的,蒲松龄在继承传统的基础上大胆创新,走出了一条自己的路,这一点已被学界认可。

狐惩淫

某生者,购新第,常患狐。凡一切服物,多为所毁,又时以

尘土置汤饵中。一日，有友过访，值生他适，至暮不归。生妻备馔具供客，已而偕婢啜食余饵。生素不羁，好蓄媚药，不知何时狐以药置粥中，妇食之，觉有脑麝气。问婢，婢答不知。食讫，觉欲焰上炽，不可暂忍；强自按抑，燥渴愈急。筹思家中无可奔者，独有客在，遂往扣斋。客问其谁，实告之。问何作，不答。客谢曰："我与若夫道义交，不敢为此兽行。"妇尚留连。客叱骂曰："某兄文章品行，被汝丧尽矣！"隔窗唾之。妇大惭，乃退。因自念：我何为若此？忽忆碗中香，得毋媚药耶？检包中药，果狼藉满案，盎盏中皆是也。稔知冷水可解，因就饮之。顷刻心下清醒，愧耻无以自容。辗转既久，更漏已残。愈恐天晓无以见人，乃解带自经。婢觉救之，气已渐绝。辰后始有微息。客夜间已遁。生晡后方归，见妻卧，问之，不言，但含清涕。婢以状告。大惊，苦诘之。妻遣婢去，始以实陈。生叹曰："此我之淫报也，于卿何尤？幸有良友，不然，何以为人！"遂从此痛饬往行，狐亦遂绝。

异史氏曰："居家者相戒勿蓄砒鸩，从无有相戒不蓄媚药者，亦犹人之畏兵刃而狎床笫也。宁知其毒有甚于砒鸩者哉！顾蓄之不过以媚内耳，乃至见嫉于鬼神；况人之纵淫有过于蓄药者乎？"

　　某生赴试自郡中归，日已暮，携有莲实菱藕，入室并置几上。又有藤津伪器一事，水浸盎中。诸邻人以其新归，携酒登堂，生仓促置床下而出，令内子经营供馔，与客薄饮。饮已入内，急烛床下，盎水已空。问妇。妇曰："适与菱藕并出供客，何尚寻也？"生回忆肴中有黑条杂错，举座不知何物。乃失笑曰："痴婆子！此何物事，可供客耶？"妇亦疑曰："我方怨子不言烹法，其状可丑，又不知何名，只得糊涂脔切耳。"生乃告之，相与大笑。今某生贵

矣，相狎者犹以为戏。

　　本文由"异史氏曰"隔开，实含两个故事。前者叙述狐狸为教训某生纵淫恶习，暗用"以毒攻毒"法，让某生妻误喝了春药，从而使其妻欲火难忍，主动去敲来访客人的门，被客叱骂。生妻药劲儿消退后知羞寻死未遂，某生深悟这是"淫报"，从此"痛饬往行"。后者另写某生科考归来，在街上买了藤津伪器（性工具），此时诸邻登门祝贺，某生急忙将之藏于床下。其妻不知所藏何物，连同带来的莲实菱藕一起当作菜肴供诸邻人吃了。事后某生对妻说明原委，二人"相与大笑"。

　　由此可知，题为《狐惩淫》，实为"人惩淫"。作者借某生蓄藏媚药的恶习，深刻批判明末清初性欲开放的不良风气，并通过男狐的性蛊惑讽刺了人们的生活观念，引导人们反思并引以为戒。两个故事，没有情节上的联系，但都发生在一个家庭内，都与"性"有关。

　　明清之际，《株林野史》《林兰香小说》《一片情》《姑妄言》等艳情小说流传甚广。蒲松龄生当其时，对于乐此不疲的"某生"之流，可能所见多有。面对如此败俗的世风，尤其是举子们写八股文时是满纸的仁义道德，回到家来或藏媚药，或买伪器，作者只能以"狐惩淫"的"志异"笔法予以冷嘲热讽。要说两个故事有联系，也只可归之于"果报"类：媚药自己妻子吃了，伪器自己也吃了。

金陵乙

金陵卖酒人某乙，每酿成，投水而置毒焉。即善饮者，不过数盏，便醉如泥。以此得"中山"之名，富致巨金。早起，见一狐醉卧槽边。缚其四股，方将觅刃，狐已醒，哀曰："勿见害，请如所求。"遂释之，辗转已化为人。时巷中孙氏，其长妇患狐为祟，因以问之。答曰："是即我也。"乙窥妇娣尤美，求狐携往。狐难之，乙固求之。狐邀乙去，入一洞中，取褐衣授之曰："此先兄所遗，着之当可去。"既服而归，家人皆不之见，袭常衣而出始见之。大喜，与狐同诣孙氏家，见墙上贴巨符，画蜿蜒如龙。狐惧曰："和尚大恶，我不往矣。"遂退而去。乙逡巡近之，则真龙盘壁上，昂首欲飞，大惧亦出。盖孙觅一异域僧为之厌胜，授符先归，僧犹未至也。次日僧来，设坛作法。邻人共观之，乙亦杂处其中。忽变色急奔，状如被捉；至门外，踣地化为狐，四体犹着人衣。将杀之。妻子叩请。僧命牵去，日给饮食，数月寻毙。

本文作者塑造的金陵乙就是个古代商界的败类。其表现有五：一、造酒掺水，骗取名酒（中山牌）称号，造假骗钱；二、往酒里放毒（麻醉药）使饮者精神麻痹呈醉状，丧尽天良；三、见邻里孙家二儿媳"尤美"就想骗奸，居心叵测；四、穿上死去狐兄撒下的褐衣，想隐身行骗，手段恶劣；五、潜入孙家被"异域僧"

制伏，变成披着人皮的狐，数月寻毙，死有余辜。

　　小说描写狐、人之间的相互变换，非常具有《聊斋》特色。例如：狐醉被缚，某乙欲杀，狐立马苏醒。又如：狐求饶时某乙见有利可图，遂释之，狐随即转而化为人。再如：巨符"蜿蜒如龙""昂首欲飞"。最后，某乙虽杂处人群，"忽变色急奔，状如被捉"。这些，都具体而形象地体现了鲁迅先生所论："变幻之状，如在目前"，"出于幻域，顿入人间"①的《聊斋》特有写法。与此同时，作者设计的"异域僧"，彰显了"外来的和尚会念经"的超强震慑力。试看，修炼极深的狐一进孙家，见到"巨符"，犹如见了照妖镜，马上退出孙家。某乙虽色胆包天地潜入孙家，但立刻"踣地化为狐"。这一切都证明了一句古训："多行不义必自毙！"可见作者疾恶如仇的心态，已经到了无以复加的地步。

　　对于《金陵乙》这篇故事，清朝何守奇评曰："酿酒置毒，已为致富不仁；更欲垂涎邻妇，贪财好色，不死何待？"②可见，这篇小说不仅使读者领略了古代奸商的造假伎俩，而且也警示我们必须以良好的制度、完善的法制、全方位的市场监督，对违法经营予以打击。

---

　　① 鲁迅：《中国小说史略》，上海古籍出版社，1998，第 147 页。

　　② 韩欣主编《名家评点聊斋志异》，天津古籍出版社，2008，第 877 页。

姬生

南阳鄂氏，患狐，金钱什物，辄被窃去。迕之，祟益甚。鄂有甥姬生，名士，素不羁。焚香代为祷免，卒不应；又祝舍外祖使临己家，亦不应。众笑之。生曰："彼能幻变，必有人心。我固将引之，俾入正果。"三数日辄一往祝之。虽固不验，然生所至，狐遂不扰。以故，鄂常止生宿。生夜望空请见，邀益坚。一日，生归，独坐斋中，忽房门缓缓自开。生起，致敬曰："狐兄来耶？"殊寂然无声。又一夜，门自开。生曰："倘是狐兄降临，固小生所祷祝而求者，何妨即赐光霁？"即又寂然。而案头钱二百，及明失之。生至夜，增以数百，中宵，闻布幄铿然。生曰："来耶？敬具时铜数百，以备取用。仆虽不充裕，然非鄙吝者。若缓急有需用度，无妨质言，何必盗窃？"少间，视钱，脱去二百。生乃置故处，数夜不复失。有熟鸡，欲供客而失之。生至夕，又益以酒。而狐从此绝迹矣。鄂家祟如故。生又往祝曰："仆设钱而子不取，设酒而子不饮；我外祖衰迈，无为久祟之。仆备有不腆之物，夜当凭汝自取。"乃以钱十千、酒一樽，两鸡皆聂切，陈几上。生卧其旁，终夜无声，钱物亦如故。自此，狐怪以绝。生一日晚归，启斋门，见案上酒一壶，燂雏盈盘；钱四百，以赤绳贯之，即前日所失物也。知狐之报。嗅酒而香，酌之色碧绿，饮之甚醇。壶尽半酣，觉心中贪念顿生，蓦然欲作贼，便启户出。思村中一富室，遂往越其墙。墙虽高，一跃上下，如有翅翎。入其斋，窃取

貂裘、金鼎而出。归置床头，始就枕眠。天明，携入内室。妻惊
问之，生嗫嚅而告，有喜色。妻初以为戏，既知其真，骇曰："君
素刚正，何忽作此！"生恬然不为怪，因述狐之有情。妻恍自悟：
"是必酒中之狐毒也。"隐念丹砂可以却邪，遂觅研入酒，使饮之。
少顷，忽失声曰："我奈何做贼！"妻代解其故，爽然自失。又闻
富室被盗，噪传里党。生终日不食，莫知所处。妻为之谋，使乘
夜抛其墙内。生从之。富室复得故物，其事遂寝。生岁试冠军，
又举行优，应受倍赏。及发落之期，道署梁上粘一帖曰："姬某作
贼，偷某家裘、鼎，何为行优？"梁最高，非跂足可粘。文宗疑
之，执帖问生。生愕然，念此事除妻外无知者；况署中深密，何
由而至？因悟曰："此必狐为之也。"遂缅述无讳，文宗赏礼有加
焉。生每自念，无取罪于狐，所以屡陷之者，亦小人之耻独为小
人耳。

异史氏曰："生欲引邪入正，而反为邪惑。狐意未必大恶，或
生以谐引之，狐亦以戏弄之耳。然非身有凤根，室有贤助，几何
不如原涉所云，家人寡妇，一为盗污，遂行淫哉！吁！可惧也！"

吴木欣云："康熙甲戌，一乡科令浙中，点稽囚犯。有窃盗，
已刺字讫，例应逐释。令嫌'窃'字减笔从俗，非官板正字，使
刮去之；候创平，依字汇中点画形象另刺之。盗口占一绝曰：'手
把菱花仔细看，淋漓鲜血旧痕瘢。早知面上重为苦，窃物先防识
字官。'禁卒笑之曰：'诗人不求功名，而乃为盗？'盗又口占答
之云：'少年学道志功名，只为家贫误一生。冀得资财权子母，囊
游燕市博恩荣。'"即此观之，秀才为盗，亦仕进之志也。狐授姬
生以进取之资，而反悔为所误，迂哉！一笑。

常言道：近朱者赤，近墨者黑；声和则响清，形正则影直。本文的姬生，就经历了一段先变坏、后变好的人生之路，可见客观环境对人品会产生一定的影响。

姬生的外祖父家闹狐狸，常丢金钱衣物，而且越是防范丢得越多。姬生觉得此狐"必有人心"，就用宠、惯、养的"感化"手段，祈求它离开老迈的外祖父家，哪怕到自己家都行。可是这些手段并不见效，还遭到他人耻笑。姬生并不灰心，向家人示意："我固将引之，俾入正果。"

狐狸是那么好"引"的吗？狡猾的狐狸变换伎俩，一步步试探：姬生住在舅家就不偷，不住就偷。这假象反而坚定了姬生继续"感化"狐狸的信心。家门一有动静，他就连忙起身致敬："狐兄来耶？"没有回应；再有动静，又说："狐兄降临，……何妨即赐光霁？"仍无回应；仔细看钱却少了，姬生就再增加数倍钱；待客的烧鸡又没了；于是他就再放上一壶酒，让狐狸连吃带喝，并且隔几天就向狐狸祷告一次，以示心诚。

奇迹发生了：狐狸不再来姬生家捣乱了。可是外祖父家并不见有任何好转。姬生又来祈祷央告，桌上放着十千钱、一坛酒、两只切成薄片的烧鸡。姬生躺在桌旁耐心地等待，可是整宿没动静，所陈列的供品一样没少，从此舅家也平安无事了。其实这正是狐狸有意设下的假象，遗憾的是姬生却深信不疑。

如若小说就此结尾，只能显示"感化"有效，毫无新意。作者接下来又写狐狸进一步下圈套、使坏招，引诱姬生喝了狐狸投毒的酒，醉糊糊地有了贪念——姬生也想偷东西，并立马来到村中一富户家翻墙入户，偷回了"貂裘"和"金鼎"，自己非但不以为耻，还反以为荣。妻子知道后，对他严加批评，并看穿了这是因为狐狸在酒中投了毒。为挽救姬生，妻子让他喝下丹砂酒驱邪，这时他才如梦初醒，并按照妻子的嘱咐悄悄送回了赃物，平息了一场可能发生的官司。

只此一件"光明的尾巴"，整体来看也算不上新奇。作者又写姬生参加岁试，并且考了个第一，还被学使推荐为"品学兼优生"，受到加倍赏赐。恰在此无限风光之时，官府大梁上忽现一帖，内容是揭发姬生"盗窃"的往事。这可是致命的揭发！身临绝境的姬生，此时才悟到"此必狐之为也"。于是，他一五一十地向学使道出了原委，学使知道是狐妖作祟，原谅并赏赐了他。事实有力地教育了姬生，明白了使用送礼品、套近乎的"感化"手段，是绝对改变不了狐狸惯偷的贼性，更明白了狐狸在使用"小人之耻独为小人"的鬼蜮伎俩，有意拉他下水。小说至此收束全文，可谓别开生面。

异史氏借用原涉的一番话，警示后人："子独不见家人寡妇邪？……不幸壹为盗贼所污，遂行淫佚，知其非礼，然不能自还。"①意在指明：即便是好人，一旦沾染不良习气，也会慢慢变坏；犹如"近墨者"想使"墨"变"白"，结果自己却变"黑"了。

在本文的语言风格方面，作者坦言道："生以谐引之，狐亦以

---

① 张世俊、任巧珍译注《汉书选译·原涉传》，巴蜀书社，1990，第235页。

戏弄之耳。"一个"谐"字，换来一个"戏"字，这玩笑可是付出了巨大的代价！虽然轻松了，但严肃的改造效果也没有了。作者追求"寓教于谐"，读者也只能置之以"苦笑"。

文尾吴木欣续加的故事，与正文有何关系？试看，某盗贼刑满释放，县官认为盗贼脸上刺的"窃"字不规范，命令刮平、长上新皮，再重刺"官版正字"。总之是说"秀才为盗"，同样会受牢狱之灾，脸上被刺字，永世不得翻身。至于吴木欣其人，他是蒲松龄的好朋友，名长荣，别字青立，又号茧斋，山东长山人。《聊斋》中还有一篇《鸟使》，写的也是吴木欣亲眼见闻。作为小说，有真名实姓的人物穿插其中，或许是为增加可信度；但是这个苦涩的见闻，更多的也是为了凑笑料。

奇异篇

　　《聊斋》的写作是从记录怪异传闻肇始的。早在康熙十年（1671），蒲松龄在江苏宝应县，受邀担任孙蕙幕宾时，就曾写过一首七律《感愤》诗，其中有"新闻总入夷坚志，斗酒难消磊块愁。"①这两句诗，道出了他写《聊斋》的玄机，是把社会上的奇闻逸事写成鬼狐故事，以模糊现实生活中的种种原型。后来，他虽然写了大量的文言小说，但是记叙奇闻逸事——"雅爱搜神，情类黄州，喜人谈鬼，闻则命笔"②的习惯到老也没改变，举凡天文、地理、朝章、典制、草木、虫鱼、风俗、民情、鬼怪、神仙、艳情、传奇、笑话、奇谈、轶事、琐闻，等等，真是无奇不有，涉猎十分广泛。这些奇闻逸事，犹如汉魏六朝时的志怪笔记，但是到了蒲松龄手里，则发生了蜕变，成为他藉以消解心头块垒的绝好"工具"。例如，这里所选的第一则故事《衢州三怪》，本属于地方上的迷信传闻，他写入《聊斋》后，则变为间接反映"三藩之乱"的故事。再如第二则《蛤》，不过是东海岸边的贝类生物，但其与蟹"共存共生"的奇特现象，启发作者产生许多联想，成为窥探大千世界"相生相克"规律的载体。第三则《鸟使》中的鸟儿，能充当人间信使。第四则《鸲鹆》（即"八哥"）能替豢养它的主人巧妙算计贪婪的财主。还有《好快刀》写一颗被刽子手砍下的头颅竟能呼喊赞叹之语，以及《澂俗》《沅俗》《诸城某甲》等文章，都极度凸显了人世

①　路大荒：《蒲松龄年谱》，齐鲁书社，1980，第19页。
②　蒲松龄：《聊斋志异·自序》，齐鲁书社，1995，第4页。

间居然存在这么多奇闻逸事，而其中又隐藏着作者诸多"意在言外"的题旨，直令读者叹为观止！

衢州三怪

张握仲从戎衢州，云："衢州夜静时，人莫敢独行。钟楼上有鬼，头上一角，象貌狞恶，闻人行声即下。人骇奔，鬼亦遂去。而见之辄病，多死者。又城中一塘，夜出白布一匹，如匹练横地上。过者拾之，即卷入水。又有鸭鬼，夜既定，塘边寂无一物，若闻鸭声，即病。"

这是一篇间接反映"三藩之乱"的故事。早在蒲松龄写作本文之前，如"钟楼大头鬼""县学塘白布怪"之类的传说就已经在这一带民间流传。第一怪是钟馗手中的朱砂笔变的，青面獠牙，血盆大口，晚上看见单行者便追，直追得行人气绝而死。第二怪是县学池塘的白布，是观音娘娘的腰带，若有人去捡，就被缠住身子卷入池塘淹死。第三怪叫鸭鬼，是王母娘娘瑶池里的老鸭精下凡，谁听到叫声谁肚疼而死。

为何单单衢州流传着此类阴森可怖的故事？这就和衢州自古为"兵家必争之地"有关。从地理位置上看，它地处闽、浙、赣三省往来进出要道。俗谓：守两浙而不守衢州，是以浙与敌也；争两浙而不争衢州，是以命与敌也。说明这里自古战事频仍，死人很多。此地还多灾荒，白居易《轻肥》诗曰："是岁江南旱，衢州人吃人！"于是人们内心常有世事沧桑、人生无定的悲凉感。清明节要扫墓，农历七月十五、冬至、春节也要祭奠亡灵，甚至在不同村子还有各自独特的祭鬼方式。

本文首句"张握仲从戎衢州"一事，便示意其事与衢州战局有关。清廷下了撤藩令，在此形势下，浙江总督李之芳奉命移师衢州平叛，而仙霞岭乃闽、浙界山，成为双方激战之地。要问此岭有多险，其"周百里、登之者凡三百六十级、历二十四曲、长二十里。唐末黄巢破饶信歙等州，转掠浙东，因刊山开道七百余里，直走建州，即此岭也"。[①]李之芳以身效命，挥刀督阵，遏关严守，相持约三年之久，不但拴住了叛军，同时也为清朝援军反攻赢得了时机。耿精忠（三藩之一）见势危，于康熙十四年（1675）九月降清。但是，隐秘最易从内部暴露，据《钦定八旗通志·耿昭忠传》记载：耿精忠归顺之后，其部下的参领官徐鸿弼等告发耿"仍谋反叛"。康熙十九年（1680），趁耿入京觐见之机，徐才将告发文书交司法审理，逮捕耿等下狱。"三藩之乱"平定，于康熙二十一年（1682）正月，诏令革爵、凌迟，子孙及部下皆斩。

李之芳保衢州的战功，在朝野上下得到了赞誉。康熙二十一年八月，李奉诏归京，因其出师时年逾五旬，转战十年还朝则须发皆白，满朝无不叹息，康熙帝尤为动容。雍正年间命立贤良祠，乾隆年间命予世袭恩骑尉。民间有歌颂李之芳的新编戏剧《铁柯城》，清人郑柏有诗为证："三衢福地有神明，大将亲来解甲兵。演得太平新晨象，八方人看《铁柯城》。"

"衢州"的大名，自汉唐以来就深深地镌刻在古代战史上：宋

---

① 臧励龢等编《古今地名大辞典》，商务印书馆（香港），1982，第178页。

元更迭、元明交替、明清易代，太平天国运动，民国军阀混战，直至国共战争、抗日战争，它都从未"缺席"，更不用说那些数不清的小战事了。战争永远是残酷的，它在历史上留下的是破坏，是废墟，是白骨；但在民间则流行因祭奠亡灵而生出的种种妖魔鬼怪的传说，本文即是最好的见证。

蛤

　　东海有蛤，饥时浮岸边，两壳开张；中有小蟹，赤线系之，出离壳数尺，猎食既饱，乃归，壳始合。或潜断其线，两物皆死。亦物理之奇也。

　　此文状写了生物界与"鹬蚌相争"截然相反的一种现象——蛤蟹相依、和平共处。别看只有五十几个字，却从三方面证实了蛤与蟹谁也离不开谁。首先，蛤饥饿了，则开放两壳，让小蟹去觅食；待小蟹吃饱了，又回到蛤体内，蛤靠吸收小蟹制造的营养来存活。其次，小蟹能主动出入蛤壳，说明小蟹也离不开蛤的坚硬外壳来抵御外界的侵袭。最后的"赤线系之"，说明彼此"合则生、分则死"的利害关系，突出了这根"红线"，是维持二者存活的"生命线"。总之，短文歌颂了生物界也貌似存在的"命运共同体"现象。

可是，无人不知的"丛林法则"，却揭示了赤裸裸的弱肉强食、你死我活的残忍现象：没有合作，没有共存，容不得半点客气，更提不上丝毫友谊。我们的祖先如何认识大千世界的这些奇特现象？先秦两汉魏晋诸子书是我国学术思想的一个重要源头，其中《淮南子》卷四《墬形训》中记载：

> 九人民禽兽万物贞虫各有以生，……鱼游于水，鸟飞于云，故立冬燕雀入海化为蛤，万物之生而各异类。蚕食而不饮，蝉饮而不食，蜉蝣不饮不食，介鳞者复食而冬蛰，呲吞者入窍而卵生，……。[①]

有的版本在题下注曰："此名寄生"（《〈聊斋志异〉铸雪斋抄本》），这是抄录者特加的注释，体现了生物界更多的是靠寄生相互存活。所谓寄生，就是一种生物生于另一种生物的体内或体表，并从后者摄取养分以维持生活的现象。前者称为寄生物，后者称为宿主（亦称"寄主"）。综合而言，大千世界既有丛林法则也有寄生现象，可能是吞噬不能而求其次的一种必然。这完全受制于自然环境之千差万别，也是物竞天择、优胜劣汰、生物进化的必由之路。至于本文记叙的蛤蟹共生是否真实呢？尤其那"赤线系之"是作者亲眼所见还是"姑妄说之"？这样一对照，本文显系志怪，不过，由于当时人们不懂寄生是怎么回事，于是各说各的理。但是却被蒲松龄用以充作撰写《聊斋》故事的绝好题材。

---

① 《二十二子》，上海古籍出版社，1986，第1222页。

鸟使

　　苑城史乌程家居，忽有鸟集屋上，香色类鸦。史见之，告家人曰："夫人遣鸟使告我矣，急备后事，某日当死。"至日果卒。殡日，鸦复至，随槽缓飞，由苑之新，至殡宫始不复见。长山吴木欣目睹之。

　　本文情节简单，文中有几个字词须明白其意，如"香色"，犹言声色。《正字通》载："凡物有声色，皆曰香。"再如"槽"，指粗陋的小棺材。还有两个地名，一为"苑"，即苑城，在山东长山县北二十五里，今已并入邹平县。另一处为"新"，即新城，在苑城之北，与之接壤，即今桓台县。还有一位该事件的目击者：吴木欣，是作者的朋友，在《聊斋》中多次被作者当作"见证人"，以示不虚。

　　文中"夫人遣鸟使告我"这句话既关键又有讲究，不可小觑。首先，"夫人"，不是指史乌程之妻，而是三国时魏国文学家吴质的女儿——刘府君（刘瑶）之妻。根据是旧长山县长白山以西有刘夫人墓。康熙五十五年（1716）《长山县志》卷七《轶事》载：

　　　　长白山西有夫人墓。魏孝昭时，清河崔罗什弱冠被征，夜经于此。忽见朱门粉壁有青衣出，语曰："女郎，平陵刘府君妻、侍中吴质女，府君先行，故欲相见。"遂引入就床坐，女郎在户东立，与什叙温凉。什遂问曰："魏帝以尊公为元城令，然否？"女曰："家君元城之时，妾生之年。"什乃与论汉魏事，系与魏史合。①

此记出自唐朝段成式《酉阳杂俎》卷十三"冥迹"条；宋朝李昉《太平广记》卷三二六也有载；明朝冯梦龙《情史》卷二十更有载，当为可信。其次，"夫人"之称自西周即专指列侯之妻，汉以后称王公大臣之妻，唐、宋、明、清各朝，还对高官之母或妻子加封号时称诰命夫人。作为平头百姓的史乌程，自不会无端附庸风雅，以之称自己死去的妻子；况且文中不加任何定语，必也特指当地人所熟知的神灵——刘夫人。可能的逻辑是：久病不愈的史乌程，很想预知大限，也盼着有崔罗什那番获得刘夫人接待的奇遇，于是在凝盼之际说了这句谵语，又岂料一语成谶，终于呜呼哀哉！

再说文中的"鸦"，即"乌鸦"，为烘托悲戚氛围的不祥之物。古时人命危浅，加之天灾兵祸，致使生灵涂炭；许多荒蛮之地遂成掩埋尸体的乱葬岗，而野狗、乌鸦等飞禽走兽则会经常出没。至于"鸟使"，则应是"青鸟信使"的简称，是作为"刘夫人"的信使出现的。唐朝李商隐《无题》诗："蓬山此去无多路，青鸟殷勤为探看。"那"青鸟"就是传说中西王母的使者，是三足神鸟。

---

① 赵伯陶注评《聊斋志异详注新评》，人民文学出版社，2016，第 2970 页。

结合文中史乌程此时已进入临终弥留之际，说上一句"夫人遣鸟使告我矣，急备后事，某日当死"，又何足怪呢？

青鸟（乌鸦）先报丧，后又随棺送葬，而且是受"夫人"派遣，真是奇上加奇。有时候，文本中应该出注的地方，偏偏没有注，而《聊斋》遣词造句又常有出典，一些看似不成问题的词语，实际上蕴涵深刻，只有明白它的出处，才能充分领会其中的雅趣，获得深层次的审美愉悦。

鸲鹆

王汾滨言：其乡有养八哥者，教以语言，甚狎习，出游必与之俱，相将数年矣。一日将过绛州，去家尚远，而资斧已罄，其人愁苦无策。鸟云："何不售我，送我于王邸，当得善价，不愁归路无资也。"其人云："我安忍！"鸟云："不妨。主人得价疾行，待我于城西二十里大树下。"其人从之。携至城中相问答，观者甚众。有中贵见之，闻诸王。王召入，欲买之。其人曰："小人相依为命，不愿卖。"王问鸟："汝愿住否？"答言："愿住。"王喜。鸟又言："给价十金，勿多与。"王益喜，遂畀十金。其人故作懊悔状而出。王与鸟语，应对便捷。呼肉啖之。食已，鸟云："臣欲浴。"王命金盆贮水，开笼令浴。浴已，飞檐间，梳翎抖羽，尚与王喋喋不休。顷之羽燥，翩跹而起，操晋音曰："臣去呀！"顾盼已失所在。王及内侍仰面咨嗟。急寻其人，则已杳矣。后有往秦中者，见其人携鸟在西安市上。此毕载积先生记。

王阮亭云："可与鹦鹉，秦吉了同传。"

鸲鹆俗名"八哥"，智商很高，会模仿人说话。南唐后主李煜，改鸲鹆为八哥，亦曰八八儿。这是中国南方常见的鸟类。其两目炯炯有神。据说其舌如人舌，剪剔之，能模仿人言。幼鸟口黄，老则口白，性喜浴水，如文中："鸟云：'臣欲浴'。"

鸲鹆较早见诸古籍，是用作解释一则政治事件的。据《春秋左传·昭公二十五年》记载：鲁国大夫师己，见鸲鹆反常，由南方迁来北方筑巢，由此预测鲁昭公（稠父）不满季氏大权在握，躁然出兵，反被季氏驱赶到齐地（乾侯）。流浪在外的鲁昭公缺衣少食，不久而死。鲁国代之而立的是定公（宋父）。汉朝经学大师董仲舒对这段史实即作如是说。此外，东晋谢尚模拟鸲鹆动作编成了《鸲鹆舞》，特意在宴会上表演，赢得了宾客一片喝彩。谢尚的舞姿，俯仰翻跹，旁若无人。古人喜爱鸲鹆，并用以招待客人的礼数，一点也不逊色于今人。

本文对鸲鹆的描写同样十分精彩，最突出的表现是鸟主动提出要出卖自己，去为主人筹措盘缠，玄机十足，远比主人考虑得周到。尤其那句故意说给王爷听的"给价十金，勿多与"。真是左右逢源，一副油滑嘴脸，一句话便促成这桩买卖。接下来的"吃肉""求浴"，也是从容不迫，有效地麻痹了王爷，为振翅飞回主人怀抱创造了条件。这三个连续不断的画面，把一个诡计多端的禽鸟之尤，活脱脱地展示在读者面前。这小小的禽鸟，竟然愚弄了堂堂的王爷，从而辛辣地嘲讽了王爷的愚蠢。

然而，读者也不由得怀疑，这是鸟，还是幻化的鸟精？抑或就是一篇寓言？清朝评家但明伦，揭示了答案：

> 今之骗局亦夥矣。以人谋之，以人为之，已不可以理测，不可以情窥；小鸟何知，而又代人谋？此其前身不待问而知矣。
>
> 既能作计，而复以从容出之，使人不疑，此可为念秧之祖。①

文尾那句"毕载积先生记"，见证了作者与坐馆东家毕际有（1623—1693，字载积，号存吾）之间切磋《聊斋》写作的深厚友谊和浓重情感。有专家称：这可能是毕际有读了《聊斋》中已经完成的篇章，一时兴起，便写出了《鸲鹆》，蒲松龄加以文字润色后，纳入《聊斋》中。为了尊重馆东的草创之功，便于篇末注明出处。

好快刀

明末，济属多盗。邑各置兵，捕得辄杀之。章丘盗尤多。有一兵佩刀甚利，杀辄导窾。一日，捕盗十余名，押赴市曹。内一

---

① 韩欣主编《名家评点聊斋志异》，天津古籍出版社，2008，第278页。

盗识兵，逡巡告曰："闻君刀甚快，斩首无二割。求杀我！"兵曰："诺。其谨依我，勿离也。"盗从之刑所，出刀挥之，豁然头落。数步外，犹圆转而大赞曰："好快刀！"

这篇奇文之所以能称奇，全凭断头那句赞语："好快刀！"作者为了使断头说话，煞费苦心地进行了层层铺垫。一层，先避开文网而说"明末"，使脏、乱、差全发生在前朝，当朝则是海晏河清。二层，指明"济属多盗""章丘盗尤多"，又仿佛"精神胜利法"，只说自家乱，不涉及其他地区。三层，稍稍显露些要义，"有一兵佩刀甚利"，且与被杀之盗是老相识。此时才有结尾，"数步外，犹圆转而大赞曰：'好快刀！'"

小说透露的万般滋味，带给读者两个层面的思考。一是物质层面，即人体作为高等动物，断头还能说话吗？二是精神层面，这"盗"视死如归的磊落之气，应该怎样认识。据说在法国大革命时期，夏洛蒂·科黛（她暗杀了政治家让-保尔·马拉）被斩首后，一刽子手（又一说是政敌）拿起她的首级，并掌掴了她的面颊。目击者宣称：科黛的眼睛盯着刽子手（或政敌）并显出憎恶的表情。虽然这事与本文极相似，可是医生却认为不可能，理由是在断头时，血压急剧下降，失去血液和氧气，大脑会昏迷而无意识。然而，动物实验却提供了相反的凭证：2011年荷兰科学家将脑电图连接到即将被断头的小鼠大脑上，结果显示——在断头中还有持续的脑电活动，频率接近四秒钟。其他小型哺乳动物的实验，同样支持了这一生理现象。这"四秒钟"虽短，也足够断头流露愤怒或恐惧的表情。

　　至于本文被砍头的"盗"，竟然能喊出"好快刀"，那不过是艺术夸张。但是，这说明作者是有意要通过这看似不可能的结尾，给读者留下更多的精神层面的思考。诸如生与死的关系，盗与民的关系，官府与百姓的关系。

　　一、人的生与死。这是个哲学命题，人人都会面对，尤其死前一刻，又会有怎样的感悟？南唐建州的江为（字以善，约公元950 年前后在世）写的《临刑诗》："街鼓侵人急，西倾日欲斜；黄泉无旅店，今夜宿谁家。"全诗不着一个"悲"字，却令人怆然涕下。不过，诗中也有一份潇洒世间走一回的风流才子气。比照本文的"盗"，没有江为的文人情调，也没有摇尾乞怜之怯懦，"盗"所抱定的只是"斩首无二割"，头断点赞气不绝。俨然远古神话中，炎帝的女儿死了，其气化为精卫；夸父死了，其气变作邓林；刑天的头没了，却以双乳为眼，肚脐为嘴，其气支撑着他战斗不止。以此观之，此"盗"岂不就是平民中的"刑天舞干戚"？所以，这"盗"表现了视死如归的大无畏精神。

　　二、民何以为盗？作者称为"盗"，一避文字狱，二为讲故事。此"盗"应该就是个极普通的民，只有活不下去之民，才不得不去盗。哪里有压迫，哪里就有反抗。这"盗"是个不苟活、敢抗争之民，应该归入鲁迅先生称之为"民族脊梁"一类。若不被捉，或许能成个山寨王，杀出一片新天地，再立个什么名号，就成了改朝换代的皇帝老儿。中国几千年的封建史，就是此类轮流坐江山。所谓：成则为王，败则为寇。这"盗"又是个失败的英雄。

　　三、官府与老百姓的关系。在封建时代只有上对下、老爷与草民、压迫与被压迫的关系。文中刽子手从"工作需要"出发，日复一日地练就了"杀则导窾"的绝活儿。表面看是夸赞杀人技术，实质是暴露官府杀人如麻，罄竹难书！基于此，读者就应该这样总结：既然官府就会杀，而此"盗"居然能慨然赴死，说明当时的社会已经腐朽到官逼民反的程度了。

通观全文对杀人场面写得如此轻松畅快，犹如观赏"被缚的普罗米修斯"塑像——百看不厌。读者从中也能获得"痛苦并快乐着"的审美愉悦。

澂俗

澂人多化物类出院求食。有客寓旅店，时见群鼠入米盎，驱之即遁。客伺其入，骤覆之，瓢水贯注其中。顷之，尽毙。主人全家暴卒，惟一子在。讼客，官原而宥之。

澂俗，即澂江县的民俗。"澂"，音、义同"澄"，即今云南省玉溪市澄江县。传说此地为少数民族聚居区，当地人能幻化成各种物类，如文中所述：都化成老鼠，群出求食。一个外地旅客来此住在旅店，看见一群老鼠钻入米缸中，他就下意识地盖上缸盖，然后往缸里灌水，不一会，老鼠全死了。而客店主人全家很快也都死了，只剩下一个儿子没死。儿子把客人告到官府，官老爷推究来龙去脉后，赦免了客人。

　　这故事若从"老鼠过街人人喊打"的角度看，算是为民除害；若从"人能化鼠"的角度看，那鼠也是人变的，又不该杀害。其实这都是当代人的理解，并不重要，作者既然意在志怪，而且此类故事古已有之，也就不足为奇。唐代李隐《潇湘录·朱仁》所载人与鼠互变的故事，比之《澉俗》要丰满多了，由于原文较长，现简介如下。世居嵩山的朱仁夫妇，五岁的儿子丢了。十余年后某僧人带一徒弟来朱家游方。朱仁一眼认出僧徒很像自己的儿子，经与僧人详细交流，僧人便将徒弟留给了朱仁，独自离开了朱家。但这时的儿子，近二三年来经常夜出昼归。朱仁夫妇发现：儿子夜间化为老鼠出走，白天又变成人归来。儿子坦言自己现在是嵩山鼠王属下的小鼠，不是几十年前的儿子了。故事所体现的是人和异物能互相转化——属于巫术、蛊术一类的原始信仰。这种带有原始人类思维的传说，无论在世界的东方还是西方，其心理活动攸同。

　　至于云南其它地区的民俗传说，则更耸人听闻，明朝王士性（1547—1598）《广志绎》卷五《西南诸省》云："南甸宣抚司有妇人能化为异物，富室妇人则化牛马，贫者则化猫狗。"除此之外，明沈德符（1578—1642）《万历野获编》补遗卷四《土司·人化异类》也有同样记载："又夷人中有号为仆食者，不论男女，年至老辄变异形，或犬、或豕、或驴之属。"[①]

　　这些文人笔记，大多以当地民间传说为依据，并掺合中国古

---

① 赵伯陶注评《聊斋志异详注新评》，人民文学出版社，2016，第2123页。

代先民的图腾崇拜，绝不是有意编造；然而，后世不明因由者往往加油添醋，或遇天灾人祸则被利用做出各种解释。从本质上说，民族与地域的隔膜也会造成种种疏离与偏见，于是人们就对与自己生活经验有别的陌生事物，极尽夸大之能事，这就有了不胫而走的广阔空间。但是，这些素材到了蒲松龄手里，经过一番加工和再创造，许多看似荒诞离奇的事，内里常常蕴藏着生活的血肉和日常的情理，读来不仅让人感到亲切，而且发人深思。

沅俗

　　李季霖，摄篆沅江，初莅任，见猫犬盈堂，讶之。僚属曰："此乡中百姓瞻仰风采者。"少间，人畜已半；移时，都复为人，纷纷并去。一日，出谒客，肩舆在途。忽一夫急呼曰："小人吃害矣！"即倩役代荷，伏地乞假。怒诃之，役不听，疾奔而去。遣人尾之。役奔入市，觅得一叟，便求按视。叟相之曰："是汝吃害矣。"乃以手揣其肤肉，自上而下，力推之；推至少股，见皮肉坟然，以利刃破之，取出石子一枚，曰："愈矣。"乃奔而返。后闻其俗，有身卧室中，手即飞出，入人房闼，窃取财物。设被主觉，絷不令去，则此人一臂无用矣。

　　本文记叙了三件怪事：一、猫、犬与人互变；二、人遭暗算，肤肉长石子；三、飞臂窃物不成反失臂。这又都是云南一带少数民族聚居地流传的怪异民间传说。既然都是来自云南，那么"沅江"当作"元江"。因为"沅江"是今湖南省益阳市管辖下的县级市，位于湖南东北部的洞庭湖畔；而"元江"即今之云南省玉溪市管辖下的元江哈尼族彝族傣族自治县，地处今云南省中南部，位于昆明市南部偏西。虽然只差个三点水的偏旁，可谓差之毫厘，谬以千里。蒲松龄一时疏忽造成笔误，沉疴数百年，有必要在此特别郑重地加以纠正。

再看文中三则怪异故事该如何理解。首先，动物与人互变类似《山海经》的人面牛身、人面马身、羊身人面等现象，应视为图腾崇拜现象的余影。上古时期，低下的生产力，蒙昧的思想，限制了先民的认识能力，而强烈的好奇心和求知欲又驱使先民去探索宇宙万物的奥秘，于是便"乍自以为马，乍自以为牛"，遂使人与动物不分界限，从而使人们崇拜、敬畏某些动物，并妄加解释天地万物反复无常的变异。《山海经》自古号称奇书，它像一座富丽堂皇而又扑朔迷离的宫殿，使人不得其径而生困惑。许多学着都认为《山海经》是古今语怪之祖。鲁迅更进一步认为它是"古之巫书"。古代巫祝的使命是沟通人与神的交流，于是创造了形形色色的神，伴随着祭祀活动的需要，巫术应运而生。联系本文李鸿霆辉煌的政绩，当地百姓沿袭巫祝习俗，前来瞻仰新到任的父母官，以至"猫犬盈堂"，简直就是神话一般的思维模式想象远大于现实，又何怪哉？第一个故事应该是《山海经》式的对于造福于民的清官的一种独特的欢迎莅任的仪式，类似当今少年儿童高举鲜花迎接贵宾的情景。

第二个故事，则带有惩戒性，类似一种黄牌警告，或者诅咒。先是轿夫忽然大呼："小人吃害矣！"然后经"叟"确认："是汝吃害矣。"于是老人家就给轿夫动了个"微创手术"，取出石子一枚，宣布："愈矣。"接下来，轿夫可能就会格外谨言慎行，不敢再有任何心血来潮一样的轻举妄动了。

最后，"飞臂窃物不成反失臂"，这与俗称"三只手"的神偷毫无差别。文中这神偷，伸出一只手臂，窜入邻家屋内窃物，不幸被主人察觉，反被绳索捆住长臂，缩不回去，以至失去一臂。即便不是偷盗，哪怕威福太过，也会遭到丢腿失臂的惩罚。好在还能断肢再接，那一定是知罪、悔过后的事。

一篇《沅俗》内含三段故事，虽然怪异，不无警戒：为官者，要像李鸿霏那样造福一方，不但人欢迎，连猫狗都欢迎；为人不可威福太过，否则就会"吃害"；至于手伸得太长，不管谁的钱财都拿，肯定会被絷丢臂。这就是作者的良苦用心。

诸城某甲

学师孙景夏先生言：其邑中某甲者，值流寇之乱被杀，首垂胸前。寇退，家人得尸，将舁葬之，闻其气缕缕然。审视之，咽不断者盈指。遂扶其头，荷之以归。经一昼夜始呻，以匕箸稍稍哺饮食，半年竟愈。又十余年，与二三人聚谈；或作一解颐语，众为哄堂，甲亦鼓掌。一俯仰间，刀痕暴裂，头堕血流，而气绝矣。甲父将讼笑者，众敛金赂之，又葬甲，乃解。

异史氏曰："一笑头落，此千古第一大笑也。颈连一线而不死，直待十年后成一笑狱，岂非二三邻人负债前生耶！"

"钝刀子割肉"带来的效果那是无人不知；要是钝刀子割人头，可能就会出现孙景夏先生讲的某甲"首坠胸前""闻其气缕缕然""咽不断者盈指"的这种不幸中的万幸。故事中的某甲既然气管没断，还能喂饭吃（食管也没断），"经一夜始呻"（大概动脉也没全断），所以半年之间逐渐活了下来。如此推想，某甲又活了十年，也许完全有可能。

但是，某甲十年后的一次与邻里谈笑，却突然血管崩裂，脑袋掉了，一命归天！奇哉，异哉，难道真如蒲"负债前生"吗？短章开头说的明白，某甲的不幸源自"值流寇之乱"。这"流寇"可大有讲究，俗谓"成则王，败则寇"。"寇"指什么？是蕃之乱，还是官兵平乱，抑或是于七潘迁暴乱？总之是战乱不断，苦难无边。像某甲那样已经"颈连一线"了，还活了下来只是听了"解颐语"而"一笑头落"死去，这岂不是说老百姓日常生活就这么脆弱，给人一种人生无定、生死难断的恐惧感。这也许就是作者隐藏在故事背后的初衷。最后再补充几句题外话，本文开头蒲公就交代了故事来自"学师孙景夏先生言"。学师即老师，二人的师生关系可参阅本书《冷生》篇的解读，并不整述。此外《蒲松龄集》中还有《送孙广文先生景夏》七绝六首和《邀学师景夏饮东阁小启》。据路大荒著《蒲松龄年谱》记载："是年淄川县教谕孙瑚景夏升任鳌山卫教授先生赋七绝六首送之。"①至于《邀学师景夏饮东阁小启》是因为孙景夏在淄川任上曾赴京会试不幸落榜，心情低落。蒲松龄出于师生情谊，加之自己也有类似遭际，于是请老师到自家聚饮，以排遣郁闷。这些实实在在的资料证明：师生二人已经是亦师亦友的关系，值得肯定。

驱邪篇

世界上到底有没有妖魔鬼怪？今人大多数会持否定态度。但在蒲松龄生活的那个时代，多数人不但信，而且会谈之色变，加之统治者惯于借此麻痹百姓，使得整个社会笼罩在一片香火缭绕中。但是即便如此，早在《论语》中就分明记载着孔子的怀疑；荀子的《解蔽篇》也曾嘲笑"愚而善畏"鬼怪的人；汉朝的桓谭、王充，晋朝的阮瞻、阮修，南北朝的范缜，等等，已经成为我国古代著名的无神论、无鬼论者。延及清代，蒲松龄自己就说"雅爱搜神""喜人谈鬼"。那么，他写作《聊斋》的当时，信不信有鬼狐呢？其实他是不信的，不过是装作有，可是他并不怕，甚至还表示了"大不敬"！证据就是他描写了众多的骂鬼、咬鬼、捉狐、驱狐的故事和人物，至今仍然脍炙人口。例如《青凤》（本篇未选）中耿翁的从子耿去病，就很有对付鬼的办法："夜凭几，一鬼披发入，面黑如漆，张目视生。生笑，捻指研墨自涂，灼灼然相与对视，鬼惭而去。"此之谓以其人之道还治其身，使得鬼无可奈何，伎穷而退。再有《妖术》（本篇未选）中的于公，不相信街上算卦人说他三天准死的预言，内心无比淡定，到第三天他静观到底有何变化。那算卦人先派个荷戈的"小人"来害他，他用剑砍断它的腰，"小人"现出了原形——原来是个纸人！小说告诉人们：只是胆大无畏不行，还要有坚定的信念，否则就会被算卦人派来的鬼怪杀害。这里选了《聊斋》中七篇短小精悍的鬼的故事，并不逊色于较长的《青凤》《妖术》。这些故事说明《聊斋》里写的鬼狐，首先是要教育人们不要迷信，要相信自己，要有勇气驱邪，要敢于直面形形色色的妖魔鬼怪。但是正如打仗，有胜有败，谁也不敢夸口百战百胜，故而本书特意选了一篇《鬼津》，写一个病态的男人如何被女鬼无端地欺负。

咬鬼

沈麟生云：其友某翁者，夏月昼寝，朦胧间，见一女子搴帘入，以白布裹首，缞服麻裙，向内室去。疑邻妇访内人者；又转念，何遽以凶服入人家？正自皇惑，女子已出。细审之，年可三十余，颜色黄肿，眉目蹙蹙然，神情可畏。又逡巡不去，渐逼近榻。遂伪睡以观其变。无何，女子摄衣登床压腹上，觉如百钧重。心虽了了，而举其手，手如缚；举其足，足如痿也。急欲号救，而苦不能声。女子以喙嗅翁面，颧鼻眉额殆遍。觉喙冷如冰，气寒透骨。翁窘急中，思得计：待嗅至颐颊，当即因而啮之。未几，果及颐。翁乘势力龁其颧，齿没于肉。女负痛身离，且挣且啼。翁龁益力。但觉血液交颐，湿流枕畔。相持正苦，庭外忽闻夫人声，急呼有鬼，一缓颊。而女子已飘忽遁去。夫人奔入，无所见，笑其魇梦之诬。翁述其异，且言有血证焉。相与检视，如屋漏之水，流枕浃席。伏而嗅之，腥臭异常。翁乃大吐。过数日，口中尚有余臭云。

古代笔记小说中记载的鬼故事不胜枚举：魏曹丕《列异传》有宋定伯捉鬼卖鬼，唐孙光宪《北梦琐言》有蜀僧以斧击鬼，北宋李昉《太平广记》有肖正人解衣束鬼，北宋张师正《括异志》有茅处士叱令遁鬼，南宋洪迈《夷坚志》有孙俦奋拳击鬼，清袁枚《子不语》有陈鹏年吹气退鬼。但其中唯独没有以口咬鬼的故事，这回蒲松龄设计出某翁死死咬住骑在自身胸口的女鬼，可谓独出心裁。

　　但是，细心人多能看出这情节就是做了个噩梦，与现代医学"睡眠瘫痪症"完全吻合。中医谓"梦魇"，民间俗称"鬼压床"。文中"女鬼"是此症伴生的幻想，老翁的摆脱方式也暗合中西医治疗原理，只是"流枕浃席"等情节，属于深度解说，可参看佛洛伊德"释梦"理论。比如，不无论睡午觉抑或夜觉，如果手压在胸口上，会因胳膊的重力影响呼吸，导致喘不上气，血流不畅，此时体现在梦境中就是鬼压着身子了。再如，凌晨时刻因为肚子饿得咕咕叫，就会梦见吃什么好东西，或者是半夜尿憋得厉害，尿炕了，会梦见发大水。这些老百姓惯常生活中的经历，都没有被写成《咬鬼》这样的小说。那么，蒲公这篇小说有什么特别值得称道之处呢？一、有"鬼血""腥臭异常"作物证。假如没有这物证，那叫梦魇，有了这物证才叫"咬鬼"。诸如："女子以喙嗅翁面，颧鼻眉额殆遍。"（这算不得"咬鬼"）；"翁乘势力龁其颧，齿没于肉。女负痛身离，且挣且啼。"（也不算严格意义上的"咬鬼"）；"翁龁益力，但觉血液交颐，湿流枕畔。""相与检视，如屋漏之水，流枕浃席。"（这才初步有了"咬鬼"意涵）；"伏而嗅之，腥臭异常。"如此才最后确认是"咬住了鬼"。因为"鬼血"不同于人血；就如同《列异传·宋定伯》中的"鬼"在游泳过河时悄无声响，"鬼"体轻、人体重等现象一样，都属于"鬼的特异性"。二、有不同屋午睡的夫人做人证。午睡见鬼，翁与夫人不同屋，可以"庭外忽闻夫人声，急呼有鬼，一缓颊而女子已飘忽遁去"；

假如翁与夫人同屋睡，则了无曲折，翁不用害怕，更不用呼喊，甚至不用暗自打定主意"咬鬼"；如此，则夫妇二人完全可以轻而易举地制服女鬼，那岂不成了"捉鬼"？所以一定要安排翁单独午睡。这些情节上的细微处必不可少。

蒲翁塑造的是个胆大凶恶的女鬼：大白天此鬼掀开翁家门帘进入屋内，左顾右盼逼近床榻，撩衣上床骑在午睡中的翁身上，用冰冷的嘴唇嗅遍翁面。翁在手脚不能动、口也不能喊的情况下，决定等其嗅到下颌时，趁势发力咬住了鬼的颧骨，并且深入到鬼脸的肌肉中。此举顿使全文紧张气氛飙升。就在翁死死咬住不放，女鬼苦苦挣扎摆脱之际，翁"急呼有鬼"——稍稍一张口，女鬼则"飘忽遁去"。这场紧张、恐怖、惨烈、沉重的人与鬼的较量（肉搏），如同猝不及防的遭遇战，活灵活现地描写出翁的智慧与勇敢，体现了作者"一笔照两端"的高超写作笔法，可谓"言在鬼，意在翁"。

捉狐

孙翁者，余姻家清服之伯父也，素有胆。一日，昼卧，仿佛有物登床，遂觉身摇摇如驾云雾。窃意无乃压狐耶？微窥之，物如猫，黄毛而碧嘴，自足边来。蠕蠕伏行，如恐翁寤。逡巡附体，着足足痿，着股股奁。甫及腹，翁骤起，按而捉之，握其项。物鸣急莫能脱。翁亟呼夫人，以带系其腰。乃执带之两端，笑曰：

"闻汝善化，今注目在此，看作如何化法。"言次，物急缩其腹，细如管，几脱去。翁大愕，急力缚之，则又鼓其腹，粗于碗，坚不可下；力稍懈，又缩之。翁恐其脱，命夫人急杀之。夫人张皇四顾，不知刀之所在。翁左顾示以处。比回首，则带在手如环然，物已渺矣。

　　故事开头说孙老翁"素有胆"，即一向不信邪，这为全文定下了基调。某日翁午休时，忽觉身轻如腾云驾雾，暗想莫非是狐狸慢慢爬上身？他眯起眼睛密切注视，果见狐狸"黄毛而碧嘴"，以此表现翁对怪物的不屑与轻蔑。接下来则细写"捉狐"经过。狐狸刚一附翁体，碰哪哪麻酥酥，在爬到自己肚皮上时，"翁骤起"，一把抓住狐狸脖子，狐狸叫着想逃，翁叫夫人用绳子捆住狐狸的腰。此时翁就得意扬扬地调戏狐精，要看它如何逃脱。当见狐精突然变细时，翁十分惊愕，并用力勒紧绳子，怕它逃掉；继而它又由细变粗，翁赶紧让夫人拿刀杀它；夫人慌了神，不知刀在何处，就在翁转头告诉夫人时，狐精却跑了！这一过程突出了狐狸的窘迫和翁把玩狐狸之情态，有力地衬托出翁的胆大、机敏、沉着等性格。值得一提的是，狐狸的逃脱，翁两手空握绳子的窘态，给读者一种狐狸狡猾，老翁却百密一疏的意外感，使故事在轻松、滑稽的气氛中戛然终止。全文结构自然而紧张，情节富于戏剧性，老人家与小狐狸的神情也对比得活灵活现。

　　前一篇《咬鬼》与这篇《捉狐》，在写作方面有异曲同工之妙。一、这两篇在《聊斋》的不同版本中，尽管所处卷数不同，却总是一前一后地出现，好像如影随形，谁也离不开谁。这就不难看出作者是有意暗示给读者——最好参阅并读。二、从情理上讲，家庭中男人胆大主事，女人胆小怕事，所以两文都以男子为主角，均需凭借男子天生的勇敢、智慧战胜鬼狐。三、鬼与狐毕竟有别，鬼更吓人，狐稍次之，写法因之各有千秋：《咬鬼》紧张、恐怖、惨烈、沉重，真是俗语之"活见鬼"的一场不期而遇的"遭遇战"；《捉狐》则紧中有缓、缓中透俏、俏中有失，如同"游击战"之诱敌深入，未能全歼，小有漏网，稍显遗憾。清嘉庆年间冯镇峦在《读〈聊斋〉杂说》中提出：《聊斋》说鬼说狐，不是信笔写来，而是具有"人事之伦次，百物之性情"，"说得极圆，不出情理之外；说来极巧，恰在人人意愿之中"。[①]以此宏论对照《捉狐》的写作特色，足可见证冯评不虚。

鬼津

　　李某昼卧，见一妇人从墙中出：蓬首如筐，发垂蔽面。至床前，始一手自分，露面出，肥黑绝丑。某大惧，欲奔。妇猝然登床，力抱其首，便与接唇。以舌渡津，冷如冰块，浸浸入喉。欲不咽，而气不得息。咽之，稠黏塞喉。才一呼吸，而口中又满，气急复咽之。如此良久，气闭，不可复忍。闻门外有人行声，妇

---

① 朱一玄编《聊斋志异资料汇编》，南开大学出版社，2012，第 483 页。

始释手去。由此腹胀喘满，数日不食。或教以参芦汤探吐之，吐出物如卵清，病乃瘳。

　　此篇题名"鬼津"，意思是指从女鬼口中流出的唾液，这不难理解。难解的是，女鬼从墙里一出现，就直奔李某，爬上床、抱住头、对准嘴，就开始"接唇""以舌度津"，一口一口地强迫李咽下女鬼的唾液。然后作者就细笔描写李某不一般的直觉感受。如此没完没了地一口一口咽下女鬼以舌传递的唾液，直到女鬼听见门外有走路声，才放手而去。读罢此文我们不禁有如下疑问。一、女鬼为什么要如此目标明确地上床就"接唇"？这与《聊斋》惯常的情节大异其趣。二、李某为什么像被捆绑住手脚般地任凭女鬼摆弄？他是意识不清，还是没想明白而无所措手足？作者什么都不讲，只罗列被动、无奈的怪象，究竟想说明什么？三、李某看样子很不情愿，既如此，何不摇头甩开，甚至咬住女鬼的舌？这是不情愿的状态下谁都会做出的动作，李为什么如此软弱、无力，倒像个植物人？

　　答案只能这样做出：李某不是个健康人，尤其不是身强力壮的男人。因为健康男人即便被强按在床上动弹不得，也会有反抗动作。果如是，李某会变被动为主动，不必等外面传来走路声，女鬼肯定会落荒而逃。

　　读者只能被动地读，无权为作者"代言"，所以我们只能猜想故事中的李某是个病人。什么病呢？在作者没有提供任何根据的前提下，我们只能粗略地认为：李某呼吸系统有毛病，如肺气肿。

那么，李某在昼寝时，一旦痰壅难耐，呼吸不畅，就会产生各种幻听幻觉，如有女鬼来强行"接唇"——那一口一口咽下的其实是自己肺泡上壅堵的黏液，一切都是自作自受，根本没有什么"女鬼"。为了证实真有女鬼，蒲公特加一笔：李某"腹胀喘满，数日不食"，待遵医嘱服下"参芦汤"，吐出黏液如蛋清，这病才痊愈。

在古代，无论医家还是百姓，对哮喘病没有如今这样科学的认识时，把病人吐出的一口一口的白色粘液沫形容为"卵清"，也太有"创见"了。所以，《鬼津》故事权作为"临床哮喘病的《聊斋》版"，则一切似可圆通。还是那句话：仁者见仁智者见智。

役鬼

山西杨医，善针灸之术，又能役鬼。一出门，则捉骣操鞭者皆鬼物也。尝夜自他归，与友人同行。途中见二人来，修伟异常。友人大骇。杨便问："何人？"答云："长脚王、大头李，敬迓主人。"杨曰："为我前驱。"二人旋踵而行，蹇缓则立候之，若奴隶然。

役鬼，就是使唤鬼。本文开门见山，表明山西擅长针灸的杨大夫，就是一位能使唤鬼的特殊人物。杨大夫"一出门，则捉骣操鞭者皆鬼物也"。更是展示了一种习以为常的派头，好像他身边的鬼，可以随叫随到，任其驱遣。春秋时期的齐国丞相管仲指出：

"此乘天威而动天下之道也，故智者役使鬼神而愚者信之。"①此言是指如果善于通过货币、商品的轻重（交换或贸易）来掌控治理国家，那么就会如智者役使鬼神一样，使国家繁荣富强，并产生神奇的变化。这一比喻的主旨虽与本文有悖，但精神实质却极相一致。关键是其中的"智者"二字，点出了针灸杨大夫就是这种身怀绝技的医家，他的针灸技术是"针到病除"，不然鬼也不会对他如此"敬迓""若奴隶然"。对比《咬鬼》中的某翁，他虽然勇敢有计谋，战胜了女鬼，但比起杨大夫还是略逊一筹。杨大夫不但要打败鬼，更要"役鬼"。所以赞许役鬼的杨氏针灸大夫，应该是作者的初衷。那么，文中的"长脚王、大头李"到底是人是鬼？且看那言行举止，其实就是两个长相十分奇特的人。这是蒲公把"有钱能使鬼推磨"这句俗语改造了一下，形象化、故事化了，说明作为一个针灸行医者，靠的是智慧、手法、医术，不以装神弄鬼欺骗患者。

真正使唤鬼的故事，在《太平广记》卷第十一里的《左慈》有载。左慈字元放，庐江人。通五经，也懂星象。他见汉朝江山要不保，天下要乱，于是叹息道："在这衰乱之际，官高更危。"于是他就学道，很通六甲，能役使鬼神。正史里也有智者能够"役鬼"，比如《后汉书·方术列传上·高获》中的高获，据说也是一位智者，但他擅长的是遁甲之术。这就与本文中的杨大夫"善针灸之术，又能役鬼"完全不是一回事了。

---

① 《二十二子》，上海古籍出版社，1986，第190页。

缢鬼

范生者，宿于逆旅。食后，烛而假寐。忽一婢来，幞衣置椅上；又有镜奁掭箧，一一列案头，乃去。俄，一少妇自房中出，发箧开奁，对镜栉掠；已而髻，已而簪，顾影徘徊甚久。前婢来，进匜沃盥。盥已捧帨，既，持沐汤去。妇解幞出裙帔，炫然新制，就着之；掩衿提领，结束周至。范不语，中心疑怪，谓必奔妇，将严装以就客也。妇妆讫，出长带，垂诸梁而结焉。讶之。妇从容跂双弯，引颈受缢。才一着带，目即合，眉即竖，舌出吻两寸许，颜色惨变如鬼。大骇奔出，呼告主人，验之已渺。主人曰："曩子妇经于是，毋乃此乎？"吁！异哉！既死犹作其状，此何说也？

异史氏曰："冤之极而至于自尽，苦矣！然前为人而不知，后为鬼而不觉，所最难堪者，束装结带时耳。故死后顿忘其他，而独于此际此境，犹历历一作，是其所极不忘者也。"

这篇小说如同是一段录相，播放的内容却是一位少妇上吊自杀的全过程。上吊地点选择的是旅店，见证上吊全过程的是暂住旅店"假寐"的范生。奇特的是范生见此情景，不是立马跑上去救人，而是吓得跑出去召唤店主，待到主人赶来，屋内空空，并不存在尸体。店主说："以前我儿媳妇吊死在这屋里，莫不是她的灵魂又一次重现上吊那情景？”可是店主也纳闷：人都死了，还重复那死前的事，该怎么理解？这两个人物，范生和店主，都不过是情节发展的铺垫，范生是见证者，证明眼见为实；店主进一步证明"曩子妇经于是"，可到底还是什么都不存在，如同范生迷迷糊糊，似有似无地看了一段缢鬼自尽的录相。反用《红楼梦》的那句俗话，叫作"真做假时假亦真"，但从情节安排上看，这是体现了小说结构上的首尾呼应。

　　然而，小说的精华并不在此，在于少妇上吊前的"对镜栉掠""顾影徘徊甚久"等过程：先有婢女出来伺候摆放化妆用的"幞衣"（放衣服的包袱）、"镜奁"（镜子盒）等，供少妇梳扮使用；后有婢女再次出来"进匜沃盥"，用水壶往少妇手上浇水，少妇洗完手，婢女又回去。这些细致的"慢镜头"层层展示，或者干脆不如说是在以动作衬托心理——动作看似有条不紊、从容不迫，心理却是七上八下、五味杂陈。少妇没有表现丝毫痛苦，也绝不掉一滴眼泪，看不出对生之留恋，只是缓缓地走向人生的尽头，可以想见其赴死的决心，不曾带有任何的犹豫，这其中就大有奥妙在。

　　小说的另一处精华，则是范生所见"束装结带时"显现的少妇那副缢死的惨状。作者先宕开一笔——怀疑、揣测眼前这位靓丽女子，定然是私奔情郎，前来旅店幽会。然而很快便由罗曼情调变为死神降临。此时只见少妇解开包袱，拿出罗裙披肩马上穿起来，扯扯衣襟，提提衣领，其光彩照人如新妇漫步走向花轿一样——显得极其周到、端庄而完美。然后她又拿出一根长带，吊在屋梁上打个结，从容不迫地踮起双脚、伸进脖子……此时的范生惊呆了！只见她的脖子刚一挨着带子，她的眼睛就闭上了，眉毛就竖起来了，舌头就从嘴里掉出两寸长，脸色惨变如鬼，这就是"千古难得一见"的自缢身亡的情景。也是全文在最惨烈之时，却又戛然作结的一瞬，恰似凝固了少妇最无奈、最悲壮的一幅画面。正如异史氏所说，本篇就是要表现这"最难堪者"，亦即少妇对自缢超乎寻常的淡定，致使范生产生了无由的惊诧，当然也使所有读者的惊诧。

通观全文，作者似乎无意渲染恐怖气氛，因为文中大部分笔墨是在描述少妇如何梳妆打扮。假如没有自缢那寥寥几笔，还真像《西厢记》中莺莺会张生的前期准备，那是何等令人怦然心动。可是，小说的主旨在哪里？既是"缢鬼"，就离不开死生亦大矣这个谁也躲不掉话题。《论语·先进篇第十一》中就有涉及生死的记载：孔子看着四个弟子（闵子骞、子路、冉有、子贡），不由高兴起来了。不过，又说："像仲由（子路）吧，怕得不到好死。"《左传·僖公十九年》中也有"得死为幸"的说法，意谓："能得到善终，是值得庆幸的事。"反过来说，就是"不得死为不幸"，即当今咒人的那句"不得好死"。以此对照少妇自缢，应该属于孔子预期子路之死那样——得不到善终。如果连同子路从容战死时说的那句话："君子死，冠不免。"则无论少妇自缢前的梳妆打扮，还是子路即将牺牲时的结缨正冠，都属千古一叹的苍凉和悲壮。

珍爱生命，对衰老、死亡心存忧惧，是人之共同心理。寻死，是不到绝路之人不会采取的极端行为。古往今来，类似女子所遭遇的痛苦、无奈、仇恨，她们以死相争、以泪洗面，得到的其实都是如本文《缢鬼》那样的悲惨结局。作者所重放的这段"录像"，或许含有这些思想旨意。

荞中怪

　　长山安翁者，性喜操农功。秋间荞熟，刈堆陇畔。时近村有盗稼者，因命佃人乘月辇运登场。俟其装载归，而自留逻守，遂枕戈露卧。目稍瞑，忽闻有人践荞根咋咋作响。心疑暴客。急举首，则一大鬼，高丈余，赤发鬡须，去身已近，大怖，不遑他计，踊身暴起，狠刺之。鬼鸣如雷而逝。恐其复来，荷戈而归。迎佃人于途，告以所见，且戒无往。众未深信。越日，曝麦于场，忽闻空际有声。翁骇曰："鬼物来矣！"乃奔，众亦奔。移时复聚，翁命多设弓弩以俟之。异日，果复来。数矢齐发，物惧而遁。二三日竟不复来。麦既登仓，禾秸杂遝，翁命收积为垛，而亲登践实之，高至数尺。忽遥望骇曰："鬼物至矣！"众急觅弓矢，物已奔公。公仆，龁其额而去。共登视，则去额骨如掌，昏不知人。负至家中，遂卒。后不复见。不知其为何怪也。

　　这篇小说叙述安翁在荞麦场上，被迫与不知名的怪物作殊死斗争，断断续续的共六天，交锋四次，前三次安翁胜出，最终结果很不幸，是安翁被荞中怪咬死了。这与很多正义战胜邪恶的故事大相径庭，也许作者是特意要提供一个反面案例，以警告所有不讲究斗争策略或者疏忽大意的人们：只有常备无懈，方可人财平安；哪怕稍有不慎，也会一命呜呼。

　　故事开篇先交代安翁是个喜欢干农活的人，秋收时节荞麦成熟，翁将收割的荞麦堆放到田垄边。由于总有偷庄稼的贼，翁则督促佃工趁着月光赶紧把荞麦运到场地。等到堆放完毕，自己就留下来巡逻守卫。翁刚刚在露天中枕着长矛想休息，只听有脚踩荞麦秆儿的"咋咋"声。翁怀疑有贼，抬头一看：一个一丈多高、赤发乱须的大鬼已经走近自己！翁都来不及细想，急忙用长矛狠狠朝着大鬼刺去，大鬼如雷般吼叫着逃跑了。以上算是第一回合：不料遇敌，靠勇获胜。

　　安翁担心大鬼会再来，扛着武器回家，半路遇上运麦的佃工，向他们讲述了刚才发生的惊险一幕，劝他们不要冒险前去，大家还都不相信。过了一天，大家正在场上晒荞麦，忽听天空传来怪声，安翁警惕地高呼："怪物来了！"边喊边跑，佃工们也跟着安翁跑。过了一会儿，没动静，大家又聚集在一起，安翁让大家多准备些弓箭，防备怪物再来。以上算是第二回合：众志成城，敌寡而退。

　　第三天，怪物果然又来了，众人用早就准备好的弓矢，乱箭齐发，怪物又逃跑了。以上算是第三回合：有备迎敌，战无不胜。

　　此后二三天，怪物竟不敢再来。待到荞麦装进粮仓，麦秆儿乱放着，安翁让大家把麦秆儿堆成垛，然后亲自上去踩实麦垛，慢慢堆到几尺高后，安翁忽然望着远处惊叫："怪物又来了！"众人急忙寻找弓箭时，怪物已经扑向安翁，咬伤安翁额头，逃跑了。众人爬上麦垛，只见安翁头部缺了一块巴掌大的额骨，昏了过去。众人把他背回家，他也就死了。以上算是第四次回合——安翁被偷袭而亡。从此以后，怪物没再来，谁也不知道那究竟是什么怪物。

　　此篇乍一看，似乎不明不白，其实主要是状写暗藏的敌人更难对付——亦即要想确保人财无虞，必须时时刻刻提高警惕，不可有丝毫的懈怠。小说为表达这一主旨，成功地运用明暗交替写法：明着写安翁如何设防，但总可能有百密一疏的时候；暗着写怪物躲躲藏藏，寻找可乘之机谋财害命。最后还是以安翁之死，告诫所有善良的人们：不怕贼偷，就怕贼惦记；明枪易躲，暗箭难防。这就突出了荞中怪的凶恶、心虚、阴险的多面劣根性。当然，从积极方面考量，只要有足够的心理和物质准备，依靠集体的声威，就能抵抗怪物的各种进攻；相反如孤身一人，又思想松懈，便要深受其害，命丧黄泉。由此可见，此篇虽短，寓理却深；情节跌宕起伏，场景多次变更，人物形象鲜明，不失为警世佳作。

山魈

　　孙太白尝言：其曾祖肄业于南山柳沟寺。麦秋旋里，经旬始返。启斋门，则案上尘生，窗间丝满。命仆粪除至晚，始觉清爽可坐。乃拂榻陈卧具，扃扉就枕，月色已满窗矣。辗转移时，万籁俱寂。忽闻风声隆隆，山门豁然作响。窃谓寺僧失扃，注念间，风声渐近居庐，俄而房门辟矣。大疑之，思未定，声已入屋；又有靴声铿铿然渐傍寝门。心始怖。俄而寝门辟矣。急视之，一大鬼鞠躬塞入，突立榻前，殆与梁齐。面似老鸦皮色；目光睒闪，绕室四顾，张巨口如盆，齿疏疏长三寸许；舌动喉鸣，呵喇之声，响连四壁。公惧极，又念咫尺之地，势无所逃，不如因而刺之。乃阴抽枕下佩刀，遽拔而斫之，中腹，作石缶声。鬼大怒，伸巨爪攫公。公少缩。鬼攫得衾，捽之，忿忿而去。公随衾堕，伏地号呼。家人持火奔集，则门闭如故，排窗入，见公状，大骇。扶曳登床，始言其故。共验之，则衾夹于寝门之隙，启扉检照，见有爪痕如箕，五指着处皆穿。既明，不敢复留，负笈而归。后问僧人，无复他异。

　　这是一篇以细腻的工笔描述恐惧心态的范文。一个书生来深山古庙苦读，月黑风高之夜，有山鬼钻进斋房来袭，斗室绝境之内与其等死，不如对抗求生。于是书生枕下抽刀，奋力砍中鬼的肚子，发出撞击石缸声。鬼愤怒地抓起书生身上的被子，书生顺势一缩，身体溜了下来。鬼只得将被子甩出，然后愤然逃离。书生掉在床下呼救，家人举着火把来看，见斋门仍然关闭着，只得推开窗户跳进，赶忙扶起书生上床，方知刚刚发生的一切。经过仔细查验，被子确实还夹在门缝内，上面也确实有簸箕形的爪痕，五个破洞，证明是山鬼手指甲抓破了被子。天亮之后，书生再也不敢留宿了，收拾行李转回家中。可是此后，和尚并没发现再有闹鬼的事。文弱书生由极度害怕到走投无路，再到以死相拼，面对突发事件骤然变成勇士。尽管这勇敢是逼出来的，可毕竟是鬼逃人在，胜利还是属于书生的。

　　为了突出书生的勇敢，作者从四方面状写人与鬼的交锋。一、借夜晚狂风呼啸的声势，彰显大鬼来者不善。二、描绘鬼的五官，以恶形暗示凶猛。三、用枕下藏有佩刀，证明书生决心以死求生。四、先斫鬼，后缩身，智勇双全，不但敢斗，而且善斗。总之，文中场面极其狭小、气氛十分紧张、格斗异常惊险、胜负对比鲜明，既突出了山鬼的强大，又对比了书生也并非胆小如鼠之辈。暗示了鬼也并非不可战胜。

　　值得深思的还有两处：一是斋房的门，到底是关是开；二是此庙的鬼，到底是有是无。先看"门"，因为斋房已经命仆人清扫完毕，书生已然"扃扉就寝"；风起之后"房门辟矣"，这才有"大鬼鞠躬塞入"；待到人与鬼搏斗之后，却又"门闭如故"，仆人只得"排窗入"。事后再来查看房门，"则衾夹于寝门之隙"，可见房门确实开关多次。再看"大鬼"，从全文唯一主线考量，一人一鬼，构成角逐双方，缺一不可，但是结尾庙主僧人为何否认有鬼？依照中国魏晋以来志怪小说的传统模式，一向是"假实证虚"，不承认所发生的一切，这样才显得怪异之事来无影去无踪，以"诡异生奇"，来彰显神鬼形迹，这笔法自有言尽旨远之妙。

僧侣篇

蒲松龄在长期的家庭生活、坐馆教书、参禅写作、送往迎来等日常生活中，逐渐形成了独特的以"救世婆心"为旨归的佛学思想。论家庭生活，他的父亲和妻子都是诚笃的佛教信徒，如此贴身的熏陶与影响，可谓根深蒂固，连他自己都承认自己是由一个病瘠的和尚转世，根据是："松悬弧时，先大人梦一病瘠瞿昙，偏袒入室，药膏如钱，圆粘乳际。寤而松生，果符墨志。"及至长大成人，明末清初全社会与家乡淄博地区寺庙林立的崇佛氛围，也不期然地使他感觉到阵阵仙风扑面，抑或一股股燃香缭绕耳际。这些都是他写作僧人题材取之不尽、用之不竭的灵感源泉。据曾召玉先生在《谈〈聊斋志异〉中的僧人形象》中的统计：熔铸这些思想的小说有十篇，此外还有二十六篇不以"僧"命名，但故事情节也关涉到僧人的——二者总共约四十篇——这就犹如一条僧人模特 T 台，展示了一幅僧人进进出出的画卷，从而构成了《聊斋》又一道风景线。

这里选了八篇小说：《僧孽》《丐僧》《西僧》《番僧》《死僧》《紫花和尚》《灵官》《今世成》。这些故事对那些行为龌龊、道德败坏的僧人，以及与佛家精神相违背、对社会和百姓无益甚至是有害的所谓佛法，给予了无情的鞭挞和批判，从中可窥见蒲松龄对佛学的接受并不盲目，比较理性。诸如佛教主张的不立文字、教外别传、内心自悟、不向外求、直指人心、见性成佛、顿悟成佛等都非常贴近士大夫的生活情趣，自然也影响着蒲松龄的思想和创作。学界一般认为：蒲松龄的主导思想虽然是儒家，而互补的两翼，则是佛家和道家。这可以从他的人生轨迹与创作实践中得到充分的印证。

僧孽

　　张姓暴卒，随鬼使去见冥王。王稽簿，怒鬼使误捉，责令送归。张下，私浼鬼使，求观冥狱。鬼导历九幽，刀山、剑树，一一指点。末至一处，有一僧孔股穿绳而倒悬之，号痛欲绝。近视，则其兄也。张见之惊哀，问："何罪至此？"鬼曰："是为僧，广募金钱，悉供淫赌，故罚之。欲脱此厄，须其自忏。"张既苏，疑兄已死。时其兄居兴福寺，因往探之。入门便闻其号痛声。入室，见创生股间，脓血崩溃，挂足壁上，宛如冥司倒悬状。骇问其故。曰："挂之稍可，不则痛彻心腑。"张因告以所见。僧大骇，乃戒荤酒，虔诵经咒。半月寻愈。遂为戒僧。

　　从标题"僧孽"即可悟出，本文中心内容在写一个和尚因作孽而遭祸，后来又因胞弟的规劝而幡然悔悟。作者不从和尚如何作孽说起，而从和尚遭受惩罚而嚎叫的惨状写起，以增强读者的感官刺激，加深印象，若从笔法上论，则属于倒因果关系。

　　再说和尚的弟弟，恰被小鬼误带到了地府，小鬼遭冥王怒斥，在责令返还阳界途中顺便参观了地狱，并遇到一和尚——脚脖子穿着绳索，头朝下倒挂着，疼得直嚎叫。定睛一看，原来正是自己的亲哥哥。一问旁边"导游"的小鬼，答曰：这和尚"广募金钱，悉供淫赌，故罚之。欲脱此厄，须其自忏"。

弟弟返阳后，以为兄长已死，前去兄长所在的寺庙探看，远远就听到号痛声，进屋一看，那情景简直和在地府所见一样。兄长也不说作恶的事，只说如此"好受些"。弟弟转述了小鬼的"指点"。乃兄听罢大为惊愕，如梦方醒，按佛教规定，每半月进行一次诵戒，坦白过错表示悔改。结果只祈福一次，就全好了，此后他便成为一个恪守戒律的"模范和尚"。

至此，本文的警世意图方显：这倒叙写法，意在凸显"天网恢恢，疏而不漏"以及"人在做，天在看"。尤其那阴阳二界两次出现"扎股而倒悬"的阴森画面，足能给众生以强大的震慑。

清代《聊斋》评论家但明伦说："生时痛苦，即是阴罚；焉得见者而告之，使孽海众生，幡然而登彼岸。"[①]言外之意，是在提醒人们：时时刻刻都要心存善念，做好事，别做坏事。故事虽有迷信色彩，总比正面教导易记难忘。如此说来，和尚从"迷"到"悟"有多远？乃一念之间！这一理念，即便在当今社会也应不断宣传、大力提倡。

死僧

某道士云游，日暮，投止野寺。见僧房扃闭，遂藉蒲团，趺坐廊下。夜既静，闻启扃声，旋见一僧来，浑身血污，目中若不

---

① 韩欣主编《名家评点聊斋志异》，天津古籍出版社，2008，第52页。

见道士。道士亦若不见之。僧直入殿，登佛座，抱佛头而笑，久之乃去。及明，视室门扃如故，怪之。入村，道所见。众如寺，发扃验之。则僧杀死在地，室中席箧掀腾，知为盗劫。疑鬼笑有因，共验佛首，见脑后有微痕。刊之，内藏三十余金，遂用以葬之。

异史氏曰："谚有之：'财连于命'。不虚哉！夫人俭啬封殖，以予所不知谁何之人，亦已痴矣。况僧并不知谁何之人而无之哉！生不肯享，死犹顾而笑之，财奴之可叹如此！佛云：'一文将不去，惟有业随身。'其僧之谓矣。"

本文通过一个"俭啬封殖"的财奴和尚的可悲结局，从佛教"一文将不去，惟有业随身"的角度，阐述作者对财富的认识。全文一百三十五个字，写云游道士准备夜宿庙中，深夜，忽然听到开门声，有个浑身血污的和尚，旁若无人地直奔佛像走去，登上佛座，抱住佛头，面带微笑并离开。天亮后，道士再看僧房门，仍紧闭着。于是他向村里人讲述所见，村人随道士来到庙内一看，地上躺着僧人尸体，竹席、竹箱全被翻乱，看样子是强盗谋财害命杀死了僧人。村民觉得其"鬼笑"必有原因，一起检查佛头，发现佛头后部有微痕，剜开细看，里面藏着三十多两金子！于是大家就用这些钱埋葬了死僧。

作者怎么看这桩凶杀案？从广义上说，就是"财连于命"。任何人，只要贪财，不择手段地聚敛，无论他是干什么行当，必定会害人又害己。从狭义上说，作为方外之人，四大皆空，一生云游，有钵随身足矣，何劳积蓄？由此可见，蒲翁对货币的认识有浓厚的商人意识，这可以从《聊斋》中得到印证：他在《宫梦弼》中反对窖藏，又在《刘夫人》和《酒友》中，强调货币只有流通才能增值不竭；在《钱流》中干脆以故事的形式阐述货币流通的本质。至于吝啬鬼或守财奴形象，在古今中外的文学作品中频繁出现：从心理学角度会看到他们的混沌不觉，从货币学角度能发现他们深陷在欲望怪圈，从人类节制文明中又会惊叹他们的隐忍毅力。而将本文从多角度综合起来做一个全面的文化解读，总会给今天的拜金者提供一个反面的借鉴。

丐僧

　　济南一僧，不知何许人。赤足，衣百衲，日于芙蓉、明湖诸馆诵经募化。与以酒食、钱、粟，皆弗受；扣所需，又不答。终日未尝见其餐饭。或劝之曰："师既不茹荤酒，当募山村僻巷中，何日日往来膻闹之场？"僧合眸讽诵，睫毛长指许，若不闻。少旋，又语之。僧遽张目厉声曰："要如此化！"又诵不已。久之，自出而去。或从其后，固诘其必如此之故，走不应。叩之数四，又厉声曰："非汝所知！老僧要如此化！"积数日，忽出南城，卧道侧如僵，三日不动。民人恐其饿死，贻累近郭，因集劝他徙；欲饭，饭之；欲钱，钱之。僧冥然不应。群摇而语之。僧怒，于衲中出短刀，自剖其腹；以手入内，理肠于道，而气遂绝。众骇，告郡，藁葬之。异日为犬所穴。席见，踏之似空；发视之，席封如故，犹空茧然。

　　本文与其说写"丐僧"，倒不如说写的是个"怪僧"，因为"丐"是讨要的意思，此僧并不向任何人讨要，倒是处处体现着严厉的拒绝。比如他不吃不喝，拒绝钱财；他忽走忽卧，不听人劝；他最后还剖腹自杀，尸体却不翼而飞。这些怪异表现，迥异于任何意义上的僧人，简直就是个名副其实的"怪僧"。

　　但是对本文的理解若止于此，又大错特错，我们必须再结合他反复讲的那句"要如此化"去理解，才可参透其怪异之由。这"化"字，最直白的解释就是"化缘"，即请求布施，他显然没有这方面的诉求；也可解释为"度化"，既度化自己，也度化众生，这倒很像是他内心的理想。至于"修炼"或者"羽化"，达到飞升成仙之终极目的，从其自虐的种种迹象看，又有些格格不入。何以证明？他面对好心相劝的众生，连一句"阿弥陀佛""善哉"之类的话也不念，他只有怒火中烧，从衣服中抽出短刀，剖腹自残，掏出肠子在地上慢慢理顺而气绝身亡。这一极端行为吓呆了众生！可是，读者该怎么理解，这或许正是他"要如此化"的活写真，也就是佛家追求的"六根清净"的彻底脱离苦海——"度化"到极乐世界。

　　蒲公如此写，可能与民间流传的癫和尚的传说有关。如五代时有笑口常开的"布袋和尚"，据说"大肚弥勒佛"即依其原型所造。还有为人熟知的济公活佛，他是南宋杭州灵隐寺的高僧，外表疯癫，内心善良，扶危济困，惩治强梁，常以诙谐法术教训奸佞恶霸，恶人恨他怕他，百姓却对他爱戴有加。

民国时期的苏曼殊（1884—1918）就与《丐僧》酷似，他早年曾参加同盟会，又是文学团体"南社"的重要成员，如此先进的人士，为何遁入空门，皈依青灯古佛？一方面因为他的母亲是女佣，非婚生育了他，他随母寄居外公家，备受冷遇；另一方面辛亥革命的灰色结局与挚友的变节背叛，使他深感前途无望。加之社会上出现了宗教复兴风潮，他眼看苦海无边，咏黄花，叹世道，也不足以排遣心中郁闷，于是便消极遁世，去佛祖那里寻求回归本真的新天地。这是时代与社会的悲哀，也是作者写作《丐僧》的初衷。

西僧

西僧自西域来，一赴五台，一卓锡太山。其服色言貌，俱与中国殊异。自言："历火焰山，山重重，气熏腾若炉灶。凡行必于雨后，心凝目注，轻迹步履之。误蹴山石，则飞焰腾灼焉。又经流沙河，河中有水晶山，峭壁插天际，四面莹澈，似无所隔。又有隘口，可容单车，二龙交角对口把守之。过者先拜龙，龙许过，则口角自开。龙色白，鳞鬣皆如晶然。"僧言："途中历十八寒暑矣。离西域者十有二人，至中国仅存其二。西域传中国名山有四：一太山，一华山，一五台，一落伽也。相传山上遍地皆黄金，观音、文殊犹生。能至其处，则身便是佛，长生不老。"听其所言，亦犹中国人之慕西土也。倘有西游人与东渡者中途相值，各述所有，当必相视失笑，两免跋涉矣。

　　这篇故事既通俗又深刻，说它通俗，是因为"外来的和尚会念经"这句话无人不晓；说它深刻，是因为一向受国人崇拜的"西僧"原来也受了蒙蔽，想来中国淘金、拜观音、长生不死，结果却全盘落空。然而，故事到此，还只是表层的意蕴，更深层的批判对象却是"世人之慕西土也"——作者在讽刺西僧可笑的同时，顺手把羡慕西方的"世人"也狠狠刺了一下，意谓：中国人羡慕西方人，远不如西方人羡慕中国人那样执着。作者在结尾处还假设："西游人与东渡者中途相值。"那会产生什么效果？作者说："当必相视失笑，两免跋涉矣。"作者是在讽刺西僧，还是在批判世人？其实，重点在批判世人，西僧不过是个"引子"。杜贵晨先生在《漫说〈西僧〉》中云："其故事正面虽讽刺西僧东渡之虚妄与贪鄙，但其反面和本意，实是讽刺东僧西游乃至东土之人佞佛为与西僧同样的虚妄与贪鄙。"①

　　俗话说，"近处没风景""外国的月亮圆"，这些应该都在本文批判之列。试想，三百多年前清朝初年，科学尚未开化之时，作者即能看破上述偏见，实属难能可贵。即便在当今中国人内心中，不是仍有很多人缺乏自信，盲目崇洋媚外吗？如果人们多一些调

---

① 《蒲松龄研究》2010 年第 3 期。

查研究，少一些轻信；多一些自觉，少一些盲从，岂不可以少做许多愚蠢可笑之事。

西僧来华传教，人们最熟知的要数意大利人利玛窦，而稍早于利玛窦的还有罗明坚（1543—1607），他也是意大利人。罗明坚在1584年版的《新编西竺国天主实录》中说过："僧生于天竺，闻中华盛治，愿受风波，沿海三载，方到明朝。"[①]这说明西僧羡慕中华，想来中华首先是要传教。蒲翁在本文描述的二僧来华则是想发财，长生不死。蒲翁写的是小说，有夸张，有想象，所以二僧遂在头脑里放大美好的一面；而一旦亲临中国，发现并没有耳听的那些美事。再说故事中的火焰山如何火热，水晶山如何晶莹剔透，以及山口如何狭窄，甚至要通过此隘口必须先经"龙的允许"，等等，显然来自《西游记》第二十二回："八戒大战流沙河，木叉奉法收悟净。"第五十九回："唐三藏路阻火焰山，孙行者一调芭蕉扇。"[②]作者特加"自言"二字，一则表明文责自负，二来表明那就是神话世界，不必盲从。作者仍觉得意犹未尽，又补写了东渡团队付出的高昂代价：历时十八载，死掉十个人，只剩二僧。

然而，《西僧》故事虽短，却源于唐代佛教禅宗六祖惠能（638—713）《六祖大师法宝坛经·决疑品》。

　　　　人有两种，法无两般；迷悟有殊，见有迟疾。迷人念佛

---

　　① 李新德：《从西僧到西儒——从〈天主实录〉看早期耶稣会士在华身份的困境》，《上海师范大学学报》2005年1月。

　　② 朱一玄编《聊斋志异资料汇编》，南开大学出版社，2012，第93页。

求生于彼，悟人自静于心。所以佛言：随其心净，即佛土净。使后东方人，但心静即无罪；虽西才人，心不静亦有愆。东方人造醉罪，念佛求生西才；西方人造罪，念佛求生何国？[①]

该书记载惠能一生得法传法的事迹、启导门徒的言教，体现了"见性成佛"以及"顿悟见性"的修行观，强调一切众生内心皆具有佛性，人虽有南北，佛性无南北。这也正是禅宗"饥来吃饭，困即安眠"，一切都要顺其自然的意思。虽不涉及东西方文化交流事项，却是蒲翁这篇小说想要表达的题旨。

番僧

释体空言：在青州见二番僧，像貌奇古，耳缀双环，被黄布，须发卷如羊角。言自西域来。闻太守重佛，谒之。太守遣二隶送诣丛林，和尚灵甈，不甚礼之。执事者见其人异，私款之，止宿焉。或问："西域多异人，罗汉得勿有奇术否？"其一鞔然笑，出手于袖，掌中托一小塔，高才盈尺，玲珑可爱。壁上最高处有小龛，僧掷塔其中，矗然端立，无少偏倚。塔上有舍利放光，照耀一室。少间，以手招之，仍落掌中。其一僧乃袒臂伸左肱，长可六七尺，而右肱缩无有矣。转伸右肱，亦如左状。

① 赵伯陶注评《聊斋志异详注新评》，人民文学出版社，2016，第580页。

　　蒲翁写了《西僧》，又写《番僧》，二者有无区别？从罗明坚和利玛窦的身份看，他们是天主教的神父，来自欧洲的意大利，应该是西僧；"番僧"则与汉传佛教僧人多有不同，是对华夏九州之外和尚的统称，所以，来自番国的和尚应是"番僧"；又因为"番"和"胡"同义，故而"番僧"又可称为"胡僧"，即非本地和尚，如印度佛僧、日本僧人或西藏喇嘛僧等，都应该在"番僧"之列。

　　番僧的言行，在史书的记载里很不光彩，贪财、淫乱、赌博、势利、谄上，甚者养子续家业，蒲翁对这类僧人写得最多。本文描述了二番僧各自表演的一套奇术，还算不上劣迹，可也不值得称赏，属于"雕虫小技"。何守奇评曰："番僧所为，并非彼教中精妙处，宜和尚之不花也。"[①]首位番僧的表演比较细腻：先写塔的大小与形状，后写塔所抛掷的地点——突出那地方之"高"和"小"，接着便一掷成功——塔落龛内，不偏不倚。若止于此并不稀奇，随后塔内"舍利子"放光，使小小佛龛于高远处熠熠生辉。停留片刻，番僧又以手"招回"小塔。这些描写算是法术抑或魔术？如今的魔术大师对此一定不屑一顾。这完全是虚晃一招，骗得过清朝人，骗不过今人。

　　另一位的表演，虽然描述简单，但是若没有道具暗中做手脚，当然不可置信，就如同现代魔术断手断足，离不开箱子柜子一样。不过，清代史学家、文学家赵翼（1727—1814）在其《檐曝杂记》

---

① 韩欣主编《名家评点聊斋志异》，天津古籍出版社，2008，第287页。

卷三《独秀山黑猿》中，描述过一段类似的表演：伸左臂，长六七尺，而右臂缩无；伸右臂，长六七尺，左臂又缩无。

由此看来，赵翼其人、其书虽真，只是其事不一定是作者亲眼所见，多半是以讹传讹，因为猿和人的骨骼结构大体一样，"通臂"现象有悖于人体解剖学原理。倒是蒲翁介绍的"通臂番僧"，尚可按照《聊斋》的奇幻笔法去欣赏，也就大可"见怪不怪"了。可见"通臂"的传闻乃是中国本土所固有，并非来自番僧。

除了"通臂"堪称绝技，那掌中小塔应当是西域佛教用品中比较有技术含量的物件，所以足让青州当地官府及和尚感到惊奇。从这故事中，我们看到不同地域间的宗教交流，虽不频繁但已存在：唐代有玄奘法师去西域取经，还有鉴真和尚东渡日本传经；更早的东汉明帝感梦遣使求法，使得汉地与西域的交通一直没有中断。这些交流不仅对佛教宣传有推动作用，而且对整个文化的传布都有深远影响。

紫花和尚

诸城丁生，野鹤公之孙也。少年名士，沉病而死，隔夜复苏，曰："我悟道矣。"时有僧善参玄，因遣人约至，使即榻前讲"楞严"。生每听一节，都言非是，乃曰："使吾病瘥，证道何难。惟某生可愈吾疾，宜虔请之。"盖邑有某生者，精岐黄而不以术行，三聘始至，疏方下药，病良已。既归，一女子自外入，曰："我董尚书府中侍儿也。紫花和尚与妾有宿冤，今得追报，若又欲活之耶？再往，祸将及汝。"言已，遂没。某惧，辞丁。丁病复作，固要之，乃以实告。丁叹曰："孽自前生，死吾分耳。"寻卒。后询人，果曾有紫花和尚，高僧也，青州董尚书夫人尝供养家中；亦无有知其冤之所结者。

　　本篇标题醒目——紫花和尚，和尚与"花"沾上的，只知《水浒传》里有个叫"花和尚"的鲁智深。本篇大概为区别于这位前辈，标题特加一"紫"字。可是"紫色"与"黄色"一样，在封建时代都专属上层人物独享。可见穿紫色袈裟之僧必为高僧，所以本篇的紫花和尚，无疑是个高贵僧人。

　　初读本文有些理不顺、绕不清，细读方知，已经死去的是丁生，死后又复活的就不是丁生了，是谁？是紫花和尚转世投胎。原来这紫花和尚曾经被董尚书夫人"供养"（以钱财供奉的专职和尚）在家中，日久天长，遂与夫人身边的丫鬟有了"瓜葛"。他们什么关系，为何结怨，一概不交代。尽管他们先后都死去，可是丫鬟的阴魂仍紧追不舍：当发现紫花和尚投胎于复活的丁生之后，又见得名医为丁生治好了病，就登门严词警告医生："再往，祸将及！"吓得医生不敢再去了。而丁生也心知肚明，自认倒霉曰："孽自前生，死吾分耳。"不久，丁生就死了。丫鬟向紫花和尚追讨前世冤仇，得到了应有的报偿。

　　此篇一般的寓意可归结为：任凭怎样转世，也将难逃前世孽债。但若具体到钱债、命债与情债的偿还，则又有所不同，前二者都可以量化，而情债难以考量，于是只明确有"未了情"，不说具体事。这也是作者很高明的一笔——放开闸门，让读者思想的洪流尽情奔泻。著名清代评家但明伦在丁生慨叹时，有一段插评："孽自前生，医药罔效，固已。第既为高僧，何至与宦家侍儿结冤？又何以迟至今世而乃追报耶？"待到全文结尾，又评曰："供养高僧，求拯脱也，岂知其与侍儿已结夙生冤哉？可为听闺中佞佛者戒。"①不错，供养高僧是为避祸保安，但人性的本然（"食、色"）岂能忘记？所以"听闺中佞佛者戒"这句就至关重要，意谓：警惕节外生枝！

灵官

朝天观道士某，喜吐纳之术。有翁假寓观中，适同所好，遂为玄友。居数年，每至郊祭时，辄先旬日而去，郊后乃返。道士疑而问之。翁曰："我两人莫逆，可以实告。我狐也。郊期至，则诸神清秽，我无所容，故行遁耳。"又一年，及期而去，久不复返。疑之。一日忽至，因问其故，答曰："我几不复见子矣。曩欲远避，心颇怠，视阴沟甚隐，遂潜伏卷瓮下。不意灵官粪除至此，瞥为所睹，愤欲加鞭。余惧而逃。灵官追逐甚急。至黄河上，濒将及矣。大窘无计，窜伏溷中。神恶其秽，始返身去。既出，恶臭沾

---

① 韩欣主编《名家评点聊斋志异》，天津古籍出版社，2008，第 747 页。

染，不可复游人世。乃投水自濯讫，又蛰穴中凡百日，垢浊始净。今来相别，兼亦致嘱：'君亦宜隐身他去，大劫将来，此非福地也。'"言已，辞去。道士依言别徙。未几而有甲申之变。

　　这是一篇深藏政治暗示的《聊斋》故事，取名《灵官》不过是掩人耳目，因为灵官，即仙官，道家神祇有王灵官；但他绝不是故事的主角，全文核心人物应是狐翁。何以见得？因为全文只以狐翁"自述"的形式，讲了一个生死紧要关头，道士如何逃离"大劫"的全过程。什么紧要关头，为何叫"大劫"？原来北京即将发生"甲申之变"：闯王和多尔衮先后入京，即明清鼎革之际，战火纷飞、天崩地坼、人命危浅，值此事关广大百姓生死存亡的一场大劫，还不算紧要关头？

　　小说首先分三层写狐"自述"生存之窘。一、狐虽变为老人，但只能住在朝天观内，不能融入村落，此为一窘。二、狐虽在观内以修道之名存身了，但只能瞒过道士，却无法逃过灵官的"三只眼"。若赶上例行祭祀，就要自动隐匿，待祭祀完毕，再回观中与道士共同修炼，此为二窘。三、狐在被灵官发现并追之后，由于长达年余不在观内，不得不向道士坦示自己狐的身份，此为三窘。

　　其次，狐又以"自述"的口气，介绍自己为何奇"臭"无比，当道士询问为何年余不见时，狐说自己一次大意，于祭祀时藏于阴沟内，不料被"清秽"的灵官发现。灵官气愤地举鞭欲打，自己吓得拼命逃窜，直逃到黄河边，灵官仍穷追不舍，被逼无奈，不得不跳入粪坑，使得灵官嫌臭而离去。于是狐浑身奇臭，下河洗濯百日才无臭味。

　　总之，全文以狐翁"自述"不光彩的经历其实是作者故意要正话反说。一来符合狐翁的身份，二来可以倒衬出灵官的酷虐。因为整体来看，狐翁没有为非作歹：它修道，说不上不好；祭祀时要"清秽"，它主动退避；被驱赶得无路可走，才跳入粪坑。继而作者就写狐翁总不能带着臭味见道士，于是连洗带藏百日后才来辞别，并告诉道士这一重大消息。过不多久，果然在崇祯十七年（1644）三月十九日，李自成的农民军攻陷北京，崇祯帝自缢于煤山，明朝灭亡；同年五月，吴三桂引清兵多尔衮进入北京，建立了清王朝。只有这些，才是作者最想要告诉读者的改朝换代的大事件，这也充分说明蒲公有多么关心国家大事。他在小说中，不得不借着狐翁的"窘"与"臭"，掩人耳目，从而提醒乡亲们：勿忘"灵官"的玉鞭、勿忘历史！

　　值得一提的是，出于同一机杼的《鬼隶》（本书已选入"冤魂篇"）讲了济南之战，《灵官》又讲了"甲申之变"。两篇小说都从不同侧面反映了华夏大地难以忘怀的史实。

金世成

　　金世成，长山人，素不检。忽出家作头陀。类颠，啖不洁以为美。犬羊遗秽于前，辄伏啖之。自号为佛。愚民妇异其所为，执弟子礼者以千万计。金诃食矢，无敢违者。创殿阁所费不资，人咸乐输之。邑令南公，恶其怪，执而笞之，使修圣庙。门人竞相告曰："佛遭难！"争募救之。宫殿旬月而成，其金钱之集，尤捷于酷吏之追呼也。

异史氏曰："予闻金道人，人皆就其名而呼之，谓为'今世成佛'。夫佛品至啖秽，极矣。笞之不足辱，罚之适有济，南令公处法何良也！然学宫圮而烦妖道，亦士大夫之羞矣。"

这篇小说中的"金世成"，谐音"今世成佛"，以吸引众信徒对他的崇拜。他的癖好极其怪异："犬羊遗秽于前，辄伏啖之。"可见他的吃屎行为，完全是为了引人注目、哗众取信。他果然达到了目的："执弟子礼者以千万计。"作者又继续分三层写众门徒对他何等崇拜：一、先正面写门徒对他言听计从——"诃食矢，无敢违者。"二、再侧面写官府要处罚他，门徒竟如丧考妣地相告曰："佛遭难！"并争相救助。三、最后从行动上见证门徒对其倾囊捐助——"争募救之"，使圣庙"旬月而成"，远比贪官酷吏的催逼搜刮还好使。

这故事充分反映了宗教迷信对当时普通百姓（"愚民妇"）的巨大麻痹作用，说明越是愚昧落后的地方，歪门邪道就越是能畅行无阻。作者对此表示了极大的愤慨，指斥金世成的人品已经卑鄙、下流到了极点！南县长打他屁板，他不害臊；罚他，他反倒能成事。于是作者更认为：由妖道来修孔庙，"亦士大夫之羞矣"——等于向官府也提出了抗议。

另有仙舫评曰：

　　酷吏追呼，虽可腰缠万贯，犹或焚香而咒之诅之；至妖道淫僧，谬托仙佛，逼勒修创，顷刻亿万，而人犹私心窃喜，自以为能结善缘。然则金钱之集，岂惟捷于酷吏，抑亦巧于酷吏矣。尝见富人家里巨公，乞丐者索一文而吝弗与；及见人募化，则不惜倾囊。窃意其财必悖入之才，而后出以供木雕泥塑之用。为黄冠秃发所享也。岂不悲哉！岂不悲哉！①

　　这又比蒲公之见何止胜出一筹，简直是一针见血、入骨三分。
　　但是，或许金世成"啖秽"属于医学所称的"异食癖"。明代陆容《菽园杂记》卷四记载："古人嗜味之偏，如刘邕之疮痂，僻谬极矣。予所闻亦有非人情者数人。国初名僧泐季谭喜粪中芝麻，杂米煮粥食之。驸马督尉赵辉，食女人阴津月水。南京内官秦力强喜食胎衣。南京国子祭酒刘俊喜食蚯蚓。"医家解释：这是因为人体缺锌、缺铁使然；而"今世成"，暗示着今生今世即可大富大贵，即通过以"异食癖"为手段，去快速地骗取"愚民妇"的信任与钱财。由此可见二者有着本质的区别。至于现代也有人吃土块、石头、头发、炉渣煤块甚至玻璃、灯泡、餐具、钱币等，也无非表明异食的千奇百怪而已，与"今世成"不可告人的骗财目的毫无关联。

---

① 韩欣主编《名家评点聊斋志异》，天津古籍出版社，2008，第96页。

戏谑篇

蒲松龄于《聊斋》中不但可以义正词严地揭露、批判贪官污吏，更能以戏谑、调侃的轻松笔调绵里藏针地"刺贪刺虐，入木三分"（郭沫若语）。正如黄庭坚曾以"嬉笑怒骂，皆成文章"（《东坡先生真赞》）夸苏轼的文章一样，此语用于《聊斋》许多富于戏谑情趣的故事也很恰当。

所谓戏谑，就是用有趣的引人发笑的话开玩笑。蒲松龄写了很多令人捧腹大笑的故事，其绝妙的构思，常令读者难以置信，真是非天才不能为。例如这里所选的《司训》，就利用某教官"一聋三打岔"的特点，把官办学府内部隐藏着的肮脏、无耻、下流勾当暴露无遗。《狂生》的主人公，初以"贫贱骄人"，终因得到友人相助，有了"斗室"而龟缩听命——一个色厉内荏的两面书生跃然纸上。《单父宰》利用题目谐音产生的多义，讽刺为独占遗产而滋生的家庭矛盾。故事几近荒唐，却使父子亲情在遗产的诱惑下丧失得无影无踪。凡此等等，不一而足。

《聊斋》故事中浓得化不开的戏谑情结，针砭了无数可鄙、可笑之事。这些令人或哑然一笑，或无奈苦笑，或开怀大笑的故事主体，不落窠臼，既广且深，无概念化、模式化的痕迹，使得冷峻与神韵、共性与个性，一起汇集在幽默的漩涡中，从而凸显了作者笑对人生百态的潇洒与轻松。

司训

教官某，甚聋，而与一狐善。狐耳语之，即能闻。每见上官亦与狐俱，人不知其重听也。积五六年，狐别而去，嘱曰："君如傀儡，非挑弄之，则五官俱废。与其以聋取罪，不如早自高也。"某恋禄，不能从其言，应对屡乖。学使欲逐之，某又求当道者为之缓颊。一日，执事文场。唱名毕，学使退与诸教官燕坐。教官各扪籍靴中，呈进关说。已而学使笑问："贵学何独无所呈进？"某茫乎不解。近坐者肘之，以手入靴示之势。某为亲戚寄卖房中伪器，辄藏靴中，随在求售。因学使笑语，疑索此物，鞠躬起对曰："有八钱者最佳，下官不敢呈进。"一座匿笑。学使叱出之，遂免官。

异史氏曰："平原独无，亦中流之砥柱也。学使而求呈进，固当奉之以此。由是得免，冤哉！"

朱公子青"耳录"云："东莱一明经迟某，司训沂水。性颠痴，凡同人咸集时，皆默无语；迟坐片时，不觉五官俱动，笑啼并作，旁若无人焉者。若闻人笑声则顿止。曰俭鄙自奉，积金百余两，自埋斋房，妻子亦不使知。一日独坐，忽手足自动。少刻云：'作恶结怨，受冻忍饥，好容易积蓄者，今在斋房。倘有人知，竟如何？'如此再四。一门斗在旁，殊亦不觉。次日，迟出，门斗入，掘取而去。过二三日，心不自宁，发穴验视，则已空空。顿足抚膺，叹恨欲死。"教职中可云千态万状矣。

　　俗话说"一聋三痴",指的是由于听觉不灵,判断失误,瞎打岔,常会出现许多答非所问的误会和笑话。本文前则故事,写耳聋教官,全靠无形贴身狐狸"耳语"的帮助,应付日常的差事。五六年之后,狐狸要离去,遂好心劝他主动辞职,否则会引火烧身。但是,聋教官舍不得俸禄,而且还总出错。学使想罢黜他,他就请管事的替自己"缓颊"(说情),于是,又继续被留用了。

　　一次科考,监考的执事点名之后,学使和教官坐下休息。这时各教官纷纷从自己靴子里取出名单,请托舞弊走后门。唯独聋教官没"递条子",学使随便问道:"你怎么独独没有呈献?"聋教官茫然不懂。旁边的人把手伸进靴子,做出暗示的姿势。聋教官正好靴中藏有亲戚请他代卖的"伪器"(夫妻房事用具),于是顺势取出,起身鞠躬递给学使道:"这东西最好的只要八钱(意谓不贵),我不敢呈献给您。"在座的教官都偷着乐。

　　回顾这个故事的关键形象,是隐藏身形的那只"狐狸"。它如同当今之助听器,戴在了聋教官的耳蜗,可以立刻变聋为聪——使聋教官平安地吃了五六年官俸。可是作者一定要让"狐狸"离他而去,使得聋教官应付不了局面之时,活现了考官们营私舞弊的内幕,真是鞭挞淋漓,入木三分!

　　下半部姓迟的"明经"(即司训)又是个"颠痴",即精神分裂症患者。文中对迟司训的描述,真是丝丝入扣。一、迟司训与周围人之间不协调。例如:"凡同人咸集时,皆默无语;迟坐片时,不觉五官俱动,笑啼并作,旁若无人焉者。若闻人笑声则顿止。"二、迟司训与周围环境不协调。自己省吃俭用积攒了百余两银子,埋在书房地下,过数日又觉得书房不妥,总怕有人从书房偷走。

其实他说这话时，门斗（仆役）就在旁边，以至次日仆役趁主人不在，从书房中"掘取而去"。等到迟司训亲自到书房"发穴验视，则已空空。顿足抚膺，叹恨欲死"。作者总结道："教职中可云千态万状矣。"可见"聋子""神经"充当清代教职者不在少数，清代科考内幕于此可见一斑。

鬼令

　　教谕展先生，洒脱有名士风。然酒狂，不持仪节。每醉归，辄驰马殿阶。阶上多古柏。一日，纵马入，触树，头裂。自言："子路怒我无礼，击脑破矣。"中夜遂卒。邑中某乙者，负贩其乡，夜宿古刹。更静人稀，忽见四五人，携酒入饮，展亦在焉。酒数行，或以字为令曰："田字不透风，十字在当中；十字推上去，古字赢一钟。"一人曰："回字不透风，口子在当中；口字推上去，吕字赢一钟。"一人曰："囹字不透风，令字在当中；令字推上去，含字赢一钟。"又一人曰："困字不透风，木字在当中；木字推上去，杏字赢一钟。"末至展，凝思不得。众笑曰："既不能令，须当受命。"飞一觥来。展云："我得之矣：曰字不透风，一字在当中；……"众又笑曰："推作何物？"展吸尽曰："一字推上去，一口一大钟！"相与大笑。未几，出门去。某不知展死，窃疑其罢官归也。及归，问之，则展死已久，始悟所遇者鬼耳。

　　这又是一篇拿姓展的教谕说事的短章。小说先写展教谕因酒醉"驰马殿阶",撞上古柏,头裂而死。尽管做了鬼,可他一点也不懊悔,自我安慰是触怒了孔门弟子(子路),罪有应得。偏巧,有一小贩某乙,"负贩其乡,夜宿古刹",从旁观者的角度,眼见展教谕和四个酒鬼也来古刹"携酒入饮"。只见这五位名副其实的酒鬼,真是至死不忘喝酒,正在逐一拆字行令,赢者得饮。前四位都顺利过了关,待轮到展教谕时,他选了个"曰"字,中间的一横可以推上去,但凑不成一个完整的字,只得停了下来。这时,四位鬼友边催促边等着看笑话,可是展教谕拿起酒杯一饮而尽,并顺口说出"一口一大钟"。尽管前三句都合要求,这第四句的韵也合,只是内容不合,但极合"一口饮尽"的眼前情景。这一急中生智的结句,凸显了其性格的洒脱、诙谐,同时也陡然增加了众鬼友的酒兴与欢乐。

　　世人所称呼的酒鬼,表示嗜酒如命,旁无所顾的一种贬意。这位展教谕一旦真的做了鬼,却仍然不改初衷,照样爱喝,这才是不管死活都与酒结伴的真酒鬼。这样的人受不受世人待见?显然不受,以但明伦为代表的评家就说:"殿阶驰马,酒徒耳,妄人耳,恶得为名士?"[1]但是从作者笔调上体会,着实充满了自由、安详的气氛,嗅不到半点火药味。虽然小说开头也说他"酒狂,不持仪节",但却掩盖不住后面浓浓的"洒脱有名士风"。可见展教谕活着想做个酒狂还很艰难,死后成为酒鬼却挺容易,他与众

---

[1] 韩欣主编《名家评点聊斋志异》,天津古籍出版社,2008,第684页。

酒鬼痛饮，何其悠哉、快哉！小说于不经意间展示了封建礼教和儒家伦理对读书人的精神毒害太深了。可以想见，如果不是醉了，展教谕是不敢骑马跑过孔庙的；而子路使其撞树而死，更足见当时所谓圣教是何等的神圣不可冒犯！作者似乎也在暗示：阳世容不得的酒狂，阴间却有无数好客的酒鬼在欢迎他。可知作者为教谕定姓为"展"，也是很有寓意的。

展教谕酒令的结尾若再宽泛些，还可以"下推""左推""右推"。比如："囚字不透风，人字在当中；人字推下去，只字赢一钟。""固字不透风，古字在当中；古字右边去，咕字赢一钟。""囡字不透风，女字在当中；女字左边去，如字赢一钟。"不过，这也许就破了当初定下的规矩了。

三仙

士人某，赴试金陵，经由宿迁，会三秀才谈言超旷，悦之。沽酒相欢，款洽间各表姓字：一介秋衡，一常丰林，一麻西池。纵饮甚乐，不觉日暮。介曰："未修地主之仪，忽叨盛馔，于理未当。茅茨不远，可便下榻。"常、麻并起，捉襟唤仆，相将俱去。至邑北山，忽睹庭院，门绕清流。既入，舍宇洁。呼童张灯，又命安置从人。麻曰："昔人以文会友，今闱场伊迩，不可虚此良夜。请拟四题，命阄各拈其一，文成方饮。"众从之。各拟一题，写置几上，拾得者就案构思。二更未尽，皆已脱稿，迭相传视。士人读三作，深为倾倒，草录而怀藏之。主人进良酝，巨杯促釂，不觉醺醉。客兴辞。主人乃导客就别院寝，中醉不暇解屦，着衣遂卧。既醒，红日已高，四顾并无院宇，惟主仆卧山谷中。大骇，呼仆起，见旁有一洞，水涓涓流溢。自讶迷惘。视怀中，则三作俱存。下山问土人，始知为"三仙洞"。盖洞中有蟹、蛇、虾蟆三物最灵，时常出游，人往往见之云。士人入闱，三题皆仙作，以是擢解。

　　总也考不上举人怎么办？本短章给出了答案：请神助。文中写"士人"遇见三个文质彬彬的秀才，由于志向相同，一见如故。众秀才借着酒劲儿，文思泉涌，每一位都写出了脍炙人口的妙文。后来，"士人入闱，三题皆仙作，以是擢解"。这真是天遂人愿，理想瞬间变成了现实。

　　既是仙人，起的名字就必须超凡脱俗：首位有遍体甲壳，意指"螃蟹"，故姓"介"，况且秋日肥美，又善横行，叫"介秋衡"；次位叫"常丰林"，是常年住在茂林修竹间的"蛇"；末位秀才，一身癞相，如癞蛤蟆，故姓麻，因为属于两栖动物，取名"西池"。

　　为何让"麻西池"张罗着尽地主之谊，请众人到自家中？因为"三仙"中只有蛤蟆嘴大、会叫，意味着"能说会道"，其余"二仙"都不能发声，让蛤蟆"反客为主"最相宜。但最重要的，是在第二天当士人醒来，发现"主仆卧山谷中"，细看竟然"旁有一洞，水涓涓流溢。自讶迷惘"。这才暗示：洞者，水汪汪的、潮哄哄的，俨然一派深邃的仙般意境，既突出了"仙"的环境离不开水，又符合螃蟹、蛇、蛤蟆的生活习性。至于士人"自讶迷惘"，实属故弄玄虚。

如此富于情趣的奇思妙想，也并非毫无根据。当年作者曾应同乡孙蕙之邀，来江苏宝应县做幕僚，途中必经宿迁，很可能游览过该地名胜"三仙洞"。此洞高八尺、宽九尺、深十二尺，传说洞中有蟹、蛇、蛤蟆聚居。即便目前没有材料证实蒲公是否去过，想见凭着其"雅爱搜神"的天性，也会耳闻心记于脑海，一旦需要，即为绝好的写作素材。

此洞如今已成为江苏省新沂市马陵山五华顶 4A 级风景名胜区。史上著名的孙膑胜庞涓、黄巢起义、韩世忠抗金等故事，都在这里留下了永久的印记。尤其是 1946 年 12 月，陈毅元帅指挥的宿北大捷，指挥部即设在这"三仙洞"。陈毅在洞内运筹帷幄，全歼国民党军六十九师，师长戴之奇自杀身亡。陈毅在取得胜利后的题诗，赫然刻在碑石上："敌到运河曲，聚歼夫何疑；试看峰山下，埋了戴之奇。"如今这里已成为革命历史文物保护区。

事实上，据蒲松龄纪念馆的资料介绍和周村孙方之先生的考证，蒲松龄一共参加了十次乡试。第一次乡试在康熙二年（1663），蒲公时年二十三岁。第二次在康熙五年（1666），时年二十六岁。这之后的康熙九年（1670），三十一岁的蒲松龄即应募在孙蕙身边工作了一年。也许是为了参加康熙十一年（1672）的第三次乡试，蒲松龄离开了孙蕙，返回淄川；然而乡试的结果又是铩羽而归。悲愤之余，他曾写下《寄孙树百（蕙）》七律三首，同年孙蕙也回函予以安慰。这篇《三仙》故事，应该是作者久困场屋，不得奋志于青云，内心苦闷又无由舒展，遂假借"三仙"的友情相助，凭此得来全不费工夫的妙文在胸，从而一举中第。不过，仔细回味，总还有些酸楚感，因为，这毕竟不是真实的。

库官

邹平张华东，奉旨祭南岳。道出江淮间，将宿驿亭。前驱白："驿中有怪异，宿之，必致纷纭。"公弗听。宵分，冠剑而坐。俄闻靴声入，则一颁白叟，皂纱黑带。怪而问之。叟稽首曰："我库官也，为大人典藏有日矣。幸节钺遥临，下官释此重负。"问："库存几何？"答云："二万三千五百金。"公虑多金累缀，约归时盘验。叟唯唯而退。张至南中，馈遗颇丰。及还宿驿亭，叟复出谒。及问库物，曰："已拨辽东兵饷矣。"深讶其前后之乖。叟曰："人世禄命，皆有额数，锱铢不能增损。大人此行，应得之数已得矣，又何求？"言已竟去。张乃计其所获，与所言库数适相吻合。方叹饮啄有定，不可以妄求也。

这篇故事明着看是宣扬文尾那句"饮啄有定，不可以妄求"的宿命思想，其实是以打"隔山炮"的方式隐隐嘲笑并暴露清朝官吏上下其手，贪腐成风的丑恶现实。

小说主人公张华东（？—1641），明代万历四十四年（1616）进士，《邹平县志》卷六《名贤》有传。文中也没明说他怎么贪腐，只是叙述他在奉旨南行过程中，住在驿亭时遇到一位花白头发的库官，请他顺便带走"两万三千五百金"官银。他觉得这是笔意外之财，马上带走又嫌累赘，不如返程顺便捎走，库官也满口应允。待到他再寄宿驿亭准备"盘验"这笔官银时，库官改口说："已拨辽东兵饷矣。"此时张华东"深讶其前后之乖"，自己把此行所得"馈遗"算了算，真的与库官说的完全一致！这才感叹人生的每一口饭、每一口水，都是命中注定的，不可以强求，但也等于白让库官戏耍了一回，空欢喜一场。

张华东捞一笔意外之财的贪欲落空了。史载此人一生官运亨通，卒赠太子太保，谥忠定。古代讲盖棺定论，由谥号可看出朝廷认为他是个"好官"。论年纪，张华东死于1641年，作者生于1640年，彼此不曾谋面；但是作者如数家珍地借助"库官"之口，揭出张南行贪腐事，至于其平时受贿及搜刮的银两之多，就可想而知了！读者对故事真假不必认真，但对"官不打送礼的"这句俗语，却应该深信不疑。这是作者有意用前朝旧事，指陈当代现实，也算避实击虚。此外，明着只是揭露张某一人一事，实则暗指所有官员的贪腐事；明着只拨了一笔辽东兵饷，实则说明辽东全线战事紧张、军需告急。总之，明写阴司库官秉公办事，可是揭露的全是阳世官场的见钱眼开，不然这位"库官"怎会如此了解时局、明察秋毫？即便著名《聊斋》评家但明伦，也未必能悟出蒲松龄这避实击虚之法，请看他怎么评价："余观此一则，低徊于心而不能去。……如张公不过受馈遗耳，非受贿枉法之可比也；

然犹且准其应得之数而折除之，况有甚于此者乎？"[1]可知但明伦始终没跳出"饮啄有定，不可以妄求"的定势，他不认为"馈遗"即"受贿"，可见清代官场接受礼物不仅习以为常，而且数额巨大。如果接受了"两万三千五百金"的"馈遗"，那已经是一笔足以供前线将士作战之需的巨款了，那还叫"些许美意请笑纳"吗？

狐联

　　焦生，章丘石虹先生之叔弟也。读书园中。宵分，有二美人来，颜色双绝。一可十七八，一约十四五，托几展笑。焦知其狐，正色拒之。长者曰："君髯如戟，何无丈夫气？"焦曰："仆生平不敢二色。"女笑曰："迂哉！子尚守腐局耶？下元鬼神，凡事皆以黑为白，况床笫间琐事乎！"焦又咄之。女知不可动，乃云："君名下士，妾有一联，请为属对。能对，我自去：'戊戌同体，腹中只欠一点。'焦凝思不就。女笑曰："名士固如此乎？我代对之可矣：己巳连踪，足下何不双挑？"一笑而去。王阮亭云："才狐也，乃不谙平仄。"

---

① 韩欣主编《名家评点聊斋志异》，天津古籍出版社，2008，第349页。

　　俗话说，有调无曲不成歌，尤其是情歌。这篇小说就讲述了两个狐女情意满满地向焦生示爱，遗憾的是对方不敢"笑纳"。于是狐女很知趣地断然弃之而去。这是为什么？狐女绝不是"知难而退"，而是觉得"朽木不可雕也"，"对牛莫弹琴"。

　　小说一开场，狐女就冲着焦生"托几展笑"，这幅画面似曾相识，可是对方并非不明其意，而是以"正色拒之"。如此男女双方只这一形体与眉目碰撞，就暴露了焦生脑子里早已是"锈迹斑斑"，不食人间烟火了。然而，狐女并不灰心，继续以激将法挑逗道："看君的胡子倒是挺硬的，怎么没一点男子汉的气魄！"焦生听后，坦率地说："不敢二色。"好一个"不敢"二字，多么直白！《倩女幽魂》中宁采臣说的是"生平无二色"，两相比较，真是各有一番滋味在心头。这回狐女明白了：原来你还算是男人——非不想也，实"不敢"也。这又是为什么？"妻管严"吗，抑或严守男女大防？接下来狐女又继续指点他："君太落伍了，都什么时代了，还在死守着孔孟之道吗？如今连万能的神鬼世界都'凡事皆以黑为白'了，怎么只有君如此另类？"此番高论确实超前，即使放在当下，也毫不逊色。这使伎穷的焦生无言以对，只能"咄之"。

　　既然焦生智商不高，情商短缺，那学问知识又如何？狐女于是出了个上联"戊戌同体，腹中只欠一点"，让焦生对出下联，岂料焦生笨到"凝思不就"，又败下阵来。此时的狐女可能是彻底失望了，为了找个台阶收场，干脆把答案留下吧："己巳连踪，足下何不双挑？"说罢"一笑而去"。

　　极简单的三个回合的打情骂俏，都是狐女主动，焦生被动，使狐女的多情、伶俐、智慧、知趣等言谈举止，如闻其声、如见其人。如此简洁的素描笔法，活脱脱勾画出的这位狐女的形象，真比浓墨重彩、精雕细刻的诸多女狐还要令人难忘。

再看焦生，就大不一样了，他简直就是个头脑冬烘且又愚顽透顶的榆木疙瘩。若论清代对读书人的要求，他很可能是中规中矩的好人；但是把他描绘成如此坦诚、胆小、迂腐，还带着几分不敢越雷池的可怜相，作者多半是为了衬托狐女，拿他当"垫脚石"，以突出狐女的渊博与捷才。同时，这也等于讽刺不少书生，其实就是"绣花枕头"——空有其表，草包一个。

写对联，在民间很普遍，春联求喜庆吉祥自不必说，普通对联在于求趣。"戊戌""己巳"放在一起便产生了字趣：上联的"戊戌同体"，趣在中间差的那一横，暗讽焦生缺点心眼；下联的"己巳连踪"，趣在笔画相同而且尾笔翘上去，暗示焦生是男性。联出得巧，对得也巧。尤其上下联的含义始终不离焦生"不敢二色"这一中心内容，所以王士祯判定此女是个"才狐"，但又指出其中瑕疵——"不谐平仄"，可见文人与鬼狐真是有区别，不过这对子要是真无懈可击的话，也就谐趣全无，味同嚼蜡了。

单父宰

青州民某，五旬继娶少妇。二子恐其复育，乘父醉，割睾丸而药糁之。父觉，托病不言。久之，创渐平。忽入室，刀缝绽裂，血溢不止，寻毙。妻知其故，讼于官。官械其子，果伏。骇曰："余今为'单父宰'矣！"并诛之。

　　邑有王生者，娶月余而出其妻。妻父讼之。时辛公宰淄，问王：“何故出妻？”答云：“不可说。”固诘之，曰：“以其不能产育耳。”公曰：“妄哉！月余新妇，何知不能产？”忸怩久之，告曰：“其阴甚偏。”公笑曰：“是则偏之为害，而家之所以不齐也。”此可与单父宰并传一笑。

　　《单父宰》由两则各自独立的故事组成。前者写青州二子阉割了亲生父亲，为的是唯恐新娶进门的年轻继母“复育”，会少分家产。二子趁父酒醉，偷偷割下父亲睾丸并撒了药。该父怕丑，没敢声张。待与妻同房时，伤口破裂，血流不止而死。继母告了二子，县令经审定案，并斩二子。事后，县令似有所悟地调侃道：“我今天成了‘单父宰’了！”个中典故为：“单父”是地名，治所在今山东省菏泽市单县南，相传为虞舜师单卷所居，故名。“宰”即县令。表面上“单父宰”是说“当了单父县的县令”，实际是用以谐“骗父宰”之音，即把“骗”父亲的犯人“宰”杀了。这一谐音双关，可谓切事明理，判得恰当，富于艺术趣味，再次证明作者有高超的驾驭语言的能力。

　　后者是写淄川县令辛公审理的一桩休妻案。王生结婚月余就休妻，丈人告了官。官问休妻理由，王生表示“不可说”。官一再追问，王说：“她不能生育。”官反驳：“新婚月余怎知不生育？”此时王生羞答答好久才说：“其阴甚偏。”辛公笑着说：“对啊，‘偏之为害’，就不能整治好一个家了。”这最后一句话，又意含调侃。王生休妻，是指妻的生理机能有缺陷；而辛公的笑言，却故意扯到《礼记·大学》："欲治其国者，先齐其家。"表面看，王生很正派，实则辛公在拿王妻的生理缺陷开玩笑。兰皋主人写的《红楼重梦》内有"王生休妻"，原来，这位文抄公之作，是出自本文《聊斋·单父宰》。作者言明："此可与'单父宰'并传一笑。"说明蒲公没把这两件事看得那么严肃，不过前者体现的是兄弟之间争夺家产的残酷性，后者表现的是古代婚姻单纯以传宗接代为基础，都属于应该认真、妥善对待的家事。

而古希腊神话，也有儿子克罗诺斯在母亲盖亚的允许、配合下，亲手"骟"了父亲乌拉诺斯的故事，因为父亲贪恋权力、残暴不堪，属于罪有应得。

狂生

刘学师言："济宁有狂生某，善饮；家无儋石，而得钱辄沽，殊不以厄穷为意。值新刺史莅任，善饮无对。闻生名，招与饮而悦之，时共谈宴。生恃其狎，凡有小讼求直者，辄受薄贿，为之缓颊；刺史每可其情。生习为常，刺史心厌之。一日早衙，持刺登堂。刺史览之微笑。生厉声曰：'公如所请，可之；不如所请，否之。何笑也！闻之：士可杀不可辱。他固不能相报，岂一笑不能报耶！'言已，大笑，声震堂壁。刺史怒曰：'何敢无礼！宁不闻灭门令尹耶！'生掉臂竟下，大声曰：'生员无门之可灭！'刺史益怒，执之。访其家居，则并无田宅，惟携妻住城堞上。刺史闻而释之，但逐不令居城垣。朋友怜其狂，为买数尺地，购斗室焉。入而居之，叹曰：'今而后，畏令尹矣！'"

异史氏曰："士君子奉法守礼，不敢劫人于市，南面者奈我何哉！然仇之犹得而加者，徒以有门在耳；夫至无门可灭，则怒者更无以加之矣。噫嘻！此所谓'贫贱骄人'者耶！独是君子虽贫，不轻干人，乃以口腹之累，喋喋公堂，亦品斯下矣。虽然，其狂不可及也。"

想让文中两个各不相干的人成为朋友，该怎么下笔？一定要找准双方的"兴奋点"，本文对此提供了极好的范例。某书生的"兴奋点"是喝酒，但他却穷得难得有点小钱买酒；另一位新上任的刺史的"兴奋点"是有权有钱，却苦于身边没个有酒量的酒友陪伴。于是二人以酒为媒，便应了那句"酒逢知己千杯少"——凑在了一起。这种友情多半不会牢不可破，因为论地位，彼此有天壤之别；论财富，更是不可同日而语；只能论一论酒，倒是唯一的志趣相投。这样的故事开头，堪称别开生面，为后续一系列矛盾的展开埋下伏笔。

二人成了好友，于是某生认识刺史的口风传遍四乡，那些打官司的人想走关系很不容易，可是找到某生，送些钱财，托个人情，倒也不难。某生也借机收受"薄贿"，腰包鼓了，酒瓶满了，于是不断在刺史面前替人说情；刺史开始也都应允照办，日久天长，刺史就嫌烦，也没好脸色了。有一天，某生又递上个条子，刺史还没说不行，只是"览之微笑"（冷笑吧？）某生便对刺史说：

"能办就办，不能办就算。笑什么？听说过'士可杀不可辱'吗？别的不能回报，你笑，我也笑，这回报还难吗？"说罢大笑，"声震堂壁"！这种敢于在公堂之上，厉声对官，以牙还牙，以笑报笑，真是令人震惊。不过，作者这寥寥数笔，却生动地刻画出一个人穷胆大、言行无忌而近于狂躁的书生形象，篇名为《狂生》可谓实至名归。

　　从狂生之狂，带出酷吏之酷，使故事得以无限伸展，成为本文又一特色。某生如此放肆，内心的驱动力是什么？读者可以从刺史的怒斥与威胁中得到答案。刺史问道："为何无礼！难道你没听说过'灭门令尹'吗？"某生这时边甩胳膊边反唇相讥道："可惜我无门可灭！"——原来某生之狂，在于他一贫如洗。刺史越听越怒——下令拘押了某生。至此"友谊"破裂！

　　刺史经过一番调查，证实某生确实穷得上无片瓦，下无立锥之地，"惟携妻住在城堞上"，此之谓"光脚的不怕穿鞋的"。这一下，本"无以加"而发怒的刺史，该怎样才能"有以加"？只得释放了某生，但是不准其住城垣，实际等于不给他活路。至此，刺史以势压人，无所不用其极的严酷形象跃然纸上。

　　故事至此如果戛然而止，远不能启迪读者更深层的思考。出人预料的是某生的朋友，凑钱给他买了地，盖了房，他有家可居了，这可算作本文丰富意蕴的再次展示。此时只见某生如梦初醒，悲喜交加地说："今而后，畏令尹矣！"这一彻悟般的话语，说明了什么，如果某生由"无门"变"有门"，照理应该高兴，何以便一反狂态而驯服起来？这其实是吃一堑长一智的结果。这"堑"就是"灭门令尹"的威慑力，这"智"就是"别往刀口上撞"。可见那"斗室"既是他的意外收获，也是使他不忘酷吏凶残的物证，并使他由此对刺史心生畏惧，不敢再狂了。所以，作者表面上是写狂生的变化，实质上是变相揭露了刺史的凶残。结末"异史氏曰"对某生做出了"贫贱骄人"的评价，既肯定他"狂不可及"，又批判他"品斯下矣"，感叹"士君子奉法守礼，不敢劫人于市，南面者奈我何"！这里熔铸了作者峭直狷介的情志，体现了作者傲视淫威的一贯作风。

文中人物命运、情态的翻覆变化，乍看似乎不可理喻，但在封建时代又司空见惯，说明人性的峭折婉曲，完全受金钱与权势的支配。若没有狂生的"狂"，则显不出刺史的"酷"；狂生越是"狂"，越显得刺史"酷"。这是作者创作意图的隐曲体现，也是贯穿这篇小说的一条主线。有鉴于此，这篇绝妙的讽刺作品，才会给人以独特的艺术享受。

冷生

平城冷生者，少最钝，年二十余，未能通一经。后忽有狐来，与之燕处。每闻其终夜语，即兄弟诘之，亦不肯泄一字。如是多日，忽得狂易病：每为文时，得题则闭门枯坐；少时，哗然大笑。往窥之，则手不停草，而一艺成矣。既而脱稿，文思精妙。是年入泮，明年食饩。每逢场作笑，响彻堂壁。由此"笑生"之名大噪。幸学使退休不闻。后值某学使规矩严肃，终日危坐堂上。忽闻笑声，怒执之，将以加责。执事官代白其颠。学使怒稍息，释之而黜其名。从此佯狂诗酒，著有"颠草"四卷，超拔可诵。

异史氏曰："闭门一笑，与佛家顿悟时何殊间哉！大笑成文，亦一快事，何至以此褫革？如此主司，宁非悠悠！"

昔学师孙景夏先生，往访友人。至其窗外，不闻人语，但闻笑声嗤然，顷刻数作。意其与人戏耳。入视，则居之独也。怪之。始大笑曰："适无事，殆默温笑谈耳。"

邑宫生者，家畜一驴，性蹇劣。每途中逢独行之客，拱手谢曰："适忙遽，不遑下骑，勿罪！"言未已，驴已蹶然伏道上，屡试不爽。宫大惭恨，因与妻谋，使伪作客。自乃跨驴而周于庭，向妻拱手作遇客语。驴果伏。便以利锥毒刺之。适有友人相访，方欲款关，闻宫言于内曰："不遑下骑，勿罪！"少顷，又言之。中大怪异，扣扉而问其故，以实告，相与捧腹。

此二则可附冷生之笑以传矣。

本文写一个姓冷的考生，二十岁之前，如何笨得不通一经（《诗》《书》《易》《礼记》《春秋》俗称五经），后有狐狸来到他身边，冷生好像得到了真传或秘诀，无论出什么文题，关起门来思考，心里一有谱，先"哗然大笑"，然后"手不停草"一路写来，片刻间，一篇文思精妙的八股文就顺利完成了。

这一判若两人的改变，使冷生当年就成了秀才（入泮），第二年又成为廪膳生员（国家发给在学的生员膳食津贴，即"食饩"）。从此，他每次在考场写八股文，都会出现"响彻堂壁"的哈哈大笑，幸亏老学使公余回房休息，不曾听见。后来，某学使整天严肃地坐在堂上，忽又听到了笑声，一怒之下抓来冷生准备惩罚。监考官知情，替他解释，学使这才消了气，放了他，却革了他的生员资格。这一刺激，使冷生经常借酒浇愁，作诗、写草书，竟有《颠草》四卷传世，聊泄心头之愤，又崭露了书法才气的不凡。

异史氏认为写作先要打腹稿，自己觉得满意而发笑，是得于"顿悟"的喜悦。笑一笑，就被革除秀才的名籍，这处置太过分。由此可知：蒲公这篇小说，意在昭示韩愈《马说》的寓意："千里马常有，而伯乐不常有；故虽有名马，只辱于奴隶人之手，骈死于槽枥之间，不以千里称也。"

蒲公意犹未尽，又在小说后面附上两则故事，以进一步证明：冷生的"笑"，发生在取士为文的读书人身上并不稀奇。第一则故事，记叙蒲公的老师孙景夏访问一位朋友，还未见面，只听屋内传来阵阵笑声，猜想定然有人与朋友说笑，结果进屋后发现只有一人。经追问，朋友说："刚才没事，默默地温习一些笑话罢了。"孙景夏于顺治十四年（1657）考中顺天乡试举人，授淄川教谕。蒲公于顺治十五年（1658）进县学，二人有着多年的师生情谊及诗文往还。既然是老师介绍的一段亲身经历，可见所言不虚。

第二则"宫生夫妇治驴"的故事，就是巴甫洛夫条件反射现象，但是当时人们并不懂得，所以恨驴不长记性。仔细考虑，作者还是有所寓意：驴只要听到主人说"遇客语"就趴下，正如学使只要听见笑声就责罚一样，这是变相把学使斥之为"驴"。

一个时代有一个的追求。蒲松龄自从十九岁被偏爱小说笔法的诗人施闰章录为"弁冕童科"之后，就一蹶不振、屡试屡败，直到古稀之年，仍是一个穷秀才，遂自嘲："落拓名场五十秋，不成一事雪盈头；腐儒也得宾朋贺，归对妻孥梦亦羞。"他认为自己这一切是因为没遇上秉持公心的考官。他在小说《于去恶》中特意把主人公取名"于去恶"，要去掉考场中的种种恶劣现象，寄希望于有个好主司，即可一扫考场阴霾；希望有张桓侯（《于去恶》中人物）那样的好官出来清除"游神耗鬼""鸟吏鳖官"，还借方子晋（同上）愤然离场，向考官表示抗议。他还在小说《三生》中，写落第秀才大闹阎罗殿，借阎王抓来考官，刮他们的眼，剖他们的心，可见他对考官之恨切齿入骨！相比之下，本文只讽刺一下学使，还算"高抬贵手"了。

吴令

吴令某公，忘其姓字，刚介有声。吴俗最重城隍之神，木肖之，衣以锦，藏机如生。值神寿节，则居民敛资为会，辇游通衢；建诸旗幢、杂卤簿，森森部列；鼓吹行且作，阗阗咽咽然，一道相属也。习为俗，岁无敢懈。公出，适相值。止而问之。居民以告。又诘知所费颇奢。公怒，指像而责数之曰："城隍实主一邑，如冥顽无灵，则淫昏之鬼，无足奉事；其有灵，则物力宜惜，何得以无益之费，耗民脂膏！"言已，曳神于地，笞之二十。从此习俗顿革。公清正无私，惟少年好戏。居年余，偶于廨中梯檐探雀鷇，失足而堕，折股，寻卒。人闻城隍祠中，公大声喧怒，似与神争，数日不止。吴人不忘公德，群集祝而解之，别建一祠祠公，声乃息。祠亦以城隍名；春秋祀之，较故神尤著。吴至今有二城隍云。

吴令，即吴县的县令。吴县，治所在今江苏省苏州市。这篇小说，前半部表现吴令敢于制止一年一度的为城隍祝寿的豪华奢靡游行，后半部却又写他死后与老城隍争位，换得百姓为他另建一座城隍，并答应一年春秋两次祭祀他。单从这祭祀的次数变化上看，就颇具讽刺意味：吴令出于爱惜民力（"耗民脂膏"），既禁止一年一次的城隍祭祀，而死后却乐得一年两次祭祀自己。这该怎么理解？这就证明他反对祭老城隍是假，而争得祭自己是真。这张并未挑明的底牌，是不难对比清楚的。作者只是平铺直叙，不带任何褒贬，如不仔细体会，会马虎过去；而一旦看穿，反倒给人一种揣着明白装糊涂的讽刺效果。

再看吴令这一"反腐倡廉"的根据，竟运用了逻辑学的"二难推理"："城隍实主一邑，如冥顽无灵，则淫昏之鬼，无足奉事；其有灵，则物力宜惜，何得以无益之费，耗民脂膏！"故而，无论从哪方面说，都不应当搞这铺张浪费的祭祀，于是吴令当场痛打城隍二十大板，而城隍也没怎么显灵（恼怒或报复），足证吴令说得对：城隍是个"淫昏之鬼"，该打。

可是，后半部吴令之死，并非积劳成疾，而是"少年好戏"——登梯爬高掏鸟窝，不慎"失足而堕，折股，寻卒"。这样的"死"，就潜藏着与其"反腐倡廉"大相径庭的意味。这肯定是作者的有意为之，即所谓让新老城隍数日争吵不休，吵什么也不明告，想必冥府阴司之语，谁也听不懂。有可能一是老城隍耻笑："你也有今日！"二是吴令之魂非要也在此庙落脚。可是"一庙不供二主！"——还是善良的子民能体会神的意愿，赶紧凑钱"别建一祠祠公"，而且提高祭祀规格，果然是"声乃息"——实践证明子民们猜对了。如此前后对比联系着看，则吴令生前的"刚介有声"乃一时心血来潮。常言道：人做一件好事容易，做一辈子好事难。或者说，装装样子，做点"面子工程"，料想吴令应该属于此类官场老滑头。

有关民间祭城隍习俗，早在明朝嘉靖年间，闵文振《涉异志·死作城隍》有极其相似的记载：

> 天顺间，陈洁为罗源知县，多善政。将殁，有人梦城隍司使者打扫甚警。传呼："新城隍到任！"及至，乃洁也。又，邑人陆引为象山县丞，有政声，劳思致疾。城隍阍者问为谁？答曰："陆相公也。"及觉，引果卒。士民知其事，并诣庙哭奠。①

细审这两位（陈洁、陆引）县官，可都是生前"多善政"或"劳思致疾"，并没有吴令因玩闹（掏鸟窝）而死的事。从这又一次的对比中也能看出：蒲公塑造吴令这一形象，运用了"明修栈道，暗度陈仓"的隐曲笔法，吴公本不值得子民哭奠，更不配另建新祀，坐享"春秋祀之"。

---

① 马振方：《〈聊斋志异〉本事旁证辨补》，《蒲松龄研究》1989 年第 1 期。

医药篇

蒲松龄固然是一代文学大师，但他同时也是精通祖国传统医药养生学的专家，这是因为他自幼体弱多病，加之生活贫困，驱使他不得不格外关注岐黄之术。若问《聊斋》中专写主人公是医生的有几篇，大概近十篇，比如《二班》中的殷元礼会针灸，《毛大福》会治溃疡，《梅女》讲按摩，《娇娜》讲外科手术，《褚遂良》讲气功按摩，《人妖》讲人体变性，《药僧》讲春药，等等。多数医生医术高明且有医德，如《丐仙》中的高玉成"不择贫富辄医之"，不仅把脓血狼藉、臭不可近的乞丐带回家疗治，而且管吃、管喝，馈酒肉。蒲公曾患过足迹，也就是那种又疼又痒又烦心的脚气感染。由于恰逢他出门在外，使他既不能回家，也不能登眺，只得卧病于客斋——像燕子鸣叫般地呻吟着。今人不把脚气当回事，但是三百年前的患者，那一副乱绪横抽的愁苦心情可想而知。

蒲公动手写作并流传于世的医学科普著作《药崇书》《伤寒药性赋》，就是他为百姓辑录的常见病的偏方、验方。特别值得一提的是他的通俗杂著《草木传》，又名《草木春秋》或《药性梆子腔》，是一部用拟人化手法宣传中药知识的戏剧。全剧共十回，约两万七千字，把六百余种中药的药性、功用、相使、相反等，形象地做了介绍。剧中主人公是"甘草"，全剧围绕"甘草"这一人格化形象，使各味中药根据药性，分别被赋予不同的性格：如甘草有和诸药、解百毒、补中益气之用，就把它塑造成淳朴、刚直的国老形象；再如草决明具有平肝、清热、明目之用，就把它塑造成算命先生。这一开创性的尝试，既宣传推广了药学知识，又使人们欣赏了戏剧艺术，可谓举世罕有。此外，《省身语录》《驱蚊歌》等诗文中也对祖国医学多有涉及。

　　这里选录了七篇展示他奇思妙想的与医药相关的小说:《金陵女子》寓涵处方和草药的辩证关系;《太医》变相写饮食与禁忌;《上仙》暴露亦真亦幻的腹语骗财;《医术》和《岳神》联袂讽刺庸医误人;《牛癀》体现其悬壶济世的思想;结末《鹿衔草》揭示了草药发现的过程。篇数不多，其中不仅有正面的、也有反面的，更有不露声色、难以捉摸的，但都极大地拓宽了我国文言小说的写作题材。

金陵女子

　　沂水居民赵某，以故自城中归，见女子白衣哭路侧，甚哀。眄之，美；悦之，凝注不去。女垂涕曰："夫夫也，路不行而顾我。"赵曰："我以旷野无人，而子哭之恸，始怆于心。"女曰："夫死无路，是以哀耳。"赵劝其复择良匹。曰："渺兹一身，其何能择？如得所托，媵之可也。"赵忻然自荐，女从之。赵以去家远，将觅代步。女曰："无庸。"乃先行，飘若仙。奔至家，操井臼甚勤。积二年余，谓赵曰："感君恋恋，猥相从，忽已三年。今宜且去。"赵曰："曩言无家，今焉往？"曰："彼时漫为是言耳，何得无家？身父货药金陵。倘欲再晤，可载药往，当助资斧。"赵经营，为贳车马。女辞之，出门径去。追之不及，瞬息遂杳。居久之，颇涉怀想。因市药诣金陵。寄货旅邸，访诸衢市。忽药肆一翁望见，曰："婿至矣。"延之入。女方浣裳庭中，见之不言，亦不笑，浣不辍。赵衔恨遽出。翁又曳之返。女不顾如初。翁命治具做饮，谋厚赠之。女止之曰："渠福薄，多将不任。宜少慰其辛苦，再检十数医方与之，便吃着不尽矣。"翁问所载药。女曰："已售之矣，直在此。"翁乃出方付金，送赵归。试其方，有奇验。沂水尚有能知其方者。以蒜臼接茅檐水，洗瘊赘，其方之一也，良效。

　　王阮亭云："女子亦大突兀。"

此篇不出清代就颇存争议。清诗坛领袖王士祯评曰:“女子亦大突兀。”“突兀”意谓反复变化无常，不近情理。循此理解，其“突兀”表现在以下几方面。一、来去无踪，身份捉摸不定。二、开始“垂涕”“从之”，三年后“出门径去”，再见面又“不言”“不笑”“不顾”，难以圆通。三、谎话连篇，先说“无家”，后又说“身父货药金陵”，不得已才自认“彼时漫为是言耳。”四、言行虚假，为使赵某运药，小题大做，似是而非。

可是，另一位著名清评家何守奇却颇得要领:

> 有方无药不可，有药无方罔济。方以配药，药以配方。有方无药，则必求药；有药无方，则须求方。药至而方浣裳，使恨而遽出，不曳之返，则蔑以济矣。方多而药将不任，检十数方使与药酕，宜其吃着不尽矣。①

此评犹如一把“金钥匙”，打开了故事的关锁：女子的言行似“求药”，赵某的言行似“求方”。此篇意含“方”与“药”必须结合，始能治病救人的哲理——怎能以男女恋情故事看待之？

此评也解决了清朝光绪年间广百宋斋编绘的《聊斋志异图咏》题诗中的疑问:“萍水相逢事已奇，岂知既合复思离；重来又作投梭态，似此行踪大可疑。”②那么，以上王士祯的疑惑，只能姑做误解了。一、女子来去无踪全是为了求药。二、女子先“从”后“离”，再见面又“冷若冰霜”，也纯粹是“药到病除”之意。三、

---

① 韩欣主编《名家评点聊斋志异》，天津古籍出版社，2008，第 224 页。

② 湖北美术出版社，2016，第 53 页。

承认说了谎话，为表白"麻烦你来送一趟药"。总之，女子貌似"突兀"，实则一切都是为了"求药"啊！

　　行文至此，倒觉得《金陵女子》这篇小说又为《聊斋》辟出一条蹊径：它以不近情理却寄寓着某种事理的特殊模式，道出了"中草药"与"药方子"之间缺一不可、互为依存的关系。赵某善良、老实、平凡的个性，也即是草药的特征；金陵女子机智、世故、冷漠的表现，也即是"药方"辩证论治的象征。作者最后"试其方，有奇验"，又进一步证明了"十数医方"经过抽检，确有良效。稍有遗憾的是，文中没讲明"蒜臼"里放的是什么，总不能"茅檐水"就能洗掉"瘊赘"吧？

太医

　　万历间，孙评事少孤。母十九岁守柏舟之节。孙举进士而母已死。常语人曰："我必博诰命以光泉壤，始不负萱堂苦节。"忽得暴病，綦笃。素与太医善，使人招致之。使者出门而疾益剧。张目曰："生不能扬名显亲，何以见老母地下乎！"遂卒，目不瞑。无何，太医至，闻哭声，即入临吊，见其状异之。家人告以故，太医曰："欲得诰赠，即亦不难。今皇后旦晚临盆矣，但活十余日，诰命可得。"立命取艾灸尸一十八处。炷将尽，床上已呻。急灌以药，居然复生。嘱曰："切记勿食熊虎肉。"共志之，然以此物不常有，颇不关意。既而三日平复，仍从朝贺。过六七日，果生太子，召赐群臣。宴中使出异品，遍赐文武。白片朱丝，甘美无比。孙啖之不知何物。次日访诸同僚，曰："熊膰也。"大惊失色，即刻而病，至家遂卒。

太医又称御医，是古代专给皇帝一家进行医疗保健的医生，医术自然最优秀。本文的这位太医，倒没给皇帝看病，而是使"素与太医善"的孙评事起死回生了！

小说介绍，孙幼年丧父，母亲十九岁就守寡，待到孙举进士，母亲已死。孙只想给母亲赢得一个"诰命夫人"的荣誉称号，以报答母亲的养育之恩。没想到忽然得了"暴病"，越来越重，没实现夙愿就死了。咽气之前还悔恨交加地说："生不能扬名显亲，何以见老母地下乎！"所以，孙评事死不瞑目。还是太医够朋友，不但救活了孙评事，还告诉孙家人：只要再挨过十几天，皇后就该临盆了，到时候皇帝喜得皇子，封赏百官，得个诰命又有何难？不过太医也叮嘱他们"切记勿食熊虎肉"。全家并没把这事放在心上，因为熊虎肉别说吃，就是看一看也办不到啊！

孙评事被太医救活，上朝一如往常。不几日，皇后果然生下太子，国宴上孙评事吃到了中使（太监）呈上的一道菜，"白片朱丝，甘美无比"。孙当时只顾高兴，忘了问一问是不是熊虎肉，饱了口福之后一打听，竟然正是熊掌！孙评事惊恐之余，老病果然复发，到家就死了。

中医把人患病期间以及预后的饮食禁忌，称为"忌口"。孙评事为老母追求皇上封赏，却又被皇上恩赐的熊掌夺去了再生之命，

这其中难道不隐喻着莫大的讽刺吗？但明伦评曰："不能博诰名以
光泉壤，痛哉！"何守奇评曰："符延须臾之死，使博诰命，以遂
人子之志欤？"①这两位清代评家，一位替孙评事之死击掌扼腕，
另一位则要求满足孙评事的夙愿，可是作者自有更高明的盘算：
为得一个封号而丧命，值吗？

　　据《明史》，明神宗万历皇帝朱翊钧在位时间最长，共四十八
年（1573—1620）。其妻孝端王皇后，也没有生儿子的记载。太医
说"今皇后旦晚临盆矣"——纯属作者出于故事情节之需（讽刺）
的有意编造。俗语说"死要面子活受罪"，孙评事这叫"死要面子
死两回"。蒲公要告诫世人的是，罔顾实情一味追求虚名要付出沉
痛代价。相类者不可不戒！

上仙

　　癸亥三月，与高季文赴稷下，同居逆旅。季文忽病。会高振
美亦从念东先生至郡，因谋医药。闻袁麟公言：南郭梁氏家有狐
仙，善"长桑之术"。遂共诣之。梁，四十以来女子也，致绥绥有
狐意。入其舍，复室中挂红幕。探幕以窥：壁间悬观音像；又两
三轴，跨马操矛，骑从甚沓；北壁下有案；案头小座，高不盈尺，
贴小锦褥，云仙人至，则居此。众焚香列揖，妇击磬三，口隐约

　　① 韩欣主编《名家评点聊斋志异》，天津古籍出版社，2008，第870页。

有词。祝已，肃客就外榻坐。妇立帘下，理发支颐，与客语，具道仙人灵迹。久之日渐曛，众恐碍夜难归，烦再祝请。妇乃击磬重祷，转身复立曰："上仙最爱夜谈，他时往往不得遇。昨宵有候试秀才，携肴酒来，与上仙饮。上仙亦出良酝酬诸客，赋诗欢笑。散时，更漏向尽矣。"言未已，闻室中细细繁响，如蝙蝠飞鸣。方凝听间，忽案上若堕巨石，声甚厉。妇转身曰："几惊怖杀人！"便闻案上作叹咤声，似一健叟。妇以蕉扇隔小座。座上大言曰："有缘哉，有缘哉！"抗声让坐，又似拱手为礼。已而问；"客何所谕教？"高振美尊念东先生意，问："见菩萨否？"答曰"南海是我熟径，如何不见！"又问："阎罗亦更代否？"曰："与阳世等耳！"问"阎罗何姓？"曰："姓曹。"已，乃为季文求药。曰："归当夜祀茶水，我于大士处讨药奉赠，何恙不已！众各有问，悉为剖决。乃辞而归。过宿，季文少愈。余与振美治装先归，遂不暇造访矣。

　　这篇《上仙》类似当今有关口技腹语表演的新闻报道，介绍梁氏女为患者请菩萨降临、施药、治病的全过程。核心内容是梁氏会"腹语"，以模仿各种音响及人物语音，哗众取信。

　　作者先写梁氏外貌和神态：不到四十岁，步履却极稳重而舒缓，特像老狐狸。又写居住环境：堂屋，旁侧的里间挂着红幕帘，撩开幕帘，墙上挂着观音菩萨像，北墙下有个几案，旁有小座椅。梁氏说，仙人降临，就会坐在这里。

　　然后，就进入请神的关键时刻：大家排成一行、烧香作揖，梁氏敲三下磬，嘴里念念有词。祈祷完毕，就把客人请到堂屋的床上就座。梁氏也出来站在帘子下，一边梳理头发，一边用手托着下巴和客人聊天，内容全是仙人如何灵验。其实是在拖延时间，只等夜幕降临，吓唬众人。——此时，只听侧屋传来细微的嘈杂声，如蝙蝠飞鸣；又听几案上如落下巨石，接着就听有叹息、叱咤声，似是个健壮的老头的声音。此时，梁氏以芭蕉扇挡着小座位，座上很大的声音："有缘哉，有缘哉！"接着高声让座，随即就转身问客人："有何见教？"……

这些大大小小的声音来自何方？原来是来自梁氏的"腹语"！人们在正常说话时，是用口腔共振发声，而且嘴巴要动，面部、眼神都协调一致。假如说悄悄话，怕别人听见，则只用声带发音，尽量减少口腔共鸣。"腹语"则反之，讲话时故意向肚中咽，使声带在腹腔共振，嘴巴及面部反而要纹丝不动，使听者不知声响与话音来自何方。至于本文梁氏祈祷请仙为人医病，自是将口技进一步变作腹语，成为行医谋生手段，以骗取钱财。

这类骗局《清稗类钞》也多有记载：蒲松龄老家一带有一位叫灵姑的，能请仙为患者开方治病，甚至连魂游何地，仙在哪里，祭拜何方神圣，都能从空中听到回答，而且灵姑完全不借助暗室，也不借助黑夜，如此当面捣鬼粗心人深信不疑。细心者则发现，所有声音都来自灵姑胸之上喉之下。

这段记载，比之《上仙》更简洁明了。这些巫婆，曹姑也好，梁氏女也罢，都是假冒"上仙"讲话，奥秘全在"屏气诡为"，发声于"胸以上喉以下"。也许清初会操弄此技艺者不多，所以蒲公如随行记者一般，如实记载了全过程，客观上也为当下读者提供了一份腹语记录。尤其作者写上患者和左右人的真名实姓，也是证明此事不虚，使此篇更像社会新闻。

医术

张氏者，沂之贫民。途中遇一道士，善风鉴，相之曰："子当以术业富。"张曰："宜何从？"又顾之曰："医可也。"张曰："我仅识之无耳，乌能是？"道士笑曰："迂哉！名医何必多识字乎！但行之耳。"既归，贫无业，乃摭拾海上方，即市廛中除地作肆，设鱼牙蜂房，谋升斗于口舌之间，而人亦未之奇也。会青州太守病嗽，牒檄所属征医。沂故山僻，少医工；而令惧无以塞责，因责里中使自报。于是共举张。令立召之。张方痰喘不能自疗，闻命大惧，固辞。令弗听，卒邮送之去。路经深山，渴极，咳愈甚。入村求水，而山中水价与玉液等，遍乞之，无与者。见一妇漉野菜，菜多水寡，盎中浓浊如涎。张燥急难堪，便乞余沈，饮之。少间渴解，嗽亦顿止。阴念：殆良方也。比至郡，诸邑医工已先施治，并未痊减。张入，求密所，伪作药目，传示内外；复遣人于民间索诸藜藿，如法淘汰讫，以汁进太守。一服，病良已。太守大悦，赐赉甚厚，旌以金匾。由此，名大噪，门常如市，应手无不悉效。有病伤寒者，言症求方。张适醉，误以疟剂予之。醒而悟，不敢以告人。三日后，有盛仪造门而谢者，问之，则伤寒之人，大吐大下而愈矣。此类甚多。张由此称素封，益以声价自重，聘者非重资安舆不至焉。

　　益都韩公，名医也。其未著时，货药于四方。暮无宿所，投止一家，则其子伤寒将死，因请施治。韩思不治则去此莫适，而治之诚无术。往复踟蹰，以手搓体，而汗垢成片，捻之如丸。顿思以此给之，当亦无所害。晓而不愈，已赚得寝食安饱矣。遂付之。中夜，主人挝门甚急。意其子死，恐被侵辱，惊起，逾垣疾遁。主人追之数里，韩无所逃，始止。乃知病者汗出而愈矣。挽回，款宴丰隆；临行，厚赠之。

　　本文说的是张、韩两个江湖医骗，如何冒充名医，步步得逞，最后远近闻名，甚至发家致富的故事。作品着力写医患双方的一言一行，故意让他们出尽洋相，丑态毕露，读之妙趣横生，令人忍俊不禁。例如：张医骗"方痰喘，不能自疗"，可是一听"令立召之"，却胆小至"闻命大惧，固辞"。此一派窘态，正是做假心虚的暴露。小说又写张医骗如何炮制洗菜水，并治好太守的病嗽。其实是因为"诸邑医工已先施治，并未痊减"，说明医工们先期"施治"虽没治愈太守的病，可也不无疗效。等于做了足够的铺垫，待到张医骗将洗菜水给太守喝下，则很可能属于肺热余火顿消，这才药到病除。

　　另一个韩医骗如何可笑？小说先介绍他"货药于四方。暮无所宿，投止一家"。然后偏巧"其子伤寒将死，因请施治"。值此韩医骗是走是留？游移不决之际，他下意识地"往复踟蹰，以手搓体，而汗垢成片，捻之如丸"。这"泥丸"在手，使韩"顿思以此给之，当亦无所害"。意外的是孩子吃下"泥丸"，"汗出而愈"！

主人喜不自胜，半夜去向韩报喜，而韩却作假心虚，跳墙逃跑。"韩无所逃，始止。"至此，医患双方才算各知底里：主欲"款宴丰隆"，"临行厚赠"，韩则默不作声，倾盘接受。

全文透过平实无华、不动声色的叙述，让无数巧合互相碰撞，从而自然而然激荡出这些苦涩的笑——它不是发自内心的快意，而是对医患双方愚昧无知的一种无奈、怜悯。

但是，造成这一切的根源，在于张、韩基本都是文盲，张则自语"仅识之无耳"，尚有自知之明；道士却满肚子坏水地提醒他："迂哉！名医何必多识字乎！但行之耳。"可是古语曰："医不三世，不服其药，即指必通于三世支书：一曰黄帝针灸，二曰神农本草，三曰素问脉诀。脉诀可以察证，本草所以辨药，针灸所以去疾，非是三者，不可以言医。"用这标准来审视张、韩的医骗行为，只能说明古代乡村缺医少药，于是上当受骗在所避免。若再从临床经验要求，则早在《左传·定公十三年》中，齐国的高强就曾讲："三折肱知为良医。"是说："三次折断胳臂，找医生多了，久之，自己有了经验，也可成为良医了"。这是对临床切身体验的一种形象说明。可见自古要想从事中医职业，不仅要读"三世之书"，还要有"三折肱"的实践经验。

岳神

扬州提同知，夜梦岳神召之，词色愤怒。仰见一人侍神侧，

少为缓颊，醒而恶之。早诣岳庙，默作祈禳。既出，见药肆一人，绝肖所见。问之，知为医生。既归暴病，特遣人聘之。既至，出方为剂，暮服之，中夜而卒。或言阎罗王与东岳天子，日遣侍者男女十万八千众，分布天下作巫医，名"勾魂使者"。用药者不可不察也。

　　本文与上文主旨一样，都在暴露庸医害人的不良社会现实，只不过不再是庸医直接坑害百姓，而是换成阎王爷和东岳大帝"日遣侍者男女十万八千众，分布天下作巫医"，称为"勾魂使者"。这就暗示上苍也跟着人世庸医一起行医蒙骗，这一来就意味着病人别想活了，可见社会上下庸医之多！因此作者提醒："用药者不可不察也。"

　　这就有些奇怪了，专管人间生死的神，怎会派如此多的"巫医"下凡坑害提同知？答案只一个模棱两可的词——"或言"，也就是"有人说"；有可能是暗指以皇帝老儿为首的官府不作为吧。另外，假如提同知是个贪官或坏蛋，也不为怪；可是不要忘记《聊斋》是志怪故事，不能一切都顺情达理，一定要神乎其神，怪之又怪，为的是脱净干系保平安。这也许就是作者直接用《岳神》做小说标题的玄机。

　　"勾魂使者"坑害提同知的过程也非同一般。小说特意制造一个情节。提副市长梦见岳神召见他，不敢不去。见面后，岳神很不客气。只见有位站在岳神旁边的人，好像在为自己说情。于是醒来之后，他就早早来到岳庙祭神消灾，拜完神，走出庙门，恰好看见药铺里有个人，长得很像梦中为自己说情的那位，便赶紧上前施礼询问，原来是位郎中。提副市长回到家就病了，觉得"缓颊"的那位定然是个良医，就派人去请来为自己诊治。结果开了药，吃下去，一到半夜就死了。可见那位爷站在岳神旁边，不是为提同知说情的，而是特派来毒害提同知的。

很难想象，如果岳神和阎王爷联合"执法"，那么有病的无论是当官儿的还是老百姓，就算是死定了。这意思无非是说当时庸医太多、太烂！不但民遭殃，官也遭害。其实诸如此类庸医害人的事，哪朝哪代都少不了，直至进入民国时期，也还是谬种流传，代不乏人。记得鲁迅先生在《朝花夕拾·父亲的病》中，回忆儿时为父亲延医治病的情景，描述了几位"名医"的种种表现，揭示了这些人巫医不分、故弄玄虚、勒索钱财、草菅人命的实质。其中有两位"名医"开的药引子，一个比一个稀奇：首位名医开的是生姜两片、去尖竹叶十片、河边的芦根须、经霜三年的甘蔗；次位"名医"开的是"蟋蟀一对"，而且"要原配，即本在一窠中者"。鲁迅先生讽刺说："似乎昆虫也要贞洁，续弦或再醮，连做药资格也丧失了。"①总之，《岳神》与《医术》有异曲同工之妙：一上（神仙）一下（平民），全方位地暴露了庸医误人的黑暗现实。

---

① 《鲁迅全集·朝花夕拾·父亲的病》，人民文学出版社，1981，第284页。

牛癀

　　陈华封，蒙山人。以盛暑烦热，枕籍野树下。忽一人奔波而来，首着围领，疾趋树荫，掬石为座，挥扇不停，汗下如流渖。陈起坐，笑曰："若除围领，不扇可凉。"客曰："脱之易，再着难也。"就与倾谈，颇极蕴藉。既而曰："此时无他想，但得冰浸凉醅，一道冷芳，度下十二重楼，暑气可清一半。"陈笑曰："此愿易遂，仆当为君偿之。"因握手曰："寒舍伊迩，请即迁步。"客笑而从之。至家，出藏酒于石洞，其凉震齿。客大悦，一举十觞。日已就暮，天忽雨；于是张灯于室，客乃解除领巾，相与磅礴。语次，见客脑后，时漏灯光，疑之。无何，客酩酊眠榻上。陈移灯窃窥之，见耳后有巨穴，如盏大；数道厚膜，间隔如棂；棂外奕革垂蔽，中似空空。骇极，潜抽髻簪，拨膜觇之，有一物，状类小牛，随手飞出，破窗而去。益骇，不敢复拨。方欲转步，而客已醒。惊曰："子窥见吾隐矣！放牛癀出，将为奈何？"陈拜诘其故。客曰："今已若此，尚复何讳。实相告：我六畜瘟神耳。适所纵者牛癀，恐百里内牛无种矣。"陈故以养牛为业，闻之大恐，拜求术解。客曰："余且不免于罪，其何术之能解？唯苦参散最效，其广传此方，勿存私念可也。"言已，谢别出门。又掬土堆壁龛中，曰："每用一合亦效。"拱手即不复见。居无何，牛果病，瘟疫大作。陈欲专利，秘其方，不肯传，惟传其弟。弟试之神验。而陈自锉啖牛，殊罔所效。有牛二百蹄躈，倒毙殆尽；遗老牝牛四五

头，亦逡巡就死。中心懊恼，无所用力。忽忆奁中掬土，念未必
效，姑妄投之。经夜，牛乃尽起。始悟药之不灵，乃神罚其私也。
后数年，牝牛繁育，渐复其故。

　　牛瘟是牛感染的炭疽病。炭疽是一种急性传染病，马、牛、
羊等家畜和人都会被感染，其病原体是炭疽杆菌。发病时表现为
高热症状："挥扇不停，汗下如流渖。"本文奇就奇在把牛瘟幻化
为一只由瘟神随身携带又随时想飞走的小牛！而携带牛瘟的瘟神，
则被扮成一位热天还头裹领巾、奔波行走的路人。至于瘟神怎么
携带牛瘟，作者不表，答案全藏在情节进展中。
　　路人与树下乘凉的养牛专业户陈华封相遇，陈见路人酷暑还
头裹领巾，笑着劝其解下。客却不肯，也不解释，便谎称"脱易
着难"。陈引客到家，拿出冰酒，客"一举十觥"。入夜，下雨，
二人点灯畅谈中，"客乃解除领巾"。此时陈发现："客脑后，时漏
灯光。"于是"疑之"。待客酒醉熟睡时，陈举灯偷看，又"见耳
后有巨穴"，穴被层层软革厚膜如窗棂般遮蔽着，陈害怕了，但又
想看个究竟，便从头上取出簪子，拨开厚膜——只见"有一物，
状类小牛，随手飞出"。陈更加害怕了，想溜走，客被惊醒，不得
不说出真相：陈无意中放走牛瘟，牛瘟疫已蔓延到人间！后果就
是陈"有牛二百蹄躈，倒毙殆尽"。这该如何是好？瘟神开出了药
方"苦参散"，但有一条"铁的戒律"，"勿存私念可也"；反之则
失药效。陈私心作怪，想独占，结果自己的牛死得只剩"牝牛四
五头"。这就叫瘟疫可畏，而私心更可畏；私心害人，私心也害己。

这正是蒲公写此故事的良苦用心，也是全篇的主旨所在。

作者特意把私心与瘟疫绑在一起，构成一对看似不搭界的因果关系，使得被私心驱使的药"殊罔所效"，这就狠狠地教育并警醒着世人：无论求医问药的患者还是行医施方的医者，都需摆正心态，良善当先。《安身论》曰："崇德莫大乎安身，安身莫尚乎存正，存正莫重乎无私，无私莫深乎寡欲，是以君子安其身而后动，易其心而后语，定其交而后求，笃其志而后行。"[①]陈已错走了一步，即将破产，为此，小说蓦然出现"龛中掬土"这一细节，这就为陈的悔悟打开了一扇窗。陈忽然想起瘟神临行的那句忠告："每用一合亦效。"陈按嘱经一夜救治，濒死的母牛又都复活了！陈这才通过死牛买了个大教训。小说结尾自然是皆大欢喜——"后数年，牝牛繁育，渐复其故"。

回顾全文，"瘟神"似乎并不可怕：他奔波而来，疾趋树荫，像是又热又累；他紧围领巾，挥扇不停，像是又傻又憨；他一举十觥，解巾畅谈，像是豪爽痛快；他唯恐牛瘟扩散，说出真情，献出药方，诚实善良。还有那会传染炭疽病的牛癀，似乎也不可怕：它居然是个会飞的"小牛"，被密封在瘟神的脑穴里，像是尚可管控；"小牛"被层层软革遮挡着，竟然插翅难飞；尽管是陈失手把它放出去，而陈又有双倍的药物可防治它。似这等超现实而又透着滑稽的描写，如童话，像寓言，再次体现了《聊斋》在写作套路上的不拘一格、敢为人先。这本该紧张的情节也都透露着轻松，充满了谐趣，值得人们像吃饱的牛那样——静下心来反刍、

---

① 《二十五史·晋书》，上海古籍出版社、上海书店，1986，第 174 页。

咀嚼、消化、吸收。

鹿衔草

关外山中多鹿。土人戴鹿首伏莽中，卷叶作声，鹿即群至。然牡少而牝多。牡交群牝，千百必遍，既遍遂死。众牝嗅之，知其死，分走谷中，衔异草置吻旁以熏之，顷刻复苏。急鸣金施铳，群鹿惊走。因取其草，可以回生。

　　本文记录了"鹿衔草"这种草药的发现过程：公鹿因交配而死去时，众母鹿就衔来药草"置（死牡鹿）吻旁以熏之，顷刻复苏"。于是"土人……急鸣金施铳，群鹿惊走。因取其草，可以回生"。这一起死回生功效，颇受蒲公关注。经其大笔一挥，一嗅、一衔、一置，把个山中野鹿写得极有灵性，很有人情味，成为人们最易记住的草药源头故事，而且诗意很浓。

　　类似的奇遇，在《梁书》卷五十一《处士传》中，有阮孝绪因孝诚感天，由鹿引识人参，为母治病的记载："孝绪躬历幽险，累日不值，忽见一鹿前行，孝绪感而随后，至一处遂灭，就视，果获此草。母得服之，遂愈。"①

---

　　① 王立：《〈聊斋志异·鹿衔草〉本事考论——古代小说动物引识仙草母题溯源》，《蒲松龄研究》2003 年 1 期。

文人的发挥、想象怎能代替现实？此草只有止血作用，并不能"起死回生"。《本草纲目》中早就有介绍：鹿衔草，又名秦王试剑草。它主治出血，及一切蛇、虫、犬咬毒。还有《中国高等植物图鉴》称"圆叶鹿蹄草"，而《植物名实图考》则称"破血丹"。名称虽异，却都能止血。及至观察动物世界，也多见有为自己或同类疗伤的本能，猎人广传：虎被毒箭射中，就主动啃食青泥；雉被鹰伤，就不断啄地黄，即便无伤，鹦鹉也会群飞至富含咸盐之地啄泥用以补充体内所需的盐分。

其实，蒲松龄撰写此文，也有本事可依。一、南朝宋王廷秀《感应经·鹿衔草》中云：

> 《异苑》云：昔有田父耕地，值见伤蛇在焉。有一蛇，衔草著疮上，经日伤蛇走。田父取其草余叶以治疮，皆验。本不知草名，因以蛇衔为名。《抱朴子》云：蛇衔能续断之指如故是也。[1]

唐段成式《酉阳杂俎》前集卷十九《草篇》中云：

> 天名精，一曰鹿活草。昔青州刘炳，宋元嘉中射一鹿，剖五脏，以此草塞之，蹶然而起，炳怪而拔草，复倒。如此三度，炳密录此草种之，多主伤折，俗呼为刘炳草。[2]

---

① 朱一玄编《聊斋志异资料汇编》，南开大学出版社，2012，第206页。
② 同上。

如今"鹿衔草"早已走出了中草药的范畴，借着"鹿"与"禄"字同音，使得无数古代建筑、木刻、剪纸、窗花，多演变为"梅花鹿口衔仙草"这一可人形象，祈愿人生的福禄吉祥。《诗经·鹿鸣》三段"呦呦鹿鸣"的咏叹，是以仁求其群，据《淮南子》解释："鹿鸣兴于兽而君子美之，取其见食而相呼也。"这是以鹿性温顺，外表恬静，配偶稳定，谨小慎微，有食相呼，群而不党等诸多生活特点，作为儒家文化中界定君子的标准。美丽的传说，加之神奇的疗效，都极大地丰富了"鹿衔草"的内涵。

李司鉴

李司鉴，永年举人也。于康熙四年九月二十八日，打死其妻李氏。地方报广平，行永年查审。李在府前，忽于肉架上夺一屠刀，奔入城隍庙，登戏台上，对神而跪。自言曰："神责我不当听信奸人，在乡党颠倒是非，令我割耳。"遂将左耳割落，抛台下。又言："神责我不应骗人银钱，令我剁指。"遂将左指剁去。又言："神责我不当奸淫人妇女，使我割肾。"遂自阉，昏迷僵仆。时总督朱云门题参革褫究拟，已奉谕旨，而李已伏冥诛矣。见邸抄。

这是假借"冥诛"，实则反映了精神病患者自残的情景，类似当今新闻报道的一篇小说。精神分裂症旧称"早发痴呆"，多发于青壮年，既常见又不明病因。患者可有各种破坏自身及他人的过激言行。如本文的李司鉴，"割耳""剁指""割肾"。另有晚明奇人徐渭（1521—1593），其自残行为之烈则与李司鉴别无二致。徐渭天资聪颖，二十岁考取秀才，后连应八次乡试，皆铩羽而归（又类蒲公），终身不得志。后虽受知于当朝兵部侍郎胡宗宪，被纳为幕府，屡出奇计、抗倭有功，但又因胡与奸相严嵩案牵连，徐渭也被指为同党，深受刺激而精神失常。据统计他先后九次自杀——或用利斧击破头颅，或以利锥锥入两耳，深入寸许。……更有甚者，他还怀疑继室张氏不贞，杀死张氏，被下狱论死，最后羁押六年才被好友张元忭（晚明当朝翰林修撰）搭救出狱。晚年佯狂更甚，最终抱愤而亡。对比之余不难发现：徐渭因官司受惊吓而精神失常，由此疑心大作又杀死妻子；李司鉴则相反，他是先不明因由地杀妻，然后跑到城隍庙戏台上割耳、剁指、自阉而死。《李司鉴》似乎是《聊斋》版的徐渭自残故事。

寓意篇

所谓寓意，就是寄托或隐含的意思。具体到《聊斋》短章，指比喻、夸张、拟人，寓意明理，有所寄托，把抽象的道理人格化，使主旨含而不露的等表现手法。也有不少评家简单而明确地称《聊斋》的短章为"寓言化小说"。例如稍长些的《画皮》（本篇未选），描写细致，情节曲折，形象鲜明，堪称《聊斋》富于寓意的典范。

我国寓意故事的形成可谓源远流长，最早散见于诸子百家中的寓言，以及史传著作中带有比喻性的谣谚。它来自民间口语，那时还只是一种很古老的文学论证手段，并不能独自成篇，诸如："时日曷丧，予及汝偕亡"（《尚书·汤誓》），"辅车相依，唇亡齿寒"（《左传·僖公五年》），"众心成城，众口铄金"（《国语·周语》），等等。但由于它具有高度的比喻文学特征，使其逐渐独立并流传开来，尤其在《诗经》中，更是被广泛运用，使得士大夫张口闭口都寓意联翩地"称诗以喻其志"。及至《论语》《韩非子》《老子》等著作相继问世，就一步步发展成为有形象、有对话、有情节的寓言故事，并用以阐发某些道理，成为一种独立的文学样式。例如《庄子》一书中，"大抵率寓言也"，共有两百多个；《韩非子》仅《说林》、内外《储说》几篇，就收集寓言故事达三百多个；其他如《孟子》《墨子》等书中的寓言，数目也不少，可谓俯拾皆是。

不仅由比喻可以发展为寓言，同时寓言又促生了汉魏杂事小说的萌芽，以及六朝志怪小说的崛起。及至元、明、清市井大众文化的普及，遂使蒲松龄独辟蹊径地走出了一条寓意深广的寓言化小说新路。清南村在《聊斋志异》跋中说："余观之寓言之言，十固八九。何其悲以深也！"清邹弢在《三借庐笔谈》卷六中指出：

"蒲留仙先生《聊斋》用笔精简，寓意处全无迹象，盖脱胎于诸子，非仅抗手于《古》史、《龙门》也。"当代研究者更发现："《聊斋》超短章里的情事笔意都不同程度地活跃于当今小小说中。"①

　　这里选录的十篇具有哲理寓意故事，都从不同角度真实而深刻地反映了古代社会，尤其是清初特殊时期的某些生活画面，形象地见证了作者在"自序"中归结的那句话："茫茫六道，何可谓无其理哉！"

---

　　① 谢倩、文娟：《〈聊斋〉超短篇章里的当代小小说基因》，《南京社会科学》1998 年 10 月，总第 116 期。。

义鼠

　　杨天一言见二鼠出，其一为蛇所吞，其一瞪目如椒，似甚恨怒，然遥望不敢前。蛇果腹，蜿蜒入穴。方将过半，鼠奔来，力嚼其尾。蛇怒，退身出。鼠故便捷，欻然遁去。蛇追不及而返。及入穴，鼠又来嚼如前状。蛇入则来，蛇出则往，如是者久。蛇出，吐死鼠于地上。鼠来嗅之，啾啾如悼息，衔之而去。友人张历友为作"义鼠行"。

　　本文标题为"义鼠"，写两只小鼠外出觅食兼游玩之时，其中一只不幸被蛇吞噬了，活着的小鼠奋不顾身前去与蛇搏斗，直至蛇吐出了吞下的鼠败退为止，故而显示了"鼠之义"。

　　人们对老鼠太熟悉了，可是，这篇把"鼠"当作"人"来描写的小说，却塑造了一只可爱、可敬的小鼠，它宛如一个路见不平拔刀相助的英雄矗立在读者面前。具体说来，义鼠体现的人性化特征不外乎情义、勇敢、智慧三个方面。其中，以情义作为全文核心内涵，以勇敢和智慧作为两翼，三者缺一不可，合为有机整体。

　　先看小鼠的"义"。"义"是华夏各民族一种极其古老而广泛的道德范畴，它是特指天下合宜之理，即公正、合理而应当做的事，由《管子》卷一《牧民第一》最早提出，儒家又把义与仁、礼、智、信合在一起，称为"五常"。从字源上说，繁体的"义"字，写为上下结构的"羊"和"我"。"羊"有二解，一种为字形，上边两点左右均分，下边也是左右对称，象征公平正义；第二种解释是祭祀的羊，表达的是信仰。下边的"戈"为武士，也可以是"我"的意思。总之是指为了正义或信仰而战斗。具体到故事中，对同伴不离不弃，始终是小鼠的行为准则。开篇结伴而行是情义，中途发生危难却不逃离是情义，最后救出同伴并衔走尸体更是情义。好像一对战友外出执行任务，其中之一不幸牺牲，活着的就要有个交代，这就叫患难时刻见真情。

再看小鼠的"智"。从动物生存链条上看，鼠无疑处在最下端，蛇是鼠的天敌，鼠碰到蛇，谈不上抵抗二字，只有在劫难逃。而此鼠仿佛赛场上吃了兴奋剂，非但不逃，反而拉开距离，对其"瞪目如椒，似甚恨怒"。这一情境，显示了鼠在冷静思考，怎样蛇口夺友。就在蛇身入穴将半之时，小鼠欻地窜上前去，死死咬住蛇尾不放，疼痛至极的蛇只得倒退而出，掉转头来朝鼠扑去，而鼠早在蛇身后退之时，迅速地站回不远不近的安全之地，仍然"瞪目如椒，似甚恨怒"。如此反复数次，蛇终于疲惫而吐出了鼠，快快回穴。小鼠看见同伴一动不动，赶紧上前"嗅之"，犹如想搀起同伴前行一般，然而却毫无希望，鼠于是"啾啾如悼息，衔之而去"。这一阵阵哭泣声，着实感天动地！小鼠很讲战术："敌进我退，敌驻我扰，敌疲我打，敌退我迫。"正是这两点智慧，使得小鼠战胜了巨蛇。

最后看小鼠的"勇"。为了同伴，只身跑上前去力咬蛇尾，也是需要足够的勇气的；更何况还不止一次两次地去与强大的蛇拼搏，其生与死之不测，不过是瞬间的事。这勇气从何而来？似乎只有情深意笃的夫妻才会如此恋恋不舍！

《义鼠》在极小的篇幅里，为读者叙述了一则十分动人的寓言故事。它的思想性，体现了小人物不畏强暴的斗争精神，他给予人的是振奋的精神和昂扬的斗志。它的艺术性，成功于作者对鼠有过认真仔细的观察，能够按照老鼠的生活习性去想象可能发生的一切，从而构思出"小鼠斗巨蛇"的精彩画面。最令人难忘的莫如"瞋目如椒"四字，形容鼠目圆而小，如擘开之椒子。此句含义颇丰：一在摹形——眼珠瞪得圆圆的，状如椒子；二是状色——小眼涨得通红，怒不可遏；三又显志——目光火辣，热血沸腾，如椒炸裂。清朝评家冯镇峦只用两个字点赞："逼肖。"①

大鼠

万历间，宫中有鼠，大与猫等，为害甚剧。遍求民间佳猫捕制之，辄被啖食。适异国来贡狮猫，毛白如雪。抱投鼠室，阖其扉，潜窥之。猫蹲良久，鼠逡巡自穴中出，见猫怒奔之。猫避登几上，鼠亦登，猫则跃下。如此往复，不啻百次。众咸谓猫却，以为是无能为者。既而鼠跳掷渐迟，硕腹似喘，蹲地上少休。猫即疾下，爪掬项毛，口龁首领，展转争持间，猫声呜呜，鼠声啾

---

① 韩欣主编《名家评点聊斋志异》，天津古籍出版社，2008，第 121 页。

啾。启扉急视，则鼠首已碎矣。然后知猫之避，非却也，待其惰也。彼出则归，彼归则复，用此智耳。噫！匹夫按剑，何异鼠乎！

　　如同人有好坏，鼠在寓言化审美领域也分"好"和"坏"，好的如上文的"义鼠"，坏的就如本文的"大鼠"了。明朝万历年间，皇宫里有大鼠为害，所有的猫不仅制伏不得，还反被它吃掉。恰巧，外国进贡了一只波斯猫，文中称作"狮猫"，"毛白如雪"。其实白猫黑猫都不重要，关键是能够消灭大鼠就是好猫。于是寓言进入了精彩阶段。一、先把猫放进屋，人们在外静观猫与鼠如何掐斗。二、只见大鼠追逐狮猫，上下左右地奔跑，估计不下百次。三、静观者一致认为土产的猫不行，进口的原来也不行。至此，全文气氛跌至冰点，大有此"大鼠"无敌于天下之势！人们在一片紧张、恐慌、畏惧的气氛中相互耳语。其实这叫"欲擒故纵"之笔法，也是为了展现狮猫智慧的一种故作"顿挫"。四、逆转的形势露头了：大鼠追逐的速度渐缓，有些上气不接下气，已经蹲在地上休息了。五、狮猫见状，以迅雷不及掩耳之势，朝着大鼠猛扑了过去——用锐利的爪子抓住鼠的头顶，再用钳子般的牙齿咬住鼠的脖颈，狮猫"呜呜"怒吼，大鼠则"啾啾"惨叫。最后，众人急忙进屋一看："鼠首已碎矣。"这急促的句子——"疾"字领起，"下""掬""龁""争"等动词一气贯下，既把斗争过程描绘得清晰如画，也充分显示出狮猫蓄势既久，其发必猛的神威。这时人们才醒悟：开始狮猫是故意要拖垮大鼠，等待它疲惫了，再去轻取啊！作者点明，狮猫的退却是在用"智"："彼出则归，彼归则复。"

一篇好的寓言，总要使深刻的哲理与生动的形象相统一。本文的哲理即隐含在猫的"大智若怯，大智若愚"中。作者为使哲理不轻易出现，预设了旁观者在现场议论，制造挫折感，然后再陡转笔锋，以猫取胜反证旁观者的浅薄，从而产生"以皮相论事者"同样"何异鼠乎"的结论。这种使情节产生跌宕起伏的艺术，叫"一笔照两端"，确实是高手妙笔。其次，怎么看宫中"大鼠"？《诗经》中有《硕鼠》，唐诗中还有《官仓鼠》，可能为避免重复，本篇才特意称作"大鼠"吧。鼠的生活环境，就成为认识并区别鼠的天然注解。总之，它们都是民脂民膏养肥的剥削者的化身。

牧竖

两牧竖入山，至狼穴，穴有小狼二，谋分捉之。各登一树，相去数十步。少顷，大狼至，入穴失子，意甚仓皇。竖于树上扭小狼耳蹄，故令嗥；大狼闻声仰视，怒奔树下，号且爬抓。其一竖又在彼树致小狼鸣急；狼辍声四顾，始望见之，乃舍此趋彼，跑号如前状。前树又鸣，又转奔之。足无停趾，口无停声，数十往返，奔渐迟，声渐弱，既而奄奄僵卧，久之不动。竖下视之，气已绝矣。今有豪强子，怒目按剑，若将转噬；为所怒者，乃阖扉去。豪力尽声嘶，更无敌者，岂不畅然自雄？不知此禽兽之威，人故弄之以为戏耳。

这则故事很好懂，如果没有"豪强子"那段话，哪个读者都能明白二竖子很有谋略。而且，这与《大鼠》中引进的波斯猫的战术相似。果如是，正如清朝冯镇峦所评："《老子》云：'柔胜刚，弱胜强。'勾践之于夫差，汉高之于项羽，大概如此。即春秋、战国亦往往有用之者。"①但是，有了"豪强子"这段文字，它与上面的故事有着怎样的关系？愚以为，作者加进的"豪强子"故事，实际也是作者对故事寓意的一种诠释：豪强子之怒，不过是如母狼般的禽兽之威，人们可以"故弄之以为戏耳"。母狼之死与豪强子之怒，并不存在必然的逻辑关系：母狼出于爱小狼，要救小狼，才奔跑过劳致死，这目的是值得歌颂的母爱；而豪强子"怒目按剑，若将搏噬"是要行凶伤人。其出发点与母狼有天壤之别：一个因"爱"而咆哮，一个因"恨"而搏噬，没有可比性。反过来，再看二者所面对的是什么人。先说二竖子的所作所为，还真像个地道的"竖子"（坏小子）。狼虽凶残，可文中母狼与二幼崽安然度日，毫无害人迹象，这俩小子偶然遇到"母狼不在"，顿生歹念，无端地导演了累死母狼，又使小狼失去母爱的悲剧，纯属恶作剧。二竖子把脑筋用在了罪恶的杀害动物上，这恰恰暴露了人性阴暗而罪恶的一面。再说豪强子，他所面对的是一个弱者，此人本着惹不起，躲得起的原则"乃阖扉去"；可是，这其中又未尝不具有不屑、鄙视，甚至"无声的抵抗"的意涵。所以，此人与二竖子

---

① 韩欣主编《名家评点聊斋志异》，天津古籍出版社，2008，第846页。

也不具可比性。总之，如果作者想用母狼比附"豪强子"，用二竖子比附"为所怒者"，终难自圆其说。

　　当今世界，如此重视大自然的生态平衡，人们已经不像古代那么执意歌颂"武松打虎"了，或许反倒认为武松属于盗杀稀有动物的"罪犯"。保护熊猫、藏羚羊、丹顶鹤等珍稀动物的动人画面，何等深入人心。放眼看去，如母狼般舐犊情深的现象，无论在现实生活中还是在古籍记载里，都不难找到实例。电视节目《动物世界》中就有母猴抱着死去的小猴，又喂奶又摆弄的画面。南朝宋刘义庆撰《世说新语·黜免》里，也记载了桓温黜免部属的一件事："桓公入蜀，至三峡中，部伍中有得猿子者。其母缘岸哀号，行百余里不去，遂跳船上，至便即绝。破其腹中，肠皆寸寸断。公闻之怒，命黜其人。"①这是桓温于永和二年（346）十一月，带兵西伐巴蜀的一段亲身经历。桓温先"怒"后"黜"了造成母猿惨死的军卒，就连这样一位征战南北的武夫，都被母猿的慈心所感动。可见古人所说"因思念过度而肠断"的故事，其来有自，并不虚妄。更为触目惊心的还有金丝猴母子情深的故事，南宋周密所撰《齐东野语》所载：某猎人为捕获小金丝猴，不惜残忍地猎杀母猴，剥皮、鞭打——用以招引小猴并捕获之。人都有不忍之心。可是这个捕金丝猴者却不择手段地利用金丝猴母子之情，以达到其捕获目的，用今天保护生物的观点分析，定要按照相关的法律惩处。

　　说来说去，读罢《牧竖》，我们发现作者的写作意图与读者对

---

① 《世说新语》上海古籍出版社，1982，第450页。

于故事寓意的理解之间，竟然存在着不小的差距。这就叫"永远不要相信讲故事的人，要相信故事"。[1]

螳螂捕蛇

张姓者，偶行溪谷，闻崖上有声甚厉。寻途登觇，见巨蛇围如碗，摆扑丛树中，以尾击柳，柳枝崩折。反侧倾跌之状，似有物捉制之。然审视殊无所见。大疑。渐近临之，则一螳螂据顶上，以刺刀攫其首，颇不可去。久之，蛇竟死。视颈上革肉，已破裂云。

这又是一个令人有些匪夷所思的富于寓意的故事：小螳螂搏斗碗口粗的蛇，并以蛇死而告终。有读者以为，这不会是"螳螂捕蝉"之误吧？不会，因为动物世界有很多现象，至今连科学家也解释不清。为解除读者的怀疑，作者仍设置了"旁观者"从旁叙述，以收不虚之效。

首先让"张姓者"步行于高山之巅，耳闻巨响，左右望去并无动静（初设疑惑），于是"张姓者"只得朝山崖之下远距离俯视——只见"巨蛇围如碗"，在树丛中摆来扑去，以自身撞击树

---

[1] 张同胜：《〈聊斋志异·牧竖〉的哲学诠释学解读》，《蒲松龄研究》2008 年 4 期。

木，几至"柳枝崩折"（再设疑惑）。这一客观描述仍解决不了蛇为什么如此发疯。接下来作者这才稍露端倪，"似有物捉制之"（半解半疑）——一个"似"字"说不清"的意思；一个"物"字"辨不明"的意思，既合远视实情，又引起读者期待心理。接下来才交代一句明白话："大疑。"最后，大概是"张姓者"从山崖走了下来，进了山谷"渐近临之"，这才揭示答案：一只螳螂正趴在蛇的头顶，用两只"钢锯"般的前足，反复"攫其首"！蛇的毒牙也够不着自己头顶上的敌人，所以，疼痛的蛇不断撞击树，企图把螳螂震下来。如此相持既久，螳螂不断撕裂蛇头顶的皮和肉，蛇又只是撞击，再撞击，最后以蛇的力竭和脑髓破裂死去而告终。

自从地球有了生命体，物种间的争斗就成为不舍昼夜地进行着的生存竞争：大到巨兽间的厮杀，小至蚊虫间的蚕食，逐渐形成各类生命体的生物链。有的微生物在沸水中仍能存活，小麦的根可以扎到一丈多深的土壤求生，臭虫能忍受几年的肚饿不死。生物在求生中变异、进化，求生成为生物发展不变的旋律。人类作为万物之灵，在漫长的进化中逐渐悟出了此理，科学家写出了"物竞天择，适者生存"（达尔文语），文学家写出了《热爱生命》（杰克·伦敦著），蒲松龄在大搜怪异传说的基础上"有意作文，非徒纪事"[1]，撰写了一系列耐人寻味的故事。本篇意在说明：弱有所长，强有所短，只要以己之长，攻敌之短，就能克敌制胜，弱者也能战胜强者。

俗话说，打蛇先打头。螳螂占据了极为有利的位置，可以稳

---

[1] 朱一玄编《聊斋志异资料汇编》，南开大学出版社，2012，第479页。

稳地锯呀锯，碗口粗的蛇，毫无办法；同理，蚊子专叮咬狮子的鼻子尖，狮子满身的力气，也没处使（《伊索寓言·蚊子和狮子》）。弱小的螳螂和蚊子，分别战胜了强大的蛇和狮子。两篇寓言所不同的是，蚊子一骄傲，又死在蜘蛛网内，螳螂如果后面潜伏着黄雀呢？岂不也就成了牺牲品。可贵的是蒲公不走前人的路，他要写属于自己的感念。螳螂活下来，别有风味。

大与小，强与弱之间，存在着辩证关系：大的、强的不一定长治久安；小的、弱的也并非注定夭折。几亿年前，蜥蜴原是恐龙的同类，那时地球的主宰者就是恐龙；可是如今，恐龙灭绝了，而蜥蜴却一直存活。老子说过：人之生也柔弱，其死也坚强。万物草木之生也柔弱，其死也枯槁。故坚强者死之徒，柔弱者生之徒。是以兵强则灭木强则折。坚强处下，柔弱处上。[①]其寓意是：生命的原则是看内里的，不是看外表的；是看生长的，不是看既有的。巨蛇、狮子、恐龙外表强大，螳螂、蚊子、蜥蜴内里却智勇双全。生存的法则，既简单又实用，就看会不会动脑，懂不懂辩证法。

藏虱

乡人某者，偶坐树下，扪得一虱，片纸裹之，塞树孔中而去。

---

① 任继愈注译《老子》上海古籍出版社，1985，第224页。

后二三年，复经其处，忽忆之，视孔中，纸裹宛然。发而验之，虱薄如麸。置掌中审顾之。少顷，觉掌中奇痒，而虱腹渐盈矣。置之而归。痒处核起，肿数日，死焉。

　　奇怪的故事，奇怪的写法。一只小小的虱子，竟酿成致人死命的结果。在现实生活中可以纯属意外，可是在寓言世界里却不足为奇。尽人皆知的"农夫和蛇"（《伊索寓言》），写农夫怜悯冻僵的蛇，却打搅了蛇冬眠，蛇一气之下咬死了农夫。虱子又怎样？毫无疑问，"吮血播毒"是它的本性，尽管被藏匿二三年，好像比蛇还能睡。一旦接触到可吮血充饥的乡人手掌心，瘪肚子很快就鼓了起来！与此同时，毒素也传进乡人身体，不几天乡人也死去。两篇寓言，同一旨意：对待一切食人血肉的害人虫，切不可姑息迁就、心慈手软，应当坚决、彻底地消灭干净！《聊斋》遗稿本的仙舫评说得更明白："扪虱则杀之，人之恒也。乡人悯而舍焉。一念之仁可谓善矣，乃卒死于虱者，何也？有不赦之罪，而伲之漏网，未有不反受其殃者"。[1]

　　《藏虱》作为一篇寓言，堪称短小精悍，思想意涵不仅深广，其用字如玉，炼字如珍，字字心血，要言不烦。例如，"扪得一虱，片纸裹之，塞树孔而去。"三个动词（"扪""裹""塞"）足以体现朴实乡人无原则的善心，为后文自食恶果埋下了伏笔。而后文"置掌中审顾之"的"置""审顾"二动词，同样活画出乡人事隔二三

---

① 朱一玄编《聊斋志异资料汇编》，南开大学出版社，2012，第 435 页。

年"痴心"不改，真是"呆"的可以。这就暗示了愚昧无知有多么可怜、可怕、可戒！

现在人们对于虱子、臭虫、跳蚤这些寄生虫很陌生，尤其那些生活环境比较优裕的年轻人，对此更是一无所知，这当然是件好事；但在旧社会，没有不懂此为何物者。远的不说，鲁迅先生就专门描写阿Q与王髯比赛捉虱子（《阿Q正传》），阿Q以虱子多而大为光荣，以虱子小而少为耻辱，愚昧到了美丑不分的地步，多少也算《藏虱》中"乡人某者"的先辈！

总之，这些寄生虫应该是与肮脏、贫穷、饥饿、疾病、死亡相伴的衍生物，是战争、灾荒、流浪、讨饭的同义语。我们应该庆幸这些害人虫的绝迹，但也应该记住：连阿Q都敢把虱子放在嘴里"毕剥毕剥"地咬死，"乡人某者"怎么就没想到这一招？要是也"毕剥"一下，悲剧就不会降临。小说虽不是历史，可也源于生活，以古鉴今，值得深思。

黑兽

闻李太公敬一言："某公在沈阳，宴集山巅。俯瞰山下，有虎衔物来，以爪穴地，瘗之而去。使人探所瘗，得死鹿，乃取鹿而虚掩其穴。少间，虎导一黑兽来，毛长数寸。虎前驱，若邀尊客。既至穴，兽耽耽蹲伺。虎探穴失鹿，战伏不敢稍动。兽怒其诳，以爪击虎额，虎立毙，兽亦径去。

异史氏曰："兽不知何名。然闻其形，殊不大于虎，而何延颈受死，惧之如此其甚哉？凡物各有所制，理不可解。如狗最畏狨，遥见之，则百十成群，罗而跪，无敢遁者。凝睛定息，听狨至，以爪遍揣其肥瘠，肥者则以片石志颠顶。狗戴石而伏，悚若木鸡，惟恐堕落。狨揣志已，乃次第按石取食，余始哄散。余尝谓贪吏似狨，亦且揣民之肥瘠而志之，而裂食之；而民之戢耳听食，莫敢喘息，茧茧之情，亦犹是也。可哀也夫！"

　　读者要想读懂短小的本文，也非易事，先要探明作者的创意来源。记得鲁迅先生说过："所写的事迹，大抵有一点见过或听到过的缘由，但绝不全用这事实，只是采取一端，加以改造，或生发开去，到足以几乎完全发表我的意思为止。"[1]蒲松龄当在此列，其可能搜集到的故事，绝非仅有文中"闻李太公敬一言"，目前可知就有多份，与本文最贴近的要算明谢肇淛《麈馀》卷三，现节录如下：

　　王屋山，秋暮有樵人采山间。知有虎，亟上树避之。须臾见虎衔一鹿至树下，跑树叶藏鹿掉尾而去。少顷，遥见虎在前，后一兽，微小，白色，有角，至藏处，跑叶而不见鹿，白色兽目瞬如电，发声大吼，山谷震响，木叶纷落，樵兽扼

---

① 《鲁迅全集·南腔北调集·我怎么做起小说来》，人民文学出版社，1981，第513页。

虎之吭，啮之，虎立死。①

　　这一篇《麈馀》倒很像本文的初稿，看来这传说已经辗转到了晚明，且出自文坛学者谢肇淛之手。对照之余，可见一经蒲公巧手裁制，便大增益了生活容量，且深化了主旨：蒲公把"虎怕兽"改为"猕畏猰"。因为唯有灵长类动物才最像人，也为"借题发挥"打下了基础。

　　两篇故事一前一后，看似无心，实则有意。前篇只讲故事，作全文的引子，为以下自创的故事张本，免生突兀感。后篇"异史氏曰"紧紧跟进，先呼应上一篇，并以读者的口气很体谅地发问："（虎）何延颈受死，惧之如此其甚哉？"似乎连作者都不理解，但是又给了个答案："凡物各有所制。"行文至此，也算是一个了结。可是接着作者又补充"理不可解"，如此绕来绕去，这是作者惯用的"草蛇灰线"笔法。在不断围绕主旨设置疑团过程中，为"卒章显志"攒足铺垫。然后才端出自家奉献："猕最畏猰。"作者说：一群猕，远远地见着猰就都跪下了，任由猰挨个儿挑肥拣瘦——在肥猕头上放块石片做标识，肥猕就乖乖地顶着石片等死。猰挑拣完毕，开始美餐，然后一抹嘴头，剩下的瘦猕才哄散。

　　故事讲完了，这时作者以"突转法"，由动物世界一步跨入人类社会，揭示人世黑暗的一幕：贪官污吏怎样盘剥百姓，百姓又怎样任其盘剥。这一大揭盖，赤裸裸地现出了封建官场赖以生存的秘密：一方面对于贪官污吏汲取民脂民膏予以无情的揭露和批

---

　　① 刘海燕：《谢肇淛〈麈馀〉解析》，《厦门广播电视大学学报》2013 年 11 月第 4 期。

判；另一方面也对百姓的奴性十足、不思反抗发出了"哀其不幸，怒其不争"（鲁迅语）的感叹！说明在君主专制几千年的统治之下，百姓已经麻木于"暂时做稳了奴隶"的苟活，还有许多"想做奴隶而不得"的人在（鲁迅语）。写到这里，作者构思的匠心才真相大白：先讲一个司空见惯的故事，引出模棱两可的议论，使读者意犹未尽；再讲一个类似的故事，不置可否；最后才直抒己见。归结出确定无疑的议论。如此由含混模糊到犀利清晰，两叙带出两议，有升华有跳越，使行文跌宕起伏，既引人入胜又醒人耳目，可谓《聊斋》园中的奇葩。

梁彦

徐州梁彦，患骹嚏，久而不已。一日，方卧，觉鼻奇痒，遽起大嚏。有物突出落地，状类屋上瓦狗，约指顶大。又嚏，又一枚落。四嚏，凡落四枚。蠢然而动，相聚互嗅。俄而强者啮弱者以食；食一枚，则身暴长。瞬息吞并，止存其一，大于鼰鼠矣。伸舌周匝，自舐其吻。梁大愕，踏之，物缘袜而上，渐至股际。捉衣而撼摆之，粘据不可下。顷入襟底，爬抓腰胁。大惧，急解衣掷地。扪之，物已贴伏腰间。推之不动，掐之则痛，竟成赘庞；口眼已合，如伏鼠然。

　　一位徐州人，名叫梁彦，患上了打喷嚏的毛病。这事该怎么写，值不值得写？蒲公不仅写了，而且还真有《聊斋》味儿。那就是此喷嚏并没喷出鼻涕唾沫，而是喷出了活物！样子像屋上的"瓦狗"，大小如指甲盖。梁打了四个喷嚏，喷出了四个活的异物："蠢然而动，相聚互嗅"，一会儿又互相吞噬，强食弱，每吃一个，强者体则增大；吃下三个，体大如鼬鼠。

　　梁彦看着异物，很惊奇，用脚去踩，异物却顺着袜子往上爬，一直到了腿部、臀部，抖衣服也甩不下去；又钻到衣襟，爬到腰间。梁脱下衣服再一摸，异物已经贴上肚皮，推不动，掐还疼，最终变成了赘疣——与肉身连成一体，如趴着的耗子。

　　读到这里，我们会产生如下问题。一、主人公为什么叫梁彦，叫别的名字行吗？二、主人喷出的异物，是美好的还是丑恶的？三、喷出物为何是四个，还互相吞噬？四、强物独存，说明什么问题？五、最后这异物，为什么非要爬到主人公身上并且成为赘疣？

　　这些疑问的答案，应该就是作者隐藏在故事里的寓意或玄机。梁彦，应该是个正人君子，因为"彦"是指有才德者，姓"梁"谐音"良"，即姓梁的是一位德才兼备的好人。喷出的异物，作者已经标明："蠢然而动。"至于打喷嚏，本不拘多少，说明大千世界，所在多有。还有蠢物互吞，方显弱肉强食关系，最后剩下的，一定是最强的。野蛮法则讲：横不讲理的吃香，软弱的遭殃。这异物不附着于人体就无法生存，表明是寄生物。

　　作者这一形象思维，影射的应该是那个时代普遍存在的一种社会问题，即人世间到处都有强吞弱，大吃小的现象，任何一个好人——哪怕在微末如"喷嚏"般的小事上，如果有所粗心大意，就会惹出麻烦。这麻烦，只要摊上了，就会摆脱不掉，一辈子缠身，如同长了个赘疣。简单说，作者看到了整个社会就如同森林一样，到处是"吃与被吃"，没有好人生存的空间。蒲公的救世婆心，就是这样不放过任何一个细节——借"喷嚏"，构思出《梁彦》这篇警世妙文。

自从有了人类，自然就有了"喷嚏"，传说亚当在夏娃苹果的诱惑下，就打了人类第一个"喷嚏"。冬去春来，饥寒饱暖，这过程怎一个"喷嚏"了得？人体这骨肉之躯，还会眼跳、耳鸣、面热，这对笃信鬼神的古人来说，觉得这与其他自然现象一样，均与人的祸福相关，乃鬼神对人的警示，所以格外看重。

钱流

沂水刘宗玉云：其仆杜和，偶在园中，见钱流如水，深广二三尺许。杜惊喜，以两手满掬，复偃卧其上。既而起视，则钱已尽去，惟握于手者尚存。

"钱流"这题目，很显然是比喻钱如流水。古往今来，无人不爱钱，不喜欢钱的只有一人——《红楼梦》第一回中的跛足道人。他唱道："世人都晓神仙好，只有金银忘不了；终身只恨聚无多，及到多时眼闭了！"可见金钱的两面性，自古至今确实不容易被看清。本文写了一主（刘宗玉）、一仆（杜和）、一件事（园中钱流如深水）：仆人捧在手里是钱，躺在上面全无，意涵让读者去尽情思考。

金钱自产生之日，就是物质交换的等价物。漫长的历史已经使它积淀为一种文化，而且源远流长：它萌芽于夏代，起源于殷商，发展于东周，统一于秦代。距今三千年前殷商墓葬出土的不少无文铜贝，成为世界最早的金属货币。钱的名称在各个历史时期都有一些说道，大致有以下九个有趣的别称：一、战国时期以其外圆内方之形，称为"孔方兄"；二、以其流动如水称为"泉"；三、西汉以最有钱的宠臣邓通之名，称钱为"邓通"；四、王莽篡汉建立新朝后，改称"钱"为"货泉"；五、刘秀建立东汉，改"货泉"为"白水真人"；六、晋朝王衍自诩清高，称钱为"阿堵物"；七、钱也有雅称——"上清童子"；八、"钱"怕盗窃，把千两白银熔成一个大球，称为"没奈何"；九、以昆虫（青蚨）飞去飞来的特性，寄托久用不减之心为"青蚨"。

至于视它为"绿锈""铜臭"的鄙称也不绝于耳，说明我国传统教育，把金钱看作是对人精神的一种污染，教人对它严加戒备，更是有不少人透过金钱看到了人性并归结说："世人结交须黄金，黄金不多交不深。纵令然诺暂相许，终是悠悠行路人。"结合本文，由于看不清金钱的诱惑力，仆人躺在钱流里喜不自胜，可是一起来，钱流没了。这恰恰说明，人来到这个世界是攥紧双手，而离去的时候是撒手人寰。总之，本文的寓意，不外是说金钱纯属身外物，一生所能支配享受的也不过结尾所明确的"握于手者"的少量罢了。作者所要嘲笑的，正是躺在钱上、看似开心的芸芸众生。

鸿

　　天津弋人得一鸿。其雄者随至其家，哀鸣翱翔，抵暮始去。次日，弋人早出，则鸿已至，飞号从之；既而集其足下。弋人将并捉之。见其伸颈俯仰，吐出黄金半铤。弋人悟其意，乃曰："是将以赎妇也。"遂释雌。两鸿徘徊，若相悲喜，遂双飞而去。弋人称金，得二两六钱。噫！禽鸟何知，而钟情若此！悲莫悲于生别离，物亦然耶？

　　本文叙述了雄鸿在雌鸿被弋人捕获之际，不顾一切地成功救助的过程，传达出浓厚的雄鸿珍爱雌鸿的一片真情。故事以引人入胜的情节相互连接：一、雄鸿哀鸣不已地尾随弋人至其家，类似央求，直至日暮方离去；二、转日雄鸿又飞来仍追随弋人哀号，并口吐黄金"赎妇"；三、弋人深解其意，放出了雌鸿；四、雌雄二鸿在弋人头顶"徘徊"，表达对弋人的感谢之情；五、作者感叹"双飞而去"，进一步点明了生死相依的忠贞爱情。

　　《聊斋》写自然景物多以幻化艺术形象出现，而其中穷形尽相的描写艺术和绘声绘色的人物语言是其取胜的法宝。但以纯自然动物形态展现的雌雄二鸿，却主要以曲折的故事情节，步步引导读者读下去，每深入一层，则多一份欣喜，多一点希望，从而真正让读者感受到了动物对异性爱情的执着。小说不忘提醒人们"悲莫悲兮生别离"，这是取自屈原《楚辞·九歌·少司命》的语句，紧接其后还有"乐莫乐兮新相知"。作者在谆谆告诫世人：动物都能如此钟情于异性，难道人类社会的夫妻还不如动物吗？那一定是有鉴于不少夫妻不能患难与共——"大难来时各自飞"，忘记了"夫妻本是同林鸟"，所以特意撰写此篇"无关风月只关情"的短篇，愿天下有情人不输于鸟，以警世人。

武夷

武夷山有峭壁千仞，人每于下拾沉香玉块焉。太守闻之，督数百人作云梯，将造顶以觇其异，三年始成。太守登之，将及巅，见大足伸下，一拇指粗于捣衣杵，大声曰："不下，将堕矣！"大惊急下。才至地，则架木朽折，崩坠无遗。

本文虽以"武夷山"命名，不过是说这里有宝——沉香和玉石，更深层的寓意，是随着那只"大脚指头"传来的警告："再不回转，就踹下去摔死你！"言外之意是说：碰上宝物你就捡，贪得无厌理不容。更何况为官一任，不去造福一方，而是利用手中的权势，劳民伤财，造三年云梯，企图一夜暴富。正如清人刘瀛珍

（仙舫）所评："人无私欲，均可造极；无如（无奈）利心一萌，自必为神灵所叱逐耳。"这是从"官本位"理解，若从普通百姓角度理解，那就是告诫世人不要心存贪欲，因为"贪心不足蛇吞象"的故事已经家喻户晓了。

　　但是，正常的"欲"不是"贪"，是人体新陈代谢之生理需要，是孔子对人生的看法——不讲形而上那些充满争议没有确定结论的，只讲形而下的那些具体的。比如，凡是人要活命，离不开两件大事，即饮食、男女。前者是生活问题，后者是性的问题。所谓饮食，等于民生大事；所谓男女的性，属于康体问题，又是延续后代问题。可见一个社会离不开这两件大事。不过不能乱，要有限度，要有礼制，法制约束。鲁迅说得更通俗："我们目下的当务之急是：一要生存，二要温饱，三要发展。"①

　　此外，还有一种"欲求"，叫"进取"，正如太史公所说："谚曰：'千金之子，不死于市。'此非空言也。故曰：'天下熙熙，皆为利来；天下攘攘，皆为利往。'夫千乘之王，万家之候，百室之君，尚犹患贫，而况匹夫编户之民乎。"②这"利"其实也是"欲"，说明为"利欲"所驱使日夜奔走、忙碌，乃人的本性，也是社会运转与存在的基础。即"人往高处走"这也不能简单归之于"贪"。相反，按照本文旨意，如果人们都只坐等命中得宝，不主动去求取，也太可怜。作者仅从贪官说起，读者则需全面看待：不切合实际叫"贪"，正当要求叫"人之大欲"，天天向上叫"进取"。

---

① 《鲁迅全集·华盖集·忽然想到》，人民文学出版社，1981，第45页。

② 司马迁：《史记》，中华书局，1959，第3256页。

杂技篇

《聊斋》中所涉及的民间杂技十分广泛，有口技、气功、魔术、跳大神、翻花、相面、算卦、女红等。这些反映古代民俗的杂技、舞乐表演，早在秦汉时期就称作"百戏"而盛行于朝野。迫至南北朝以后又称"散乐"，隋代曾把四方散乐集中到洛阳表演。唐宋两代除不断在宫廷演出外，唐代又在长安的寺院里专设"戏场"，宋代在大城市繁华区设有"瓦舍"，作为"百戏"一类技艺的表演场所。元代算是"马背上的民族"，大概不习惯久坐看戏，于是"百戏'一词随之就很少使用。明清两代，在蒲松龄生长的山东临淄周围的周村，则有一种类似"抬轿"的"周村芯子"舞蹈，这一表演艺术，集戏剧、舞蹈、杂技、魔术于一体，十分流行。在1775年元宵花灯节上，被乾隆帝微服观赏之后，陛下兴致大作，把周村挥笔命名为"天下第一村"，并刻于牌楼之上，使得周村至今闻名遐迩，成为山东独特的旅游景点。

　　康熙十八年（1679），蒲松龄走进离周村不远的西铺村毕自严家，设帐教书长达三十三年，更是在这浓厚的社风民俗熏陶之下，写出了《聊斋志异》这部巨著，其中有关杂技百戏的纪实篇章也随之流传至今。总体来说，这些反映古代山东地方民俗之作，可归结为口技、戏法、马戏三大类。口技类有《口技》（本篇未选）；戏法类如同今之魔术或称幻术，本篇选有《戏术》《偷桃》；马戏类指的是驯兽及丑角表演，这里选有《蛙曲》《鼠戏》《小人》三篇；至于《铁布衫法》是专写气功表演。所有这些关于民间"独门绝学"的展示，不仅具有十分吸引读者的观赏性，而且对研究、传承、弘扬古代杂技民俗具有十分重要的史料价值。

蛙曲

王子巽言：在都时，曾见一人作剧于市，携木盒作格，凡十有二孔，每孔伏蛙。以细杖敲其首，辄哇然作鸣。或与金钱，则乱击蛙顶，如拊云锣，宫商词曲，了了可辨。

鼠戏

长安市上有卖鼠戏者，背负一囊，中蓄小鼠十余头。每于稠人中，出小木架置肩上，俨如戏楼状。乃拍鼓板，唱古杂剧。歌声甫动，则有鼠自囊中出，蒙假面，被小装服，自背登楼，人立而舞。男女悲欢，悉合剧中关目。

这两篇文章为什么最好要连读？因为内容相近，都是叙述艺人驯化动物作戏谋生的故事。《蛙曲》是艺人敲击十二只青蛙头顶，作"打击乐器"（云锣）使用，青蛙被敲打，发出"呱呱"的唱腔，宛如戏剧舞台人物的演唱一般。

《鼠戏》则比《蛙曲》更奇，先写艺人背着个口袋，内装十几

只小鼠；又写艺人肩上扛着小木架，宛如小戏楼。小鼠分别戴着
男女假面，穿着不同的戏装，扮成各样角色，如同某出剧目情节
一样，故名《鼠戏》。咸丰年间的满族人富察敦崇，在《燕京岁时
记》中写有《耍耗子 耍猴儿 耍苟利子 跑旱船》一文，此文也画
出了一幅清代北京民间艺人的精湛技艺表演图。现摘录如下：

> 京师谓鼠为耗子，耍耗子者，水箱之上，缚以横木架，
> 将小鼠调熟有汲水钻圈之技。均已锣声为起止。耍猴儿者，
> 木箱之内藏有羽帽乌纱，猴手自启箱，戴而坐之，俨如官之
> 排衔。猴人口唱俚歌，抑扬可听，古称沐猴而冠，殆指此
> 也。……①

反观古籍中对青蛙、小鼠作戏，一概称之为微型马戏，俗称
"教虫戏"。元代陶宗仪在《南村辍耕录》卷二十二《禽戏》中有
载：

> 余在杭州日，尝见一弄百禽者，蓄龟七枚，大小凡七等，
> 置龟几上，击鼓以使之，则第一等大者先至几心伏定，第二
> 等者从而登其背，直至第七等小者登第六等之背，乃竖身直
> 伸其尾向上，宛如小塔状，谓之乌龟叠塔。又见蓄蛤蟆九枚，
> 先置一小墩于席中，其最大者乃踞坐之，余八小者左右对列，
> 大者作一声，众亦作一声，大者作数声，众亦作数声，既而

---

① 顾之京、谢景林主编《历代百字美文萃珍》，天津古籍出版社，2004，第32页。

小者一一至大者前点首作声，如作礼状而退，谓之蛤蟆说法。
至松江，见一全真道士，寓太古庵。一日，取二鳅鱼，一黄
色，一黑色，大小相侔者，用药涂利刃，各断其腰，互换接
续，首尾异色，投放水内，浮游如故。郡人卫立中，以盆池
养之，经半月方死。叠塔、说法，固教习之功。但其质性蠢
蠢，非它禽鸟可比，诚难矣哉！若夫断而复续，死而复生，药
欤，法欤？是未可知也。但剧戏中似此者，果亦罕见。①

　　上述三则见闻，曾被现当代多家报刊和专著征引，足可证明
驯化这些低等动物之真实、可信。

　　明朝王兆云《湖海搜奇》还有"鼠衔药"的记载（从略）；
明代谢肇淛《五杂俎》中也感叹：最近有耍鼠戏的，老鼠特别调
皮，很难驯化不知是怎么驯化的。看来"教虫戏"有的复杂有的
简单；诸如"鼠衔药"以及《辍耕录》的二鳅鱼"断而复续，死
而复生"，都曾令古人惊诧，但苏轼则深信不疑，遂在《黠鼠赋》
（从略）中做了解释：鼠比人聪明，无论怎么驯化，都有可能实现。

　　《聊斋》这两则记叙文，断难称为小说，只能算见闻录；不过
其丰富多彩、生动形象的民间游艺画面，为读者展示了清初社会
民俗文化的一角，也证明蒲松龄的笔触所及，已经远远超出了"为
鬼狐立传"的范围。

---

① 朱一玄编《聊斋志异资料汇编》，南开大学出版社，2012，第 141 页。

戏术

　　有桶戏者，桶可容升，无底，中空，亦如俗戏。戏人以二席置地上，持一升入桶中；旋出，即有白米满升，倾注席上；又取又倾，顷刻两席皆满。然后一一量入，毕而举之，犹是空桶。奇在多也。

　　利津李见田，在颜镇闲游陶场，欲市巨瓮，与陶人争直，不成而去。至夜，窑中未出者六十余瓮，启视一空。陶人大惊，疑李，踵门求之。李谢不知。固哀之，乃曰："我代汝出陶，一瓮不损，在魁星楼下非与？"如言往视，果一一俱在。楼在镇之南山，去场三里余。佣工运之，三日乃尽焉。

　　本篇介绍了两则清初民间魔术表演故事，第一则不妨叫作"空桶变米"，也可以变一切，例如当今常见的变扑克、鸡蛋、鸽子等。中国第一代女魔术师刘亚明在上海兰心大剧院曾为毛主席表演过这些魔术。凭着一只空桶，艺人从中变出一桶又一桶的大米，直至把大米铺满两张苇席！文中尤为令人惊奇的是："然后一一量入，毕而举之，犹是空桶。"这可是"死物"，比不得"活物"如鸽子可以飞回。这么多大米，来去无踪，即便放在今天，也有资格上"春晚"了。

　　后一个魔术可称作"巨物腾挪"。文中说：夜半之际，艺人不声不响，把六十多口大缸从窑里取出，运到三里地以外的"魁星楼下"！纪晓岚在《阅微草堂笔记》里回忆小时候在外祖父家见过术士表演拍酒杯陷进案中，杯口与案面齐平，案下却不见杯底。过后酒杯一切完好如初。李见田和纪晓岚都是同时代人，说明此类魔术在当时比较多见。这技艺与当代美国超级魔术大师大卫·科波菲尔使埃及金字塔、纽约女神像消失片刻又复回的魔术，当有一定的源流关系。

　　魔术是一门依据科学原理（视觉、心理学、化学、数学、物理学、刑侦学），运用特制道具的综合表演艺术。据载西周成王（约前11世纪—前771年）时即有人能"吞云吐火"；汉武帝元封三年（前108）表演的百戏，在出土文物的画面上得到了印证："河南密县打虎亭1号汉墓出土之壁画，表现的是演员用管喷火幻术表演。"①更有方士藏锦囊于牛肚，以及栾大以磁石使棋子撞击；三国时左慈为戏弄曹操，特于宴会上从铜盆中钓出鲈鱼，引起曹操疑心，险些杀了左慈。当今台湾著名魔术师刘谦，在春晚多次亮相，其手法细腻，讲究与观众互动，套用一句俗语：姑妄演之，姑且乐之，反对"揭秘"。

---

①王凯旋：《秦汉社会生活四十讲》，九州出版社，2008，第227页。

偷桃

童时赴郡试，值春节。旧例，先一日，各行商贾，彩楼鼓吹赴藩司，名曰"演春"。余从友人戏瞩。是日游人如堵。堂上四官皆赤衣，东西相向坐。时方稚，亦不解其何官。但闻人语哜嘈，鼓吹聒耳。忽有一人，率披发童荷担而上，似有所白；万声汹涌，亦不闻为何语。但视堂上作笑声。即有青衣人大声命作剧。其人应命方兴，问："作何剧？"堂上相顾数语。吏下宣问所长。答言："能颠倒生物。"吏以白官。少顷复下，命取桃子。术人应诺，解衣覆笥上，故作怨状，曰："官长殊不了了！坚冰未解，安所得桃？不取，又恐为南面者怒。奈何！"其子曰："父已诺之，又焉辞？"术人惆怅良久，乃曰："我筹之烂熟。春初雪积，人间何处可觅？惟王母园中，四时常不凋谢，或有之。必窃之天上乃可。"子曰："嘻！天可阶而升乎？"曰："有术在。"乃启笥，出绳一团，约数十丈，理其端，望空中掷去，绳即悬立空际，若有物以挂之。未几，愈掷愈高，渺入云中，手中绳亦尽。乃呼子曰："儿来！余老惫，体重拙，不能行，得汝一往。"遂以绳授子，曰："持此可登。"子受绳有难色，怨曰："阿翁亦大愦愦！如此一线之绳，欲我附之以登万仞之高天。倘中道断绝，骸骨何存矣！"父又强鸣拍之，曰："我已失口，追悔无及。烦儿一行。倘窃得来，必有百金赏，当为儿娶一美妇。"子乃持索盘旋而上，手移足随，如蛛趁丝，渐入云霄，不可复见。久之，坠一桃如碗大。术人喜，持献公堂。堂上传示良久，亦不知其真伪。忽而绳落地上，术人惊曰："殆矣！上有人断吾绳，儿将焉托！"移时，一物坠。视之，其子首也。捧而泣曰："是必偷桃为监者所觉。吾儿休矣！"又移时，一足落；无何，肢体纷坠，无复存者。术人大悲，一一拾置笥中而阖之，曰："老夫止此儿，日从我南北游。今承严命，不意罹此奇惨！当负去瘗之。"乃升堂而跪，曰："为桃故，杀吾子矣！如怜小人而助之葬，当结草以图报耳。"坐官骇诧，各有赐金。术人受而缠诸腰，乃叩笥而呼曰："八八儿，不出谢赏，将何待？"忽一蓬首童，头抵笥盖而出，望北稽首，则其子也。以其术奇，故至今犹记之。后闻白莲教能为此术，意此其苗裔耶？

　　这是蒲松龄以回忆录的形式描写古代幻术的很有名的一篇散文。全文记叙了春节这一天，变戏法的父子二人，在冰冻时节从天宫偷取仙桃的故事。虽然是散文，其人物形象、故事情节，以及场景设计，全用小说笔法，尤以描写父子二人对话贯穿始终，其惟妙惟肖、险象环生、扣人心弦的程度，令人叹为观止。具体来说，作者设置了三个难题。第一个难题：术人夸下海口"能颠倒生物"，于是官府就顺势"命取桃子"，冬天要看到鲜桃，人间是不会有的，只能上天到王母娘娘的桃园去"偷"，也暗中点了标题"偷桃"。第二个难题：怎么登上天宫？术人又以绳做天梯，让儿子登天；儿子倒不怕登天，怕的是中途绳断而粉身碎骨，术人哄儿子赏百金、娶漂亮媳妇，儿子才攀援而上把仙桃丢了下来。第三个难题：登天的绳子忽然断在地，儿子的脑袋、手脚纷纷掉了下来！术人边哭边往箱子里收残肢，并请官府和周围人等施舍安葬费。待术人得到足够银两之后，就朝箱子叫着儿子乳名，此时，只见"一蓬首童，头抵笥盖而出，望北稽首，则其子也"。全文结尾，还煞有介事地把术人说成是白莲教的后裔，其实都是"障眼法"。

类似"偷桃"的记载，在历代古籍中不难发现。

一、唐人皇甫氏《原化记·嘉兴绳技》有载：一个犯人，竟然借助"绳技"，可以逃脱牢狱，这可比《偷桃》更值得关注，而且是唐朝人皇甫氏所记。

二、清褚人获《坚瓠集·广集》卷三"上天取仙桃"的趣谈，则与蒲公《偷桃》别无二致（从略）。北京师范大学教授聂石樵先生在《聂石樵自选集·聊斋志异本事旁证》中也摘引了上文。

三、当代曲艺理论家陈汝衡在《说苑珍闻·聊斋志异》中也谈道："余曾阅《小说考证拾遗》，中引《耳谈》所载偷桃幻术，竟与《聊斋》无异。"[1]

四、陈汝衡先生还有新发现，他说："余于张星烺辑之《中西交通史料汇编》第三册《古代中国与非洲之交通》一篇中，……其见此种空中肢解人体然后复活之杂技……几与《聊斋》全同，所差并无偷桃故事之穿插。"[2]

一篇《聊斋·偷桃》，竟然带出古今中外这样多的相关记载，可见蒲公结撰哪怕很短的故事，很可能要查阅来自方方面面的资料，绝非向壁虚构。尤其跌宕起伏的情节设置，其借鉴与创新之

---

[1] 朱一玄编《聊斋志异资料汇编》，南开大学出版社，2012，第14页。

[2] 同上书，第14-15页。

迹，尤为动人心魄！这都是宝贵的历史档案资料。

铁布衫法

沙回子，得铁布衫大力法。骈其指，力斫之，可断牛项；横捌之，可洞牛腹。曾在仇公子彭三家，悬木于空，遣两健仆极力撑去，猛反之，沙裸腹受木，砰然一声，木去远矣。又出其势，即石上以木椎力击之，无少损。但畏刀耳。

沙回子即姓沙的回民。此人学到了铁布衫大力法，这是中国传统武术功夫中的护体硬气功，与名为"金钟罩"的硬气功常相连用。后者为内气功，前者为外气功。据说，两种气功若都练成，可承受拳打脚踢而无损。这可从两方面得到验证。一是由四指并拢发力，自上而下，可以砍下牛头；横着发力，可以戳穿牛腹。另一是把悬空的木柱，由壮汉极力推至半空，然后手放木柱，木柱以惯性撞击沙回子肚皮——肚皮"砰"的一声——又把木柱挡了回去。以上是说沙回子的铁布衫气功的"进攻"能力无坚不摧，而"防守"能力又坚如磐石。

这不禁令人想起"以子之矛，攻子之盾"。假如用沙回子自己的四指发力，去戳沙回子自己的肚皮，后果该如何？于是就有了下文最后一项表演：把沙回子的生殖器（势）放在石头上，任人

用木棒捶打，可以安然无恙。但作者说："但畏刀耳。"这四个字，
大有深意，可是一想，其他部位不怕吗？应该是任何部位都怕。
由此又想起影视节目的"长枪刺喉""游锤贯顶""单掌开砖""汽
车过人"，等等，其奥妙至今难以用科学做出圆满的解释。只是一
经实战，如近代史上的义和团抗八国联军，也都纷纷倒在枪炮之
下。这就使气功"入水不溺""入火不焚""闭气不绝""不食不饥"
等不攻自破。武谚说："力不打拳（只有蛮力的人奈何不了精通拳
术的人），拳不打功（精通拳术的人奈何不了身怀横练大功的人）。"
看来，气功只能强身健体。

　　另据沈德符（1578—1642）《野获编》卷二八《术士使鬼》，
也有类似义和团士兵死在联军枪下的记载：东南沿海被倭寇侵扰，
有很多练铁布衫的壮士，自诩刀枪不入，前去平寇，结果九死一
逃生。沈德符还以"邪鬼"加以解释、开脱，终归"事实胜于雄
辩"，难以服人；远不如蒲公坦率，既让读者领略了清初铁布衫法
的硬气功表演，又明告"但畏刀耳"——实事求是，童叟无欺。

小　人

　　康熙间，有术人携一榼，榼藏小人，长尺许。投以钱，则启
榼令出，唱曲而退。至掖，掖宰索榼入署，细审小人出处。初不
敢言；固诘之，始自述其乡族。盖读书童子，自塾中归，为术人
所迷，复投以药，四体暴缩；彼遂携之，以为戏具。宰怒，杖杀

术人。

小说写一"术人"——犹如今日的卖艺人——携带装在榼（古时盛酒的器具）子里的"小人"，走街串巷，驱使"小人"出榼唱曲，借以招引看客，敛钱营生。后被掖县（今山东莱州）县令发现，将术人与"小人"押入衙署，经审问，方知"小人"本为"读书童子"，先被术人拐骗，继而吃了术人的药物，使童子"四体暴缩"，竟至"长尺许"。县令大怒，杖杀了术人，留下了童子，想予以医治，但没有得到有效的药方。

作者没有议论，大概因为本文内容极其简单，是非也很清楚，无须多论；或许作者故意要留下余韵，让读者去慢慢体会。所幸不出清代，三位著名《聊斋》评家，分别道出了各自的观点：

一、但明伦评："为鬼为蜮，如此类者不少。保赤之道，官宰耳目难周，为父兄者，自保护其子弟已耳。"①此评有两点要义：第一，"为鬼为蜮"，是比喻此类犯罪的特点及性质。说明清初社会拐骗幼儿，摧残幼儿，戏耍幼儿的现象各地多有。这就会使读者知道：这一社会痼疾，原来是古已有之！第二，官府虽然禁止，但是"耳目难周"。意谓：想管也管不过来。怎么办？家长要保护好自家的孩子。这里提到的"保赤之道"既对上也对下，官府与家庭都来呵护婴幼儿。《书经·康诰》："若保赤子，惟民其康乂。"后称保育幼儿为"保赤"，中药旧有"保赤散"。这位康叔，是武

---

① 韩欣主编《名家评点聊斋志异》，天津古籍出版社，2008，第420页。

王之弟，初封于康（今河南禹县西北），故称康叔。《书经·康诰》这两句话，是周公分封康叔为卫国国君时，针对他发的文告。意谓："你要保护好婴儿，一定要使百姓安康无事。"可见，保护婴幼儿，早在《书经》里就提出了。说明这是古老的传承。但明伦之评不仅道出了作者的心声，而且也传达了社会上正义的呼告。

二、冯镇峦评："术杀人，烹其肉以饷童子，当得暴长，见《龙宫外方》。"[1]冯评表达了极端痛恨之情，世上岂有既能使人"暴缩"又可使人"暴长"的药方！

三、何守奇评："比年奥东亦有此事，官曾究之，未闻能杀术人也。宰其贤矣。"[2]何评竟认为：奥东的官比掖县的官善良。似与但评、冯评有"持不同政见"的意味。孰是孰非，读者不难判断。

作者将这一社会奇闻逸事写进《聊斋》，表面看似乎满足了人们的猎奇心理，究其实质，是在批判人贩子的恶行，是在暴露掳掠人口、摧残幼儿的野蛮行径。这也许是作者写作此文的初衷。

---

[1] 孙峻山、马峰注译《白话尚书》，三秦出版社，1998，第135页。

[2] 同上。